沈阳文化丛书

初国卿 主编

名城滄桑

张恺新 著

沈阳出版发行集团
沈阳出版社

图书在版编目（CIP）数据

名城沧桑 / 张恺新著 . -- 沈阳 : 沈阳出版社 ,
2024.4
（沈阳文化丛书 / 初国卿主编）
ISBN 978-7-5716-3963-1

Ⅰ . ①名… Ⅱ . ①张… Ⅲ . ①散文集 – 中国 – 当代
Ⅳ . ① I267

中国国家版本馆 CIP 数据核字（2024）第 086246 号

出版发行：沈阳出版发行集团|沈阳出版社
（地址：沈阳市沈河区南翰林路10号 邮编：110011）
网　　址：http：//www.sycbs.com
印　　刷：辽宁泰阳广告彩色印刷有限公司
幅面尺寸：170mm × 240mm
印　　张：20.25
字　　数：270千字
出版时间：2024年4月第1版
印刷时间：2024年4月第1次印刷
选题策划：张　闯
出版统筹：张　闯　赵长伟
责任编辑：赵秀霞　张　晶
封面设计：杨　雪
版式设计：润泽文化
封底篆刻：孙熙春
责任校对：张　旭
责任监印：杨　旭
法律顾问：张宝兰

书　　号：ISBN 978-7-5716-3963-1
定　　价：168.00元

联系电话：024-24112447
E - mail：sy24112447@163.com

本书若有印装质量问题，影响阅读，请与出版社联系调换。

瀋陽文化叢書

总序

文化是一个国家、一个民族的灵魂。党的十八大以来，习近平总书记深刻把握新时代历史方位，以坚定的文化自觉、宏阔的历史视野、深远的战略考量，创造性提出了一系列新思想新观点新论断，形成了习近平文化思想。中共沈阳市委深入学习贯彻习近平文化思想，扎实推进文化强市建设，加快打造区域文化创意中心，沈阳市展现出独有的文化风貌和文化魅力。

沈阳是闻名遐迩的历史文化名城，拥有11万年的人类活动史，7200多年的人类生活史，2300余年的建城史，勤劳、勇敢、智慧的沈阳人民创造了璀璨夺目的历史文化，斯文在兹，底蕴深厚。沈阳是一座英雄城市，在中国共产党领导下，沈阳英雄儿女为了国家独立、民族解放、人民幸福不屈不挠、奋起抗争，谱写了可歌可泣的壮丽诗篇。新中国成立后，沈阳人民担当奉献、开拓创新，积极投身社会主义革命、建设和改革的宏伟事业，创造了共和国历史上数百个“第一”。沈阳作为辽宁“抗日战争起始地、解放战争转折地、新中国国歌素材地、抗美援朝出征地、共和国工业奠基地、雷锋精神发祥地”重要承载地而名载史册。新时代以来，在以习近平同志为核心的党中央坚强领导下，沈阳聚焦建设国家中心城市、在辽宁打造新时代“六地”中当好排头兵，顽强拼搏、砥砺前行，全面振兴其时已至、其势已成、其兴可待。

2022年9月，中共沈阳市委决定编纂“沈阳文化丛书”（以下简称“丛书”），旨在探求历史源流，提炼文化精髓，彰显城市魅力，赓续城市文脉。沈阳市政协荣膺此任，市政协党组高度重视，组织编委会成员深入学习习近平文化思想，弘扬社会主义核心价值观，严把意识形态关，认真研究丛书内容、结构、体例等。参编人员辛勤工作，钩沉史料，斟酌推敲，精心打磨，倾力为读者提供内容翔实、鲜活生动的高质量文化丛书。

丛书共10卷，采取文化散文体例，撷取精粹，探幽穷赜，全方位、多角度描绘沈阳历史与现实、艺术与人文、民俗与风貌，深入挖掘丰富内涵和时代价值，彰显了沈阳海纳百川、开拓进取的城市品格。其中，《名城沧桑》萃取沈阳先人筚路蓝缕、上下求索的文化记忆，记录城市变迁，张扬人文风骨；《峥嵘岁月》以凝重的笔触书写烽火硝烟的年代和英勇抗争的传奇，为英雄立传，为信念放歌；《名家风流》记述沈阳历史上重要人物、重要事件，尽展名士风范，彰显爱国情怀；《铁流百年》实录沈阳百年工业文明的铿锵步履，赞美沈阳人民主人翁的秉性、勇立潮头的天性、精工细作的品性，弘扬劳模精神、工匠精神；《山水形胜》描绘沈阳山川多娇、钟灵毓秀，触摸山水灵性，品味城市意蕴；《沈水文韵》赏鉴地域文学史、艺术史之精品力作，汲取文本精华，滋养城市文心；《建筑风华》让历史吟咏凝固的音乐，展现多元气象，熔铸城市性情；《市列珠玑》敷陈沈阳都市商业史、市井民俗史，呈现生活场景，尽显城市繁华；《巷陌至味》氤氲人情味、烟火气，记述围炉煮酒的饮食文化，盛邀四季客来；《物华天宝》讲述名物藏珍和民族瑰宝的前世今生，展现雍容气度，见证文化辉煌。相信这部丛书能够更好地以文化人，以文育人，传承文化基因，坚定文化自信，给奔跑的沈阳以智慧和力量，奋力谱写中国式现代化沈阳新篇章。

丛书编纂得到了省委宣传部、省委党史研究室、市委宣传部和沈阳出版社等省市部门、单位的热情帮助和鼎力支持，丛书编委会表示衷心的感谢和诚挚的敬意！丛书的出版是沈阳文化建设的一件大事。我们要认真学习贯彻落实习近平文化思想，坚定文化自信，坚持守正创新，在新的历史起点上更好担负起新的文化使命，推进文化繁荣，建设文化强市，续写无愧于先贤、无愧于时代、无愧于后世的文化新篇。

文章千古事，得失寸心知。尽管编委会做出了很大努力，但由于时间和水平所限，丛书不免有缺点和不足，敬请指正。

沈阳市政协主席 于云利

2024 年 4 月

引言

沈阳，从历史中走来

沈水之阳，沧桑过往；时光荏苒，记忆悠长。

作为现代化大都市，沈阳给世人的直观感觉往往是她的工业文明，然而，这方面的辉煌成就并未遮掩这座城市闪耀的历史光芒。而我们现在想努力发掘并尝试呈现的，是这方土地历经岁月打磨后积淀的底蕴和亮色，以及由此支撑起来的城市气质与风骨。

当你深入触摸沈阳的历史后，一定会情不自禁地感叹这座城市的深邃与厚重，还有那与生俱来的奋进和包容。她实在是无愧于每个朝代、各个时期的历史期许，民族融合，文化演进，在中华文明史册上刻录下太多缤纷灿烂的影踪足迹。

原始社会，沈阳没有缺席。上溯至十余万年前的旧石器时代，古人类就开始在这片沃土上繁衍生息，制造并使用比较粗糙的打制石器；距今七千多年前的新乐遗址，承载着远古时代沈阳人刀耕火种、探索文明的步履，逐水草而居的先民们不仅擅长渔猎，还能够进行农业栽培，甚至产生原始的商贸交易。

青铜时代，沈阳刀光剑气。郑家洼子青铜短剑墓，以及高台山遗址等众多重见天日的历史遗迹，无声记录着那漫长的斑驳风雨。尽管至今那段历史仍有很多扑朔迷离，但不可否认的是，这里和中原地带一样使用着各式青铜器。

战国时期，沈阳筚路蓝缕。秦开却东胡三百里，让这里第一次纳入中原王朝统治区域。候城设治，充溢着城市烟火气。先民们勤奋开拓，农业生产井然有序。

两汉魏晋，沈阳栉风沐雨。汉代最强盛时期为安定辽东而设置的玄菟郡，因历史的际遇内迁至此，在其存续近三百年间成为兵家必争之地，郡城为万人聚居，至今遗址仍能遥想当年的市井风气。边关冷月中造就公孙家族三代称雄，拥兵自守且能与魏吴政权博弈。中原战乱导致大量士人和流民前来徙居，儒家文化也随之广泛生根落地。

大唐盛世，沈阳威武不屈。辽水河畔通定镇远近闻名，盖牟城址目睹过唐太宗亲征的铁马横笛，众多戍边将士守护着政权的东部疆土，吸引来边塞诗人驻足吟咏、回肠荡气。

辽代开疆，沈阳富有生气。开国皇帝耶律阿保机以战略眼光设置沈州，契丹人普遍接受汉文化洗礼，以“沈”命名的城市第一次亮相华夏大地，此后的沈阳城廓由此肇基。神州孕育了沈州，沈州敞开着怀抱。贸易繁盛、商贾云集，能工巧匠竞展技艺，叶茂台辽墓有如浩瀚的文化宝库，无垢净光舍利塔见证着淳淳的生活气息。

金朝统治，沈阳文韵延续。州学开设，孔庙重建，缥缈书香将陋俗荡涤。

兵民合一的“猛安谋克制”犹如昙花一现，鼓励农垦令二十万之众的沈州重焕勃勃生机。

元史百年，沈阳名扬帝国疆域。中国行政区划首次出现“沈阳”之名，从战国时期候城到辽金沈州，一路走来，传承往继。地处辽河流域重要位置的沈阳，再度成为战略要地。

有明一代，沈阳烽烟不息。沈阳中卫扼地理要冲，在大明王朝辽东二十五卫里位置居中，于关外防御体系中不可小觑。朱元璋之子朱模受封沈王，并在沈阳卫城中择址兴建府第。不断加固的沈阳城抵御住蒙古、女真铁骑上百次攻袭，大量的世袭军户代代喋血守城，铸就了这座城市的英勇忠义。

后金崛起，沈阳刚劲壮毅。征战半生的开拓者努尔哈赤力排众议迁都此地，很显然是经过深思熟虑，看重了这里的防守地利。汗王宫并不奢华，却寄托着这位女真族统治者对未来的希冀，重用汉官，效法明制，他清楚知道如若一统江山，决不能仅仅依靠骁勇威武的劲旅八旗。

清廷立国，沈阳都邑雄奇。旗民重新汇集，陪都制度确立，旧宫雕栏玉砌，奉天城商民集聚。清帝东巡祭祖，柳条边梦里依稀，锡伯勇士从此万里戍边大迁徙。

近世血泪，沈阳耻辱悲戚。鸦片输入，经济衰败，民生凋敝，贫苦农民揭竿而起。强邻觊觎，日俄争锋，大肆劫掠，逼迫百姓迁离。生灵涂炭后有了饱含屈辱的“满铁附属地”，殖民统治日益加剧。

辛亥风潮，沈阳寻路崎岖。清政府腐朽没落，列强的霸凌觊觎，促使一大批仁人志士探索民主革命道路，奉天城酝酿着反清起义。武装夺权的烈火虽然惨遭扑灭，却导致旧政权土崩瓦解，龙旗落地。

民国初期，沈阳频出创举。自开商埠，市制管理，民族工业兴起，诸多产品堪与“洋货”角力。北市场喧嚣繁华，八卦街店铺密集，商埠地充满人气，市政设施逐渐完善，近代化东北中心城市规模颇具。

日寇侵略，沈阳奋起抗争。东北易帜，鼓荡反日浪潮。小河沿硝烟，提振爱国士气。九一八风云突变，北大营愤然还击，义勇军舍生取义，攻城战震撼强敌，九志士收集敌寇罪证浩然正气。十四年乌云压城，铁蹄下的斗争彼伏此起！

辽沈决战，沈阳赢得胜局。八路军挺进东北，农村根据地随之开辟。三年多艰苦斗争，曙光照耀解放区。党领导的地下斗争可歌可泣，充分瓦解敌军，配合前线有力。攻克沈阳，东北野战军将士们英勇无惧。迎接光明，各项接收工作井然有序，东北最大城市的历史新篇由此开启。

中华人民共和国成立，沈阳变化日新月异。勤劳苦干铸就老工业基地，改革开放连创佳绩，新时代振兴抓住机遇，面向未来奋斗不息。

沈阳，从历史中走来，在岁月的年轮里留下了数不清的璀璨印记。勤劳勇敢、自强不息的沈城人民千百年来伴随着这座城市的兴起与发展，凝结成独具特色的城市精神，激励着一代又一代沈阳人继往开来、不断进取！

沈阳不负历史，历史眷顾沈阳！

目录

七千年前的家园（上）

“新乐文明溯史长，七千年久启辉煌。浑河古道拥台地，肇始先民部落乡。狩猎烧陶精制器，图腾神鸟起飞翔。沈城足以为骄傲，祖武痕深辟大荒。”辽沈文化名家王向峰教授在九十高龄时吟咏的一首七律，仿佛把

| 沈阳新乐遗址博物馆　张庆东摄 |

我们带回七千年前的家园。

沧海桑田，一梦七千年。还是那片沃土，不觉间换了人间。历史，犹如滔滔江水奔涌向前，冲刷走太多太多的往事，又沉淀了无数难以湮没的印记，闪烁着耀眼的文明光芒。

“新乐”这个词汇，富有新鲜且充满生机、安乐而又祥和的语境，也可以衍生为“新的乐土”，无论从哪个角度上看，都是十分美好的寓意。在沈阳城市中心略偏北一点儿的地方，有一座被绿树掩映的建筑，名为“沈阳新乐遗址博物馆”。无疑，这是一处围绕“新乐遗址”而兴建的文博场所。伫立在博物馆中，仿佛穿越时空，和远古文明亲密接触；走出博物馆，耳畔又回响起清昭陵的松涛阵阵，让你不觉慨叹历史的厚重与悠扬。清风徐来，树影婆娑，都市的喧嚣，世俗的名利，在这里竟浑然不觉……

从新乐遗址漫步几十米，便是涓涓流淌的新开河。而当你前往新乐遗址的时候，如果用心导航就会惊喜发现，这里的地址是：沈阳市皇姑区黄河北大街龙山路 1 号。炎黄后裔、龙种龙孙，从中华民族重要发源地黄河的北岸延伸到辽沈大地。新乐、新开河、黄河北、龙山路 1 号，冥冥中如此众多美好的内涵在此交集，难道仅仅是一种巧合吗？

中华文化，源远流长，生生不息。连续性、创新性、统一性、包容性、和平性相生相成。新乐遗址作为一种文化传承的载体，完全符合中华文化的突出特性。

在那个火红的年月，沈阳北陵公园西侧区域存在着“北陵公社”，公社的办公地址就在新乐电工厂旁边。像中国计划经济时代的大多数国企一样，厂区内建有宿舍并取名“新乐宿舍”，当时谁也不会想到，这些宿舍下面竟然沉睡着七千年古人类的生活空间。

1972 年秋天，北陵公社派水稻技术员孟方平到沈阳故宫对接购买处理废锅炉事宜，这本来并不是老孟分内的工作，但那天碰巧公社交办他去处理此事。到了故宫收发室，老孟听到考古部的同志向前来送交文物的人讲解文物知识，老孟在旁边仔细聆听，不禁思忖：前些天在北陵公社院内挖沟时挖出的破陶罐会不会是文物呢？于是第二天，老孟将自己捡到的一些陶片拿到故宫，经考古部的同志鉴定，这些都属于新石器时代晚期的遗物。考古部的同志还特意嘱托老孟，如果再发现这类物件，一定要及时报告。一种责任感在老孟心头油然而生，很凑巧的是，仅仅过了一天，北陵公社在挖暖气沟时，又发现了一件环形石锤和一件石杵，以及红烧土、陶片等。当时的沈阳故宫博物院考古部的同志在接到老孟的报告后，立即赶到现场勘查，又从积土中捡出两枚仅有拇指甲大小的篦纹陶片，并告诉老孟，这种篦纹陶片可能比那两件石器的年代还要早。

从此，孟方平这个水稻技术员在做好本职工作之余，格外留心地层中的文化遗物，对文物考古有了更浓厚的兴趣和自觉的保护意识。在 1972 年冬到 1973 年春的这段时间里，他利用业余时间和到基层指导工作的机会，对全公社及邻近地区的古文化遗存进行了考察，发现了多处新石器时代及秦汉时期的遗迹与遗物。老孟是个有心人，他及时向有关部门报告了自己发现的这些文化遗存。如此大量而密集的发现，吸引了沈阳市文物管理办公室的注意力。

1973 年春天，沈阳市文物管理办公室组成专门的文物考察队，对老孟发现的几个遗址点进行了认真的复查。当复查到新乐电工厂宿舍院内十八间房时，在西山墙外一处被拆除的旧仓库地基断面上，大家看到了原始的文化层。老孟介绍说，在这最深的土层里，还曾发现过像煤一样的东西和有花纹的陶片。后来经过鉴定，“像煤一样的东西”是煤精制品，“花纹陶片”则是篦纹陶片。经过参加考古勘察的全体人员对这一地基土层断面的全面分析，认定这是一处时间久远堆积较厚的文化层，有可能是一处史前文化遗址，应当尽快进行考古发掘。

| 沈阳新乐遗址出土的陶罐 张庆东摄 |

为了进一步查明新乐遗址的时代及其文化内涵，1973 年 10 月，沈阳市文物部门用半个月时间对这处遗址进行了试掘。这次试掘虽然只开了两条深沟和九个探方，却取得了重要收获：首次确认遗址有两层文化堆积，上层出土的遗物主要以鼎、鬲等三足陶器为主，属于青铜时代文化，距今约 3000 年；下层发现了房址、火膛，出土了以压印“之”字纹深腹罐为主要器型的陶器，以及细石器、打制石器、磨制石器、煤精制品等遗物，属于典型的新石器时代文化。足可见，这里是一个聚集着文化宝藏的古遗址，在这片土地上，曾经孕育过不同时代的文化，繁衍聚居过很多年代的人群。

在这里我必须要说，新乐遗址是一个古代文化堆积叠加之地，绝非仅仅是一个以磨制石器为主的新石器时代遗址。但因为这里新石器原始聚落痕迹过于具有代表性，所以如今提及“新乐文化”，人们首先想到的就是原始社会母系氏族公社时期，甚至还有人联想到所谓带领此地先民们战天斗地、发展生产的“新乐女神”。

木雕鸟

从1973年第一次试掘开始，考古工作者用现代考古技术，对新乐遗址先后进行了七次考古发掘，每一次都有很多新的发现。仅年代相对最久远的新乐下层就发现房址40余座，分布在东西长600余米、南北宽50—80余米的狭长地带内，房址皆为半地穴式，总计出土了总数在3000件以上的遗物，仅2号房址就出土各类遗物540多件。遗物的种类除了比较常见的石器、陶器外，还有玉器、骨器、煤精制品、炭化谷物、炭化果壳、赤铁矿石及石墨等。在1978年5月进行的第二次发掘中，考古工作者惊喜地发现了一件炭化了的木雕艺术品，全长38.5厘米，厚1厘米，由嘴、头、身、尾、柄等五个部分组成，其造型恰似一只振翅欲飞的鸟，后被命名为鸟纹权杖，是“新乐人”的一种原始图腾。

金翅大鹏鸟，一飞冲云霄。经过对房址出土木炭的碳-14测定，新乐遗址下层文化的年代距今6800年至7200年。也就意味着，七千年前定居此地的先民们，就已经有振翅高飞的凌云之志，难怪他们把矢志奋斗、锐意进取的文化基因熔铸到这方水土中，一直影响到七千年后的“共和国工业长子”构筑了相对独立、完整的装备制造业体系！

七千年前的家园（下）

由于重要的文化遗址发现后需要妥善保护，当年的新乐电工厂厂址早已进行了搬迁。如今，“新乐文化”作为沈阳在原始社会新石器时代最有代表性的文化类型，早已深入人心。2011 年岁尾，沈阳地铁 2 号线正式开通运营，在经过反复论证后确定的二十几个站点中，“新乐遗址”站赫然在列，成为这座城市对外展示形象的一张名片。

史前文化浩瀚而深邃，而作为“目前为止下辽河流域发现的时代最早的新石器时代遗址”，新乐遗址至今仍有许许多多的谜团还有待解开。比如遗址中出土的一百余件煤精制品，制作精致，打磨光亮，在国内其他新石器时代遗址中都未发现，经鉴定分析，原料是产自抚顺煤田西部的本层煤，而在当时没有先进交通工具的情况下，“新乐人”专门从百里之外采来煤精，并进行精工特制，到底是何用途？是娱乐工具，还是祭祀用品？是否为当时部落上层人物所享用？

不管如何，新乐遗址的考古发掘，为我们了解认识沈阳地区的新石器时代历史和文明提供了一把钥匙。现代著名历史学家佟冬先生在其主编的《中国东北史》中高度评价新乐文化，称它“是我国新石器时代文化的重要发源地之一，与黄河流域的仰韶文化、长江流域的河姆渡文化占有同样重要历史地位”。

| 沈阳新乐遗址 6 号房址 张庆东摄 |

担任沈阳新乐遗址博物馆馆长多年的陆海英研究员，与我相识于学术会议上。新乐遗址出土文物最初是由在沈阳故宫工作的考古人员进行鉴定的，遗址进行考古发掘得益于沈阳故宫，而陆海英馆长又因研究清史见长而在沈阳故宫博物院工作二十余年，这不能不说是一种特殊的缘分。2018 年新乐遗址博物馆承办东北新石器考古学术研讨会，她给我也发来邀请函，只不过我对新石器时代历史实在没有研究成果，就婉言谢绝了这次参会的机会，但还是用心关注这次会议的相关媒体报道。给我印象最为深刻的是，这次会议期间，新乐遗址博物馆正式公布了可以代表新乐遗址历史地位的十件珍宝，分别是炭化鸟形木雕、磨盘磨棒、压印“之”字纹陶罐、高足钵、斜口器、石网坠、煤精制品、纺轮、双孔石刀、陶甗，通过这些文物不难推测新石器时代“新乐人”的生活状态。

新乐文化遗存中重要的文物之一就是陶器，而新乐遗址出土的压印“之”字纹陶罐制作的精美程度令国内权威考古专家都由衷惊叹。前来参加那次研讨会的中国社会科学院考古研究所研究员朱延平在接受记者采访时说，这个压印“之”字纹陶罐真可谓“前无古人”，“东北地区出土的‘之’字纹陶器很多，但纹饰都是刻上去的。而新乐出土的‘之’字纹陶器，纹饰是压印上去的，说明当时人们会使用工具对陶器进行装饰，这样的技术

| 压印“之”字纹斜口器 |

很先进了。这件文物在东北最早出现，所以堪称‘东北之最’”。如此倾情的评述，如果不是对新乐遗址出土的文化遗存充分认可，从一个治学严谨的考古名家的视阈中是很难刻意升华的。2022 年 7 月，朱延平研究员应邀参加 2022 年度红山文化高峰论坛，在发言中他认为红山文化的主要源头是兴隆洼文化，但不是所有兴隆洼文化最后都发展成了红山文化。那么，新乐文化到底有没有受兴隆洼文化的影响，或者是否就是兴隆洼文化的一种演进呢？目前还没有定论。很明显，新乐文化较距今五六千年的红山文化要早，较中原一带的仰韶文化、半坡文化和江南的良渚文化都要早，而从时间上又晚于辽河上游的兴隆洼文化。经过考古发现，兴隆洼文化时期农业经济已经产生，而新乐遗址也体现出典型的北方旱作农业特征，我们通常所称“五谷杂粮”中的“黍”这种谷物在“新乐人”中已经广泛人工栽培，新乐遗址的石器类型与陶器类型同兴隆洼文化也有很多相近之处。考古界普遍认为，兴隆洼遗址出土的玉玦、玉匕形器和玉弯条形器是中国最早的玉器，新乐文化也不逊色，出土了长条形玉凿、玉锛和玉斧等，可见距今七千年前的先民在这里创造的文明有多发达。

新乐遗址出土的一粒鼓形玉珠，中间钻孔直径只有 2 毫米，让你不禁疑惑这能是七千年前先民的创造吗？遗址出土的煤精制品中有一个三曲形的泡形器，而据我国此前的考古研究发现，在唐宋时期才见到三曲、四曲等器物造型，并且还不多见……透过新乐遗址丰富多样而又富有特色的文化遗存，你会深切感受到，沈阳这座城市那特有的勇于开拓气质，从七千年前的“新乐人”传承至今。著名书法家、文化学者李仲元认为，新乐文化是遥远的东方远古文明的一道曙光，是在严酷生存竞争中征服客观、改造自我的成功，他说：“新乐人的创造是可亲可敬的，是现代沈阳人的骄傲。”

那么，沈阳的人类活动历史还能向更遥远的年代追溯吗？随着现代考古技术的不断提升，这也是一个被“敢为天下先”的沈阳人不断超越、不断刷新、不断努力尝试突破的命题。

2012 年 8 月至 2013 年 9 月，沈阳市考古所和吉林大学边疆考古研究中心组成联合考古队，对通过考古调查发现的旧石器时代遗址——沈阳农业大学后山遗址进行考古发掘。通过发掘，在该遗址中发现了 5 个连续分布的旧石器文化层，通过光释光测年，确定第二层至第六层的年代距今 1.5 万至 11 万年，2014 年首次对外公开发布该遗址考古发掘成果时，发掘出土打制石器 620 余件，包括手镐、盘状石核、尖状器、雕刻器、砍砸器、刮削器、石核、石片等。此外，在该遗址还发现一组距今 7 万至 7.3 万年古人类建造和使用的建筑遗迹，推测其可能与古人类在野外搭建的窝棚式建筑有关，这种建筑遗迹在东北地区的旧石器时代遗址中尚属首次发现。这次考古发掘行动的主力成员付永平、陈全家、方启联合署名在《中国文物报》上发表了《沈阳农大后山遗址旧石器考古获重要成果改写沈阳人类活动历史》一文，从标题中不难看出新时代“考古人”的兴奋与喜悦心情。他们认为，这次考古发掘将沈阳地区有人类活动的历史从新石器时代新乐文化的上限距今 7200 年，提前至距今 11 万年左右。两年后，大半生投身文物考古事业的辽宁省博物馆原馆长姜念思研究员应沈阳出版社邀请修订其著作《沈阳史话》时，特意在“第二版后记”中充分肯定了沈阳农大后山旧石器时代遗址考古发现的重大意义，他谦虚地认为自己将距今 7200 年的新乐遗址作为沈阳历史的源头，“这显然已经落后了”。姜先生一直想有机会在再次修订该书时能写入沈阳农大后山遗址考古发现的成果，遗憾的是第二年姜先生仙逝而去，将沈阳历史追溯到 11 万年前的相关表述在其生前未能付诸文字。这里借本文一隅可以告慰姜念思先生：沈阳农大后山遗址发掘工作进行得非常顺利，相关研究工作也颇有成果，整个遗址面积超过 8 万平方米，今后还会进行详细的考古规划，相信还会有更大收获。

人类的历史，有着太多曲折的道路，也演绎过太多精彩的悲欢离合故事。1985 年，我国现代考古学泰斗苏秉琦先生提出了著名的中国文明起源“满天星斗说”。第二年，苏秉琦将新乐遗址称为与沈阳故宫齐名的“沈阳两宝”。新乐遗址在苏秉琦先生眼里，是一颗闪亮的星。苏秉琦在北大考古系任教时悉心培养的弟子、辽宁省文物保护专家组组长郭大顺先生认为：“以前，人们认为中华文明是从黄河流域向外发散到全国，后来经过考古研究证明，黄河流域、长江流域，包括辽河流域都有文明的发端。通过新乐遗址出土的大量文物说明，在七千多年前，下辽河流域的人类已经会使用工具，制作精美的陶器，把木头雕刻成鸟形，做出煤精制品，说明这里形成了成熟的新石器文化，也再一次证明了辽河流域也是中华文明的摇篮之一。”

新乐遗址所在的高台地南侧台下就是今天的新开河，这个位置早在远古时期就有一条河道，学界称其为浑河古道。在距今七千年前，这片土地雨量充沛、草木繁茂，特别适合人类文明的孵化。我们可以遥想：这里的原始部落逐水而居，在岸边建立母系氏族聚落，日出而作日落而息，尽情地享受苍天厚土的滋养，雨雪风雹中尽显坚强……斗转星移，岁月变迁，故河依旧在，房址今犹存，不觉人间已过七千年。

月光剑气
郑家洼

在沈阳西郊，有一座知名度尚且不高的博物馆，名曰“郑家洼子青铜短剑墓陈列馆”。说起这里，即使是一些“老沈阳”也都会感到陌生。这座博物馆掩藏在居民小区之间，占地面积仅有 2500 平方米，展馆面积只有

郑家洼子青铜短剑文化展

400平方米，如果仅从规模来看，不过是一座袖珍博物馆，但其文物价值和历史意义却不可低估。说得直白一些，探讨沈阳的过往，尤其是青铜时代的历史见证，这里绝对不容忽视。

我的好朋友、沈阳文物古迹保护研究中心副研究员张旭东曾经对我说："郑家洼子因发现青铜短剑墓而闻名于世，几乎国内外每个关注中国青铜器和青铜时代历史文化的研究者都知道这里，正因为这里很重要，沈阳市文化部门早在1985年就专门在这里成立相应的文物管理所，1987年陈列馆建成并对外开放。"

在前去郑家洼子考察之前，我特意查询了一下"百度地图"，竟然发现其所在地的具体表述是"沈阳市于洪区仙女河北路郑家三委青铜东巷23号"。郑家洼子如今随着城市变迁早已不是什么村庄，这并不稀奇，重要的是"青铜东巷"和"仙女河"这两个地理称谓，多么富有诗意并容易引人遐想！

真没想到，隐身在沈阳城市角落中竟然还有个如此直观的青铜时代历史载体。

郑家洼子是低调的，也难怪至今不广为世人所知。我以研究的态度搜索了一下相关网站，至今郑家洼子青铜时代遗址的考古没能形成一本书籍，发表的相关论文也只有寥寥数篇，但刊载论文的刊物却是在国内考古领域绝对权威的《考古》和《考古学报》。

据说，当年郑家洼子古墓一经发掘就震撼考古界，这绝不是有意拔高。

郑家洼子位于今天沈阳市主城区西南于洪新城的保工南街公铁地道桥的南侧，东距沈阳站仅5公里，南距浑河3公里，临近浑河支流仙女河（亦称细河），原来这里地势低洼，多沼泽，故名"郑家洼子"。从文物保护的视阈来看，郑家洼子遗址分布在原先沼泽地旁的土脊上，这道土脊原先南北长约1公里，共有4个考古发掘地点，总面积达7万平方米。当然，如今随着城市建设，有些发掘地点早已进行回填，重新融入这片土地现如今和谐的生活氛围中。

据当年亲历郑家洼子考古的老文物专家讲述，最初是在1958年，当地一家砖厂在取土时于距地表1米以下发现曲刃短剑等青铜器27件，陶罐1件，确知这里是青铜时代历史遗址。1962年，考古工作者又在第一地点南部约500米处的第二地点出土一件曲刃青铜短剑。由于当时考古界把这里作为东北地区青铜时代人类活动遗址考古发掘的典型地点，也就是今天语境中的“示范点”，故而这里的考古工作在1963年开始是由中国科学院考古研究所东北工作队直接承担，考古调查结论甚至直接上报给时任中国科学院院长、著名考古学家郭沫若。在这个工作队的努力下，1965年5月28日至6月7日进行了小规模发掘，发现两座青铜时代的土坑墓和一座汉代的瓮棺墓。这次发掘从地层上确认，在青铜时代之后的汉代、金元时期，郑家洼子都有人类定居并形成了具有其时代特点的文明。

1965年8月，考古工作者又在第三地点发掘墓葬14座，可以说，郑家洼子发现的是青铜时代墓葬群。这14座墓葬分为南北两区，北区是12座密集排列的小型土坑墓，相距80米外的南区单独埋葬着两座大型土坑墓，编号分别为6512号和659号。其中最有代表性，也是这里最有震撼力以致后来围绕其修建陈列馆的就是6512

| 郑家洼子6512号大墓 |

号木棺墓，也就是今天郑家洼子青铜短剑墓陈列馆的主体。

6512 号大墓不仅是郑家洼子墓葬群所发现的规模最大、随葬器物最为丰富的一座墓葬，而且其研究价值也非常大。此墓墓坑挖在生黄土里，为不规则的长方形，长 5 米，宽 3 米，方向 280 度，墓口略大于墓底。墓底放有木椁、木棺各一具，发现时已腐朽成灰。墓椁与墓壁之间填以夯土。木棺放在椁内偏北处，棺底板长 2 米、宽 0.7 米。椁底铺席，随葬器物放置于棺椁之间及棺内，经过清理，计有铜、陶、石、骨器 42 种 797 件。如此庞大数量的青铜时代文物出土，也难怪当年惊动中国科学院院长郭老。

在当年中国科学院科学出版社主办的《考古学报》上，有一篇文章的醒目标题就是《沈阳郑家洼子的两具青铜时代人骨》，内容就是有关郑家洼子 6512 和 659 两座墓葬出土两具青铜时代人骨的情况。

对此，我查阅了相关的考古发掘资料上关于郑家洼子 6512 号墓葬的表述："棺内葬人骨一具，系老年男性，头西足东，仰面直伸。墓主人头上和脚下各立一面大型铜镜形饰件，身上按等距离放置四面略小的铜镜形饰件。饰件上残留有麻布包裹的痕迹。头上戴小串珠，颈下佩戴的大石串珠直到胸前，石串珠都为蓝绿色天河石制成。右侧腰部佩曲刃青铜短剑一把，有外套置铜镖的木剑鞘，铜镖有镂孔铃头和七连铜环的镖饰。剑身因长期使用而磨损较甚，剑柄是以一种杂有铁、石粉之类

| 郑家洼子 6512 号大墓出土的青铜镞、虾形节约 |

的混合材料黏固而成，以替代木柄。右膝旁有刀囊和斧囊，刀囊有弧三角的囊饰，囊内插有骨柄弧背铜刀、铜锥各一件；斧囊附有饰卷云纹盾牌形饰件，斧囊旁放置有铜斧与铜凿各一件。小腿和脚部四周排列着成排的铜泡，腿骨周围的铜泡较大，共一百二十四枚，脚骨上的铜泡较小，共五十六枚；泡下骨上并附着有一层黑色有机腐殖物，可知这些铜泡当是墓主人穿着的一双皮靴上满钉的铜饰。脚骨左侧还有一束箭，共九十八枚，镞为断面作菱形的两翼式。”

应该说，这么多年来我在各类文稿写作中极少如此大段引用一份考古发掘报告的原文，但此处还是舍不得割舍掉这段话中的任何一句。只有如此专业的表述才能将郑家洼子青铜时代大墓墓主重见天日时的状态陈述得精准得当。因为这对后来给予郑家洼子青铜短剑大墓文物价值的评估和墓主人身份的研究考证工作都非常重要。那么，郑家洼子发现的这座大墓的主人究竟是什么人呢？

考古工作者经过对比发现，郑家洼子的小型墓在葬俗方面与大墓基本相同，但规模和随葬品相差极为悬殊，小型墓均无木质葬具，随葬品较少，一般仅有陶壶、纺轮和石串珠等。而6512号大墓无论从墓葬规模、棺椁制度和随葬品数量来看，都表明墓主人应该在当时很显贵，甚至是首领一类的人物。然而，从墓主人装束及随葬品来看，又能体现出武士的形象和狩猎人的风格，而从头到脚放置的大小六面镜形饰件等装束又具有巫者的感觉。考古学界普遍认为，在青铜时代，这几种身份集中在一位首领身上是完全可能的。那么，这位首领究竟又是来自什么部族呢？

首先说，郑家洼子墓葬群出土的两具人骨均为五六十岁的老年男性。经人类学专家鉴定，这两具骨架具有蒙古人种特征，以往有许多学者认为墓主人应属东胡族。但也有学者考证后认为，从东胡人的活动范围来看，应该主要在今天辽宁西部朝阳、葫芦岛市和内蒙古赤峰南部一带，长期以游牧、狩猎为主，主要体现就是辽西地区的夏家店上层文化。而从郑家洼子墓葬群出土文物来看，更倾向于以农业为主的经济形态，虽然郑家洼子大墓也出土了短茎式曲刃青铜短剑（亦称琵琶短剑），在夏家店上层文化中也发现有曲刃青铜短剑，但主要表征是銎柄式曲刃剑和匕首式曲刃剑，而不是这种短茎式曲刃剑。因此，文史界很多专家学者认为，郑家洼子大墓主人应该是当时分布于沈阳和辽东地区的秽貊族。

学界的共识是，貊人曾在今浑河流域定居生活，他们的部落在《山海经》中被称为“貊国”，最终这个部落归属燕国统治。虽然《山海经》充满神话色彩，不能作为一部严谨的历史文献著作，但貊人曾聚居在今天沈阳地区这个结论是可以成立的。郑家洼子大墓出土的三翼銎式铜镞具有战国早期特征，据此，考古学家们认为郑家洼子大墓主人的生存年代应该在战国早期也就是公元前400年前后，这个时间点距离战国中期燕国大将秦开“却胡千里”有百年左右。至于郑家洼子大墓主人到底是秽貊人中何等地位的首领，目前还无法考证，但从考古发现的陪葬品来看，在当时生产方式和生活习惯较中原人还落后一些的秽貊部族中，这位墓主人的地位应该很高。

在郑家洼子墓葬群的随葬品中有一定数量的兵器和马具，连大墓主人的随葬品都具有武士特征，说明这里沉睡着一批曾经善于骑射的战国时期部族先民。在月光剑气的青铜时代，可以想象，郑家洼子周边的先民们聚集在部落首领号令下，拿起兵器保卫家园的壮怀景象。

在一些有关沈阳的文史书籍中，把郑家洼子青铜短剑墓当作这座城市在青铜时代最具代表性的印记，然而，青铜时代作为一个以考古学概念称谓的历史年代，是以使用青铜器为标志的人类物质文化发展阶段，以中国古代来说，涵盖从公元前21世纪夏朝建立一直到战国中晚期铁器普遍使用为止，也就是从距今5000年到公元前300年左右，跨越夏、商、西周、春秋、战国等不同历史时期。从这个意义上来审视，郑家洼子青铜短剑墓很明显已经处在青铜时代晚期。

那么，在此前漫长的青铜时代里，在沈阳这片土地上有没有可圈可点的青铜文明呢？答案是肯定的：不但有，而且多样灿烂，熠熠生辉。

应该说，在中原地区进入到奴隶制时代，东北地区还停留在父系氏族制发展阶段，这里也始终没有建立起像中原夏商周王朝那样的奴隶制王朝。但是，正是由于青铜文化的出现和演进，大大促进了这一带社会经济的进步发展，沈阳地区的先民们在青铜时代的历史变迁中完成了从原始的渔猎经济向农业经济的过渡，制石业、制陶业、青铜铸造业及纺织业等手工业也得到了发展。随着社会经济的进一步发展，人们的生活习俗等也在不断改变。

纵观近年来考古发现的沈阳地区青铜文化遗址，比较有代表性的有高台山遗址、新乐上层遗址、康平顺山屯遗址、法库湾柳遗址、苏家屯老虎冲遗址等。其中以高台山遗址考古发现成果而命名的“高台山文化”在学术界影响较大。高台山遗址位于沈阳新民市高台子镇高台子村，这里是平原与丘陵地带的分界线，南为辽河、柳河冲积平原，北侧地势较高，比较适合人类居住。在高台山及周边目前总计发现墓葬140余座，连同受高台山文化影响的彰武平安堡、阜新平顶山和阜新务欢池等遗址，高台山文化目前共发现墓葬200余座，这个数量在东北地区的同一青铜时代文化类型中算是较多的。高台山文化的居住址从目前发现的情况看，主要是圆形地面式居住址。高台山文化出土的遗物较多，包括陶器、石器、骨蚌器和铜器等。在文物考古界公布的高台山文化相关资料中，我查阅到这个文化类型与青铜器的密切关联：“较发达的农业生产工具和颇具特点的器形与种类，以及反映初级金属制造技术的小件青铜制品。”

由此可见，高台山文化还只是进入了所在地域青铜时代早期，结合碳-14测年数据分析，高台山文化的年代距今3800—3300年，也就是中原

| 新民高台山遗址出土的夏商时期陶纺轮 |

王朝夏代中晚期到商代晚期。

历史长河奔腾不息。从高台山文化开始，又经历了三千余年的发展，到郑家洼子青铜短剑墓所处的战国时期，沈阳地区的青铜文明已经相当成熟了。结合考古发现可知，从西周时期开始到战国中晚期，沈阳地区的青铜文明逐渐发展到以曲刃青铜短剑、扇面形铜斧等为典型遗存，甚至下限可以一直到公元前300年燕国大将秦开却东胡之前。对这种文化类型，学术界将其统称为“辽宁式青铜短剑文化”，认为这是辽河流域这一时期具有特色的青铜文化。当然，由于郑家洼子青铜短剑墓很有代表性，考古界也有“郑家洼子类型”的学术称谓。

只不过，在如此漫长的横跨四千余年历史青铜时代，由于缺乏文字记载，我们已经很难确知沈阳地区当时的先民们在这广袤地域上发生过怎样的故事。月光剑气、炊烟袅袅，荡气回肠、和乐安详……一切的一切，都只能付诸我们脑海中合理的联想。

直到战国时代的某一天，有一位将军骑马率兵出现在这里，让这片土地真正有了文字记载的历史，他的名字叫秦开。

历史深处有秦开

与沈阳有关的第一位有名有姓的人物叫秦开，他是战国时期燕国名将，“秦开却胡千里”的故事传颂了两千多年，广为人知，文化影响深远。

| 秦开雕像 张庆东摄 |

如今，在沈阳的浑河岸边五里河公园入口处，挺立着秦开塑像。雕像上的秦开将军气宇轩昂、眺视前方，神情中饱含着刚毅、坚定。秦开已经成为沈阳的一个富有历史感的文化符号。在一些旅游宣传材料里，更是把秦开称之为沈阳的“开城之祖”。

那么，秦开究竟何许人也？他有着怎样的功勋，令后世如此铭记？

秦开最卓越最有代表性的功绩是“却东胡千里”，顾名思义就是领兵让威胁燕国统治的东胡部落退却千里，促进了中原文化向东北地区传播和东北地区在封建社会早期的开发建设。然而，秦开究竟是哪里人，如何成长和崛起，历任什么具体官职，最后结局怎样，史书都没有交代清晰，给后人留下难解之谜。

之所以正史对秦开生平的记述如此潦草模糊，分析起来，最应该留下更多文字记载的二十四史之首《史记》本身就对燕国记述偏少，语焉不详，甚至出现了大幅度的“断片”。有一次参加某个学术研讨会时，一位研究先秦史的学者不禁和我抱怨：“是司马迁让燕国沉寂了七百年！”

而追溯沈阳的建城史，又不得不提及“战国七雄”之中的燕国。在“战国七雄”中，司马迁对燕国最吝惜笔墨，《史记·燕召公世家》在《史记》的“世家”体例里也是够具特色：只有八千余字不说，在战国中期之前燕国几乎只有君王列表，犹如夏朝历史一般，甚至还有二百多年时间是一句带过，宛如时光停滞，“自召公已下九世至惠侯。燕惠侯当周厉王奔彘，共和之时”，二百多年历史就这样大幅留白。这与燕国为中国古代所做的历史贡献实在不符，也给今天的燕国史研究留下了太多的缺憾。

而事实上，燕国是“战国七雄”中唯一与周天子同为姬姓的诸侯国。我曾经在一个地方史讲座上对听者说：“作为燕国地域的后人，我们一定要对燕国历史有自信，因为他的国君与周天子同姓，这在讲究血统论的中国古代，应该是很值得骄傲的事情。”燕国创造过灿烂的文化，然而时至今日，燕国历史研究著作出版的不过寥寥数部，很多当代人甚至是通过“荆轲刺秦王”和近年来一些有关太子丹、荆轲的影视剧才知晓一些燕国历史。

以司马迁的史德，燕国被其笔下忽视的原因，绝不是出于什么家族恩怨，而实在是史料匮乏。燕国远离中原，在周天子眼里只是一个北部边陲的诸侯国，而且立国伊始较为羸弱，其地还并存着很多汉族以外的古族。由于统治不稳，在进入战国时代以后的燕王哙统治时期还差点亡国，连都城都被齐国攻破，燕王哙兵败自缢。如果不是邻近的赵国欲灭掉中山国转而和燕国结盟，并派将军乐池（乐毅祖父辈）护送已经流亡到韩国的燕国公子职回燕国主政，燕国的历史乃至中国北方的历史都有可能改写。所以说，燕国真正强大起来还真是在战国中期以后。

促成燕国强大的有作为君主就是受到赵国扶立的公子职，也就是历史上赫赫有名的燕昭王，他是真正让燕国起死再生并延续称雄的中兴之主，是他的大力改革图强一举让燕国步入强盛。连唐朝诗人陈子昂都专门为其作诗感怀称：“霸图今已矣，驱马复归来。”

燕昭王 24 岁即位时，已经是燕国第 39 任国君。燕国虽然历史悠久，且分封为周武王伐纣建立西周政权之初，但由于最初受封时的疆域，西南到河北省西北部，东北至辽西大凌河上游，这里相对中原较偏远，司马迁形容其“北迫蛮貊，内措齐晋，崎岖强国之间，最为弱小，几灭者数矣”，可见燕国最

燕昭王雕像

初由于在地理位置上没有优势，国势发展缓慢，即使是和周天子姬姓同姓的诸侯国也没有得到什么特殊的照顾。那时，燕国东北有孤竹、令支等方国以及山戎、东胡、无终等少数民族部落，南有齐国，西有晋国以及后来的赵国、中山国，几乎就是在夹缝中求生，称霸更无从谈起。后世学者考究缘何司马迁笔下的燕国出现了长达七百年的历史空白，主要原因就是在这个相对漫长的岁月里燕国与中原诸侯国往来较少，春秋时的燕国也基本不参与中原诸国的交聘会盟活动，活脱脱一个“另类诸侯”。更耐人寻味的是，燕国北部的山戎部落在公元前 706 年“越燕而伐齐”，竟然越过燕国境地深入到山东半岛，可见燕国当时的软弱。几十年后，山戎气焰更甚，不再是借道通过，而是兴兵伐燕，燕求救于齐，适逢齐桓公为彰显霸主地位带领管仲亲征援燕，著名的“老马识途”典故就是发生在齐桓公取道燕国伐山戎、孤竹的征途上。

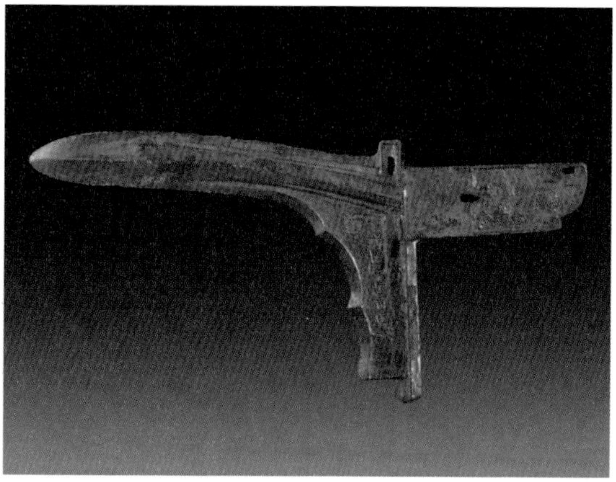

| 燕王职戈 （现藏于辽宁省博物馆）|

燕昭王即位于动乱之中，当时燕国内忧外患，国势衰微，在此背景下，燕昭王励精图治，决心变法革新，立志让燕国强盛起来。他“招贤纳士”，重用郭隗、乐毅、苏秦、邹衍等名士名将，并且亲力亲为，“吊死问生，与百姓同甘苦”。经过近二十年的努力，改革初见成效，燕国逐渐强盛起来，百姓安居乐业，国力军力都有显著增强。而此时，本文中的关键人物秦开也登上历史舞台。

《史记》是在《匈奴列传》中记述秦开主要功绩的："燕有贤将秦开，为质于胡，胡甚信之。归而袭破走东胡，东胡却千余里，与荆轲刺秦王，秦开之孙也。"总共四十几个字的叙述竟然还有三分之一是涉及秦开的孙子、与荆轲一同刺杀秦王的那个"陪死刺客"秦舞阳。这段记载的前半部翻译成白话文是："燕国有贤明的将领秦开，被派到东胡部落去当人质，东胡对他很信任，等到秦开回燕国后领兵进袭并击破东胡，迫使东胡退却千余里。"

这便是赫赫有名的历史典故"秦开却胡"之原始出处，后世从这寥寥不足50字的记载中，衍生出人物形象鲜活饱满的故事。时至今日，追溯东北及辽宁的古代历史和早期开发，必言及"秦开却胡"，秦开的知名度远比在东北登基称帝建都的十六国时期"三燕"王朝诸位帝王们更甚。河北有位历史文学作家甚至由此创作了一部长篇章回体历史小说《大将秦开》。

然而，历史是冷峻而严肃的。"战士军前半死生"，秦开击退东胡，兵卒伤亡的代价换来的究竟是什么，到底有怎样的历史意义，是我们需要摒弃浮华冷静思考的问题。

正史有关秦开的记载除了"却东胡"事迹外还有一处。在《三国志·东夷传》中记载："朝鲜侯见周衰，燕自尊为王，欲东略。朝鲜侯亦自称王，欲兴兵逆击燕以尊周室，其大夫礼谏之乃止。使礼西说燕，燕止之不攻。后子孙稍骄虐，国人离志，燕乃遣将秦开攻其西方，取地二千余里，至满番汗为界，朝鲜遂弱。"

可见，史料中记述的箕子后代朝鲜侯看到周王室衰微，认为燕国"自尊"为王，欲兴兵向西攻击燕国，但被一位名叫礼的大夫劝谏而一时间未采取军事行动，这位名礼的朝鲜官员又出使燕国修好，燕王在其说服下也未出兵，从而避免了一场争战。但后来的朝鲜侯又"稍骄虐"，于是燕国军队在秦开率领下乘着击退东胡后的高昂士气，一鼓作气，向东长驱直入，取地二千余里，驱逐朝鲜侯在辽东的统治，最后双方以满番汗（又称浿水，今朝鲜境内清川江，一说指朝鲜平安北道博陵古城）为界。这样，朝鲜侯完全退至朝鲜半岛，燕国夺取了辽东广大地区，边界甚至延伸到今鸭绿江以南。

这就意味着，秦开两次率兵征伐，为燕国开拓疆土绝不止千里，从今天的冀东、辽西、蒙东到辽东到朝鲜清川江以北，都直接纳入燕国辖境。后世有史家评述“秦开之功，堪与乐毅媲美”，而从拓土成果上来看，乐毅不过是攻取了齐国七十余座城池，范围大都在山东半岛及周边，且只是短期据有，而秦开为燕国开拓的疆土面积远远大于乐毅。而且，在秦开拓土之后，燕国的领土面积超越了邻近的齐国和赵国，从一个名不见经传的边陲小国成为“战国七雄”中疆域面积仅次于秦、楚的第三号诸侯国。

那么，对秦开击退东胡一事该怎样看待呢？首先说，东胡肯定是中国古代的一个少数民族部落，而且没有建立过像中原诸侯国那样的政权体系。东胡之名最早见于《逸周书》，以游牧为主，《后汉书》记载其地曾在匈奴以东，东胡在汉代以后逐渐演变为鲜卑和乌桓。东胡在战国中后期一度强大，从历史文献资料结合考古调查推断，东胡统治中心在当时位于饶乐水和狼河之间，即今内蒙古开鲁县北部、扎赉特旗西南部和阿鲁科尔沁旗东部的广大草原之上，以游牧为主，不建固定城郭，以车仗、驼、马、围之为城。在开鲁以北、阿鲁科尔沁旗北部的山脉中，发现有大量东胡人的岩画。东胡统治区域与燕国为邻，由于生存和部落发展的需要，特别是草原地带缺乏粮食，东胡经常南下骚扰燕国，掠夺财物。那么，东胡有没有可能长久占据并统治包括今沈阳地域在内的辽西、辽东地区呢？我认为这种可能性很小。

通常的看法是，燕国势力进入东北是在战国时代晚期通过“秦开却胡”这一标志性的历史转折而完成的，有学者归纳认为秦开之举“是对辽河流域原住民一次性、排他性的驱逐”，也就是说，这片土地原本属于东胡，是被燕国攻占并纳入燕境的。

可以说，两千多年来，这一传统说法甚嚣尘上，似乎在秦开“却胡”战争之前，东北地区还很荒蛮。问题是，在现代考古发现面前，这个传统观点到了该被打破的时候了。辽宁大学考古学院教授华玉冰曾任辽宁省文物考古研究所副所长，是东北考古界的精英，主持过多项大型考古发掘，他结合多年的考古调查得出结论：“通过对辽宁境内发掘的战国墓葬和随

出土于辽宁喀左的西周“匽侯”青铜盂，匽即“燕”

葬陶器的变化，可以梳理出一条燕人及燕文化进入辽宁的时间轴线。”华玉冰教授认为，从出土文物结合史料可以证明，燕人很早就到了辽宁地区，并逐渐与当地文化融合，而东胡族本来主要活动于西拉木伦河流域，属游牧民族，不时会对辽西、辽东进行侵扰，正因为如此，秦开率兵将他们击退，因此说，“秦开却胡”是捍卫燕国属地安全，而不是强占东胡人的地盘，在“却胡”之前，燕国已拥有这一地区。诸多辽宁境内战国前期和中期考古发现，都有明显带有燕文化特征的文物出土，像成套的大型境内的燕式铜礼器、金柄套的曲刃剑，绝不能简单理解为从燕国传入或燕国赏赐给当地原住民之物。由此看来，中原文明华丽北进并影响东北地域文化的过程，绝非是从“秦开却胡”才开启的。

我比较赞同华玉冰教授关于东胡没有实际定居过辽沈地区的观点。毕竟，东胡人主要以游牧为主，辽河流域在战国时期植被茂盛，没有真正意义的广袤草场，显然不适合尚未步入农耕文明的东胡民族久居。况且，东胡人如果真的在这一带定居，又为何没有发现具有能够明确证明属东胡人特征的墓葬？我认为，“秦开却胡”之前，辽河流域应该是原住民秽貊人所定居之地，这些原住民已经臣服燕国并接受燕文化洗礼，甚至可以说高度认同燕文化，而东胡人作为游牧民族对该地的劫掠甚至短暂驻兵是当地原住民无法接受的，遂请求他们所依附的燕国派熟悉了解东胡内情的秦开将军出兵将东胡击败，迫使东胡退却千里并不敢再骚扰辽西、辽东。至于燕国真正统治辽河流域的时间，我认为还应该以设置五郡为标志，此前即使管理该地也还是松散式的，即交给当地原住民部落自行管理，应该说，是由于“秦开却胡”促成了燕国在辽东地区设郡建治和修筑长城以加强管辖。

秦开却胡，功莫大焉。

消失的燕长城

如果仔细阅读几部燕史著作你会明显发现，燕国从周初受封以后，由于所处地域邻近少数民族区域，长期饱受少数民族侵袭，甚至因此而被迫迁都。到了春秋时期，齐国、晋国为称雄称霸，多次出兵对少数民族部落和边远方国攻伐，还取道燕境兵伐山戎、孤竹，大幅度削弱了燕国的对手，减轻了燕国的战略压力。但从燕昭王时代名将秦开仍被东胡部落扣为人质以及东胡仍能短期控制辽河流域来看，少数民族势力对燕国的威胁还是很

建平县烧锅营子乡蛤蟆沟屯北山上燕北内长城

大的，也暴露出燕昭王改革前燕国在军事上的羸弱。

至于秦开将军的身世，更是充满着迷雾。北京的燕国历史专家陈平先生推测，秦开既然能替燕王为质于胡，恐非一般燕将，应当是燕昭王很重要而亲近的直系亲属。至于网络上登载的诸多有关秦开的历史普及文章，有的记述秦开是在一次战争中被东胡掳走，有的甚至把秦开描述成“苏武牧羊”般的出使被扣，其实都属于典型的误读历史。在春秋战国时期，交质之人绝非一般将相，当时的传统做法是以公子为质，如秦昭襄王曾为质于燕，燕昭王曾为质于韩，秦始皇父亲曾为质于赵，太子丹曾为质于秦等等，因此，先秦史学家常征先生推断，秦开应该是燕国公子，并且本姓“姬”，至于其称为秦开，是因其封地名“秦”，燕国的秦城又被写作芹城，在今北京市昌平区东部（一说在天津市宝坻区），秦开很可能以封邑为氏。如果秦开真是燕国公子，则说明燕国对征伐东胡、开拓疆土可谓非常重视。燕昭王欲使燕国强盛，就必须有一个稳定的后方，彻底打击东胡的决心由此可见一斑。

后世还有学者根据《史记》中秦开却东胡拓地千余里以及此役后设置上谷、渔阳郡的记载，考证出当时秦开收复之地从今妫水河流域（今北京市延庆区境内）一直到西辽河上游。我认为，《史记》成书时代“千余里”从计量上并非今日相当于500公里为千里的换算概念，就好比三国时代吕布“身长九尺”并非今日之九尺道理一样；再有，“千余里”本身就

北票市北塔镇赵家店屯燕北内长城烽燧址

是一个泛指的概念，到底一千多少里，司马迁也未交代清晰。且东胡作为一个游牧民族，以其生活习惯、人口数量和战略纵深而言，是不大可能侵扰到距离燕国统治中心如此之近的今京津地区的，至于上谷、渔阳郡和辽东、辽西郡同时设置，也并不能说明昔日上谷、渔阳郡所处之地就是东胡占据，“批量性”设治自古以来屡见不鲜，而每个行政区划都有其设置的具体原因。

秦开之所以被委以重任征伐东胡，一方面是由于他在东胡部落内生活过，熟悉东胡的内部情况，特别是军事实力，另一方面是燕国在此时很重视强兵建设，应当是从秦国商鞅改革中汲取了智慧。在燕昭王时期，正因为加强武备，发展军事，才涌现出乐毅、秦开等名垂史册的名将。

“秦开却胡”的具体时间，由于正史失载亦无考古证据佐证，今人只能作以推测。先秦史专家、四川大学彭华教授在《燕国八百年》一书中认为，系在乐毅破齐之后的燕昭王二十九年至三十三年（前 283 至前 279），这种推断主要根据燕昭王为破齐应当储备实力、养精蓄锐。但东北地区文史界从近代金毓黻治《东北通史》始，普遍认为秦开却东胡之役发生在燕昭王十二年（前 300）。东胡是当时燕国的现实威胁，且对少数民族部落用兵相比对齐国这样的战国强国、兵家圣地用兵难度较小，完全可以在对齐国出兵前先试探一下燕兵锋芒。因此，姜念思在《沈阳史话》中认为，“从逻辑上分析，燕应该是先击败东胡，解除后顾之忧，然后才能去报齐的灭国之仇”。

由此看来，今天的沈阳地区在战国时代，东胡只不过是匆匆过客，还未站稳脚跟即被燕将秦开所驱逐。具有战略眼光的燕昭王认识到要想根绝少数民族侵扰疆土，最好的办法就是效法秦赵等国设置郡县，以加强对这些地域的统治，并修筑长城巩固防务，以防止东胡等少数民族卷土重来。于是，这次“秦开却胡”之役后，燕昭王设置上谷、渔阳、右北平、辽西和辽东五郡。从历史意义而言，郡县制的出现，是对西周以来分封制的否定，是奴隶制向封建制转变的一个重要标志。燕国在东北地区设置郡县，标志着这一带正式纳入燕国政权直辖，也是沈阳地区在历史上首次纳入中原王朝行政区划进行管理。

而要说到修筑燕长城，就有必要进行一番考究了，因为对大多数东北人来说，听说过辽东地区有过秦长城，闻知燕长城者甚少。再加上由于岁月沧桑，燕长城遗迹早已大多湮没，更增添了其神秘感。而《史记·匈奴列传》中分明记载“燕亦筑长城，自造阳至襄平”，也就是说，燕国政权实际统治区域扩大后，为巩固边防，防止东胡等少数民族部落侵扰，修筑有长城。而且《史记·朝鲜列传》还留下将“鄣塞”修筑至朝鲜的记载，学界通常认为这里的“鄣塞”亦是指燕长城，只不过修筑工艺或许更为简单。燕国在北部修筑的长城，以往文物考古和史学界多有探究，具体来说至少是西起上谷郡北部，东到辽东郡的东界。燕国北部长城由西向东，绵亘数千里，其基本走向已大体确定。

燕长城对沈阳市民来说是陌生的，即使是对沈阳历史有一定程度了解的人们，也很少有人清楚沈阳境内还有过燕长城。近年来，在沈阳新民市公主屯镇、法库县叶茂台镇等地发现了一些战国时期的遗址，其中出土有战国时期的兵器和刀币，还发现了一批战国至汉代的烽燧遗址。特别是在棋盘山上发现一处典型的战国时期烽燧遗址，站在此地可以清晰地眺望四周，浑河尽收眼底。虽然由于遗址遗迹的不连贯性，至今沈阳境内的燕长城具体分布、走向问题还存在争议。文物专家萧景全研究员考证认为，燕长城从彰武县经沈阳市所属的新民北部地区，然后东行进入法库县叶茂台镇，再东行经过铁岭市境内，由懿路水库附近又进入沈阳境内，再从沈北新区和浑南区东部的矮丘一带南北通过，在浑南区高坎镇附近跨越浑河，经上伯官古城遗址进入抚顺市望花区李石寨镇，再经刘尔屯等地越浑南区深井子镇鄂家沟进入抚顺县拉古乡，然后南行过沈阳市苏家屯区白清寨乡的和顺、关台沟一带复又进入抚顺县海浪乡，接着进入本溪境内，后又经过宽甸抵达鸭绿江边。燕长城多为土筑和石筑，就地取材，遇山而以石筑，在平原地区多为土筑，因此经过岁月磨砺很少有遗迹能保存下来。萧景全曾任抚顺市博物馆馆长，有丰富的考古经验，对地方文史研究建树颇多，当我就燕长城疑题虚心求教于他时，老先生对我说："无论怎么说，沈阳境内肯定有过燕长城！"

沈阳市浑南区深井子镇鄂家沟屯西燕秦汉晋长城烽燧址（北台子）

燕国设置五郡、修筑北线长城，都是在秦开击退东胡以后的事。虽然没有史料证明秦开修筑长城，但在很多历史普及文章中，还是很自然地把秦开将军和修燕长城联系在一起，当然也无法完全排除这种可能。沈阳地区是燕长城纵深防御体系的重要组成部分，这里也应当有过燕长城烽燧、堡垒、堑壕等设施，凸显出这里在战国时期军事防务上的重要价值。而为了加强长城内侧这片区域的防务，建造城池也属必然，于是乎，沈阳境内有了历史上首座真正意义的城市——候城。

候城的烟火气

今天的沈阳，早已是一座现代化大都市。而考证沈阳的城市之源，不得不从候城写起。这是一座至少存在了四百年、承载过灿烂文明的古代城市，却在被焚毁后沉睡了一千八百多年！

为何称为候城？学界普遍认为，候是取义守望、侦察，战国以后经常将长城边塞等战略要地用来瞭望敌情的设施称作“候”，又作“堠”。也就是说，沈阳最初的城市名称为“候城”，本身就凸显出这里的军事价值，实乃兵家必争之地。

那么，候城究竟在哪里？《汉书·地理志》中明确记载辽东郡统县十八，其中就有候城县。考证辽东郡属地，候城县基本处在居中的位置，从《汉书》中有关候城的其他记述来看，这里当为汉代军事要地。

《汉书》成书的年代，候城还没有毁于兵燹。遗憾的是，班固不可能洞察千年之后事，他也没有在史书中明确标明候城所在位置的参考坐标，比如距离山川河流的里数。因为在中国古代，城市乡邑名称都可以发生变更，汉代的玄菟郡就内迁过好几次，但山川水系的位置一般会保持不变，即使抬杠者说的大规模河流改道，正史也一定留下记载。

据历史文献记载，候城是在燕国建置辽东郡时设置的，且后来没有资料记载其城址发生过迁移。也就是说，考证一处古城址是否有可能是候城遗址，必须找到战国时期文化层。很显然，前面提及的两处沈阳近郊的古城遗址，虽然发现了大量的汉文化遗存，但经过考古学家们认定，都不是战国时代城址。而在沈阳境内，经过考古发掘，真正符合候城遗址特征的古城址只有一处，即位于沈阳中街周边的沈阳老城区古城遗址。

不得不说，候城位置的认定工作非常坎坷，甚至有几分传奇。1958 年，在沈阳市沈河区热闹路一带发现了典型的战国墓葬；1971 年和 1975 年，出于当时“备战”的需要，全民大挖防空洞，一些挖洞群众在今沈阳故宫东路十王亭院内和南邻沈阳市公安局沈河分局院内发现了古代遗址。在对这两处遗址进行考古清理时发现，两处遗址文化层厚达 6 米，上下叠压成四层，或像一部编年体史书，层次分明地记录着沈城的发展历史：第一层为现代表土，厚 1 米；第二层为明清层，厚 1.5 米；第三层为辽金元层，厚 2 米；第四层为战国、汉代层，厚 1.5 米。据《沈阳市文物志》记载，在这处古城址的战国、汉代文化层中，发现一处夯土台基，断面呈“凸”字形，南北长 10 米，东西宽 8 米，最厚处达 3 米。在汉代文化层下，紧挨生土层出土了战国晚期绳纹大板瓦、筒瓦及汉代“千秋万岁”瓦当等建筑构件，还出土了大量陶器、钱币等生活用具，并发现了两口井和一只装有 1000 多枚燕国钱币的陶罐。很显然，

沈阳热闹路出土战国陶鼎

这里是一处经历过战国后期辉煌和汉代文明的古城遗址。

沈阳故宫和沈阳市公安局沈河分局仅隔着一条沈阳路，这就意味着，当年因修建防空洞而意外发现的两处遗址是同一座古城址，两处遗址是一个整体，历史悠久，堆积厚，遗存多。尤为特别的是，大型夯土台基很显然不是一般民居，“千秋万岁”瓦当更只能是官署才有的构件。在汉代那个规制等级森严的年月，是无人敢“僭越”朝廷确定的建筑规制的。据说当时得知遗址的发现，有的考古学者着实兴奋了好一阵子，甚至推测到这可能就是学界在苦苦寻找的候城故址。遗憾的是，适逢“文革”时期，在当时的历史条件下，考古工作者无法按部就班地申请考古发掘，甚至连标志城市建筑的城墙都没能发掘就只能停下了清理的脚步。历史的遗憾就这样一搁置就是近 20 年。

1993 年 3 月，在沈阳故宫北墙外的宫后里修建一座大型商业广场时，工人在挖地基时意外发现了一段古城墙遗址。这在当时着实引起了文物考古界不小的震撼，国家文物局古建筑专家组组长、著名古建筑学家罗哲文先生闻讯赶到现场指导发掘工作，由于建筑工程时间紧迫，省、市考古工作者加班加点，对遗址进行了抢救性清理，并留下了一些珍贵的现场考古发掘清理资料。这段古城墙呈东西走向，黄土夯筑，最高处残高 2 米以上，夯土层每层厚 13 厘米左右。从遗迹和出土文物可以确定，这段城墙经历过三次修筑，始筑于战

候城遗址挖掘现场

国晚期，汉代进行过修补。在城墙内外，发现了大量战国、汉代板瓦、筒瓦等建筑构件和瓮、釜、甑、豆等陶器残片，还有秦半两、汉五铢等钱币及铜箭镞、木箭杆等兵器，说明当时城内有一定数量的军队驻守。考古学家们根据挖掘出土文物的形制，毫不怀疑地认定这道城墙始建于战国后期，两汉时期又经过两次续修。这一发现与此前在沈阳故宫内和沈阳市公安局沈河分局院内发现的古城址同属一城，弥补了当年修建防空洞挖掘时没有发现城墙的缺憾。

1993 年的那次考古发掘，抢救性地清理了沈阳老城古城址的北墙西段和西北角拐弯部分 170 余米。虽然此后由于建筑商业广场的原因，对已发掘的城墙进行了回填覆盖，但还是给地方史研究，特别是候城位置的确定留下了重要的资料。如今，这座从战国穿越秦汉的老城址依然继续“休眠”在新沈阳市中心的地下，但人们很显然已经意识到它所处的大体位置，并能够在以后的工程施工中加以有效保护了。

候城当年究竟有多大？由于 1993 年最后一次清理古城遗址时也限于特殊原因没能对古城址进行全面考古发掘，用考古学术语来说，就是“古城墙的面貌没有全部暴露”，但根据现代考古技术还是可以勾画出候城的大体轮廓。1999 年，沈阳市曾经两次召开沈阳建城始源研讨会，经过研讨论证，认定候城的位置就是围绕着今沈阳故宫和沈河公安分局一带，正阳街以东、朝阳街以西，因为在沈阳路与朝阳街相交的十字路东南角曾出土过汉墓，汉墓应该在城外，因此东城墙不会超出墓葬所在地。我的好朋友、沈阳文史专家刘长江研究员当年曾亲身参加 1993 年的宫后里古城址考古发掘，他推断候城北城墙全长应为 240 米左右，北城墙与南城墙距离应接近 300 米，基于这两边长度的考量，他认为候城古城址的周长约为 1100 米。

候城的城墙不算长，就在千米左右。这与考古发现的辽东、辽西地区的战国古城址规制是相符的。燕国时代辽东、辽西的县城一般都小于中原一带的县城，这与战国时代这里人口密度不高、经济发展相对有限有关。我们无法苛求候城的规模一定能赶上中原的很多战国和秦汉县城，但还是有必要对候城的人间烟火气进行一番考究。

候城遗址内曾发现两口古井，一口为砖筑井，另一口为陶圈井。从陶圈井井口直径 2.1 米、深 6 米以上来看，这周边当年应该居民不少，用水量不小。结合候城遗址附近的战国和汉代墓葬考古发现来看，这里汉代经济比较繁荣，人口已有一定规模，仅大南、小南一带的汉墓群出土随葬品就多达 54 件，可见当时这里大户人家生活的殷实。按照《汉书·地理志》的记载，辽东郡辖 18 县，人口计 27 万余，以各县平均计算，每县约 1.5 万人，而候城为中部都尉治，人口应该略多些。专家学者从城址的水井设施和墓葬随葬品等情形推测，汉代候城人口约 2 万人。

辽宁省历史学会原理事长、著名学者顾奎相教授认为："如果说战国时的候城还处在草创阶段，城市功能刚刚起步，到了汉代，这里的城市经济已经进一步发展，乃至呈现出一派繁荣景象，不愧为辽东郡北部边陲的要塞重镇。"顾奎相先生还认真分析了候城遗址中出土的满满一陶罐燕国铜钱，这种名为"一化"的燕国货币再结合沈阳郊区战国墓葬内出土的韩、赵、魏、齐等国货币，充分说明当时中原商旅频繁往返于沈阳地区。顾奎相认为："说明当时以候城为中心的沈阳地区货币经济已相当发达，而且从考古发现来看，候城手工业技术水平在汉代有很大提高。"

候城的烟火气可见一斑。

甚至可以说，当时的候城已经是东北亚古丝绸之路上一个重要点位。

下面的一个问题就是候城的存在时间，它最后又究竟是因何毁弃的？

辽河流域的这座号称沈阳城市源头的候城，究竟始建于何时，在历史文献中没有明确记载。从目前发现的文献资料来看，候城之名最早见于记载是在《汉书·地理志》中，是作为西汉辽东郡的 18 个属县之一出现在正史中的，在目前已经发现的有关燕、秦的历史文献和考古发现中，尚未见到“候城”之名出现。于是乎，一个很尖锐的问题摆在文史专家面前：候城县究竟是汉代始设，还是延续燕秦旧制？这个问题曾经争论了几十年，到现在可以说尘埃落定了，学界意见已经基本统一，那就是结合考古发现，候城县设置应与燕国设置辽东郡同步，即通常认定的公元前 300 年，也就是“秦开却胡千里”后，燕昭王借鉴了先前楚国、齐国设县的做法和秦孝公在商鞅改革中推行的郡县制，设置了辽东郡候城县。

曾经有学者就这个问题求教顾奎相教授，顾教授以博导的充沛知识含量这样回应说：“从郡县制开始出现到燕国在东北设五郡已经有近三百年的历史，用郡下设县管理地方的经验燕昭王已经了如指掌，而辽东郡所辖地域广阔，管理幅度很大，又处在‘拒胡’的前沿，仅靠郡级政府能管理过来吗？”结合沈阳老城区候城遗址考古发现中战国文物的丰富性也能看出，这里不可能是一个村邑之类的战国居民定居点。

查考史料，候城从燕昭王时期的公元前 300 年设置，到公元前 222 年秦灭燕，归属燕国统治的时间应为 78 年。“秦承燕制”，保留了原来燕国的辽东、辽西和右北平三郡，候城也成为大秦帝国郡县中的一员。秦末乱世中，韩广被拥立为燕王，三年后项羽改封臧荼为燕王，刘邦建立汉政权后又封和他一起打天下的同乡卢绾为燕王来管理包括候城县在内的辽东地区。公元前 196 年，卢绾叛汉，兵败后亡命匈奴，此后虽然汉朝皇帝又封过皇族刘建、刘泽、刘嘉、刘定国等为燕王，但候城县所在的辽东郡在卢绾反叛后就已纳入汉朝中央政权直接管理。到东汉安帝永初元年（107），玄菟郡郡治迁移到今沈阳上伯官屯古城，原先辽东郡所辖的候城、高显、辽阳三县划归玄菟郡，这在《后汉书·郡国志》中有明确记载，而同样在这部“前四史”最后一部的《后汉书》中，还记载着汉安帝建光元年（121）正月东汉与高句丽作战中，高句丽在出兵攻击玄菟、辽东二郡后，放火焚烧二郡的城郭，虽然并未明确记载候城的损毁情况，但可以肯定的是，候城一定在这场战乱中惨遭兵燹。

遗憾的是，由于史料失载和考古尚未发现相关文字记录，候城县自燕昭王时代设置到东汉时消亡，其行政官员的名字竟然只确知一人，他就是东汉时的陈禅。陈禅是巴郡安汉（今四川南充）人，曾任汉中太守，其家族后来出了赫赫有名的《三国志》编撰者陈寿。陈禅曾因事得罪权贵被降职为玄菟郡候城障尉，率部领兵坚守候城，后因御敌有功升任辽东郡太守，据说入侵的匈奴兵曾“惮其威，退还数百里”。汉顺帝即位后升迁陈禅为司隶校尉。陈禅是迄今为止见于史册的候城县唯一有名有姓的名人，其职务和影响力都不低，在正史有传，而且是个有作为并得以善终的官员，算是没有辜负候城县四百多年的存续史。

候城县最终在东汉中晚期毁弃了。其原因，有的学者推断就是由于公元 121 年正月的那次高句丽的进攻导致候城被焚毁，民众被迫他迁，也有学者认为此后候城县又存在了一段时间，确切何时撤销的尚无定论，其重要理由就是陈禅是在公元 122 年即候城遭遇高句丽攻击后的第二年被派来候城任职的，而且其到任之后立即整肃军队，还击退过高句丽的再次进攻。

总之，到东汉后的曹魏统治时期，玄菟郡所辖县见于记载的只有高句丽、高显二县，如果按照高句丽县与郡治（今沈阳市浑南区上伯官古城址）在一起来看，旧日候城县的土地应该是纳入高句丽县管辖了。只不过这里需要特别提及的是：此高句丽县是缘于有汉代少数民族高句丽族定居而命名，其隶属于玄菟郡而不是高句丽地方政权。而说起玄菟郡的设置由来，那就要关乎另一段特别有看点的历史了。

风雨玄菟郡

秦皇汉武，中华一统；边关冷月，儿女情长。没有人会否认大汉文明的影响力和渗透力，两汉盛世的辉煌，至今仍令人叹为观止。其中汉四郡的设立就是可圈可点的大事。

回想当年，我在大学修习中国古代史课程时，一位专门研究两汉史的教授向我口授了一句他自编的口诀："汉武帝，征朝鲜，设四郡，安辽东。"后来我在读硕士课程时潜心研习东北地方史，方才知晓汉武帝在朝鲜半岛设置四郡有多么重要的历史意义。再后来，当我步入学术研究领域后，特别是专攻东北地方史研究期间更是深切感受到，如果不了解汉四郡的历史，简直可以说是秦汉东北史的门外汉。

当然，此处"汉武帝征朝鲜"，实际上是征伐不服中央政权管理的朝鲜半岛卫氏地方政权，其性质完全是汉朝的内部战争，目的是巩固汉朝疆域，特别是安定辽东后方。而这个卫氏朝鲜政权，本身就是华夏民族建立的，由于其开创者名叫卫满，故又名"卫满朝鲜"。

按照史学界权威的说法，卫氏朝鲜存在时间是公元前 194 年至前 107 年，是在西汉初年，卫满率千余人进入朝鲜半岛，推翻先前的箕子朝鲜政权自立。

卫满不但是华夏民族的一分子，甚至是春秋战国时期一直存续的一个小国卫国的宗室后裔，和周天子同姓姬，是周武王之弟康叔的后代。卫满成长在战国末期的燕国，故史料称其为燕人。当时，卫国衰弱，但又因为是商鞅、吕不韦故国而暂时保留国号，但很多卫国精英如荆轲等人都流落燕国。卫满也应该是在燕地特殊的环境中感染了浓厚的尚武之风。

总结卫满一生，虽系武力夺权，而且长于征伐，但在位 33 年间对朝鲜半岛的治理和开发还是有很多积极作为的。而且他虽然割据朝鲜，却心甘情愿归附汉朝中央政权，主动接受汉廷册封，不忘自己华夏之根。到卫满的孙子卫右渠成为朝鲜王时，又大量招引汉人流民到朝鲜半岛从事农业生产。卫右渠认为自己羽翼丰满，势力雄厚，开始不再向汉朝通商朝贡，而且还阻碍其邻近的真番等小邦与汉朝往来。

起初，汉武帝面对国内诸多矛盾，为稳定局势，将主要精力用于抗击匈奴，对卫右渠称霸朝鲜采取了纵容态度，甚至希望以修好的方式感化这位第三代卫氏朝鲜的国君。元封二年（前 109），汉武帝为延续与卫氏朝鲜的藩属关系，派涉何为使节前往朝鲜，劝谕右渠王改变对汉朝的不友好政策，结果未能让卫右渠改变态度。涉何对出使无果非常气愤，为宣泄情绪，在归途中将护送他的朝鲜将领杀死，并将情况飞报汉武帝。结果，汉武帝不但没有责怪涉何，还任命他为辽东郡东部都尉镇守辽东。朝鲜王卫右渠对此怀恨在心，为报复涉何，他派兵突袭辽东郡，诛杀了涉何，由此点燃了汉武帝对卫氏朝鲜政权发动战争的导火索。

这场战争的结果，对正处于兵强马壮阶段的汉朝来说是可以想象的。汉武帝发兵五万，士气高昂，水陆并进，一开始虽然遇到些抵抗，并一度形成两军对峙之势，但由于卫氏朝鲜内部在战和问题上意见不统一，最终，朝鲜王卫右渠被主和的臣属杀害，王都所在的王险城被攻陷，卫氏朝鲜政权随之灭亡，卫满和子孙共称王三代，政权存在 86 年。

接下来，汉武帝为加强对新接管的原卫氏朝鲜地区管辖，设置了汉四郡，史家认为，“这是汉朝中央政权对朝鲜半岛从羁縻管理到直辖管理统治的转折点”。《汉书》明确记载：“遂定朝鲜为真番、临屯、乐浪、玄菟四郡。”汉武帝将朝鲜半岛北部、中部的广大地区纳入中央政权直辖，是颇具战略眼光的。而在“汉四郡”之中，存在时间较长、文化影响最大者堪为玄菟郡。

玄菟之名到底本意是什么？学界有三种说法，一种认为，菟是中国古代对一种老虎的别称，古籍上又称此虎为“於菟”，玄指天青色，玄菟意思就是“黑虎”；第二种观点认为，玄在中华传统文化方位指代中指北方，菟指代东方，因此，玄菟就是东北方之意；第三种说法认为，菟就是现如今被称为菟丝子的草本植物，茎细长，秋初开小花，种子可入药，玄菟应该就是天青色的菟丝子之意。总之，这三种说法都是推测，谁也推翻不了谁，在有的文化散文中将沈阳因此称为“黑虎城”甚至“东北黑虎城”，这就有点故弄玄虚了。

玄菟郡的郡城最初设在沃沮城，位于今朝鲜咸镜南道咸兴市境内，那时的玄菟郡管辖盖马高原及其周边平原，即今吉林省东部。问题来了：既然此时的玄菟郡离辽河流域有如此远的距离，为何其文化影响后来深入到辽沈大地呢？

“玄兔月初明，澄辉照辽碣。映云光暂隐，隔树花如缀”，这是唐太宗李世民东征高句丽时在辽河流域所写的诗作。很显然，玄菟作为地名，在这位大唐帝王的笔下算是出现了通假字，但这并不重要。问题是，李世民东征的足迹根本未到过朝鲜半岛和吉林境内，他缘何对“玄菟”情有独钟呢？

无独有偶，在安史之乱一百年后，唐代诗人、“大历十才子”之一耿湋在描写大唐辽东边塞的《入塞曲》中写道：“暮烽玄菟急，秋草紫骝肥。”

原来，由于形势的变化，汉武帝设置的玄菟郡后来发生过内迁，并将原先辽东郡的部分辖地划归玄菟郡管辖。到了东汉中期，更是将玄菟郡郡城迁移到今天的沈阳境内。而玄菟作为一个别具特色的地理文化符号，一直到唐代中晚期仍闪回在耿湋等文人墨客的脑际。

吉林省社会科学院研究员赵红梅博士是第一位将玄菟郡史地研究申报成国家社会科学基金项目的学者，也是第一位出版玄菟郡研究专著的专家。她告诉我："为研究玄菟郡的历史，查阅到国内外古往今来有关玄菟郡的大量文字记载，但还是留有一些未解之谜，这就得结合考古调查实证来继续探索了。"近些年，国内有很多历史、考古、文物、博物馆界专家学者都对玄菟郡抱有浓厚兴趣，也撰写和发表过涉及玄菟郡的诸多著述，但对玄菟郡的迁址和辖域变化情况仍未能达成共识。其中争议最大的，就是玄菟郡究竟迁移了几次？主要有"二迁三治"说和"三迁四治"两说，甚至还有学者提出迁移过四次以上。但不论持上述何种说法者都能认可的是，在东汉安帝时期内迁后的玄菟郡治所的位置在沈阳境内的上伯官古城遗址，也就是说，沈阳在东汉时期第一次出现郡城。如果套用今天的通用概念来理解，沈阳地域在东汉时期首次成为中央政府直辖的地级市。

玄菟郡，从历史尘雾中渐渐明朗清晰，不但走进辽沈大地，而且在此驻足了三个多世纪，经历过喧嚣，留下过史迹，最终又烟火全熄。直到21世纪初，随着上伯官村汉代古城遗址被考古工作者认真发掘清理，玄菟郡郡城才走出一千五百余年的沉寂，又重新回到人们的视野。

| 上伯官汉代古城遗址发掘现场 |

如今，伴随着沈阳现代化都市崛起的

脚步，上伯官村已经演变为浑南区汪家街道上伯官社区。虽然名为社区，但由于地理位置和经济发展等原因，这里仍保持着一定程度的农村生活气息，这也使得古城遗址鲜有人至。上伯官古城遗址在文物保护领域有几分“大器晚成”，一直到2014年才被公布为辽宁省第九批文物保护单位。或许是距离民居太近的缘故，2022年10月，当地政府在遗址上又特意竖立了一块蓝色的标牌，提醒人们严禁对古城址进行破坏、污染等行为。沈抚公路从城址南侧约1公里处通过，城址东面紧邻浑河支流牤牛河，河对岸就是抚顺地界，由于河水常年冲刷，城址遭到一些自然破坏。如今，城址西部和南部两侧城墙已荡然无存，但城基和四至还依稀可见，因此，这座古城旧时的大体结构和规模还可以通过遗址考古来辨识。

经考古工作者实地测量后得出结论，沈阳境内的玄菟郡郡城原为东西略长的长方形，现存南侧墙址残长326米，东侧墙址残长537米，推测墙址周长约2500米。城址内分布有东西和南北两条相交呈十字形的古街道，东西向街道应为当时“官道”，现为沈抚公路的便道，“官道”至南侧城墙址为370米。这座古城原应有三至四座城门，城址南墙中部与南北街相通的出入处当为南门遗址，东、西门虽然难觅遗迹，但从道路和村内自然格局分析，昔日应当有东、西门，至于北门现在存有争议，严谨地说，由于河水冲刷破坏，目前无法定论该城是否存在北门。

由于历史变迁，如今的上伯官古城遗址的“城内”仅高于城外地表1.5米，虽然已看不出郡城的气势，但仍可遥想当年这里的市井风气。城址的东侧和北侧由于河水的常年冲刷，已形成高约6米的断崖，虽然城墙遭到破坏，但从断崖上露出大量两汉至魏晋时期文化遗存。其中，城址内的汉代文化堆积层高达1.5米左右，暴露的土质灰黑色，内含大量的绳纹筒瓦、板瓦、绳纹砖等建筑材料和生活器具的残片，可辨器型有罐、瓮、壶、豆、盆、甑、瓶等，火度较高，器具除素面外，大多为绳纹、弦纹等纹饰。其中，

| 刻有“廿六”字样的陶片 |

一块阴刻篆书“廿六年”字样的细泥灰陶“陶量”口沿残片，是秦始皇二十六年（前 221）统一度量衡时颁行天下的标准量具。该“陶量”在此间出土，表明这座城池在历史上的重要位置。

值得一提的是，在上伯官古城遗址周围，分布着许多两汉、魏晋时期的墓葬群。已发现的墓葬多为券顶砖室墓，有单室、双室、三室墓葬，以及“瓮棺葬”。墓葬中随葬品有细泥灰陶壶、鼎、豆、耳杯、瓶、罐等，以及成组的青铜器、铜镜、琉璃耳珰、银手镯等。这些墓葬的主人，均为当地的居民和官员、官兵。甚至，在平面呈“十字形”的一处双室墓中，发现随葬品中有“位至三公”铜镜，可见墓主人地位的显赫；在一处长方形砖椁墓中出土了“大泉五十”钱币。从随葬品的多样性和品质也能分析出，上伯官古城址不是普通的城邑遗址。更惊人的是，上伯官社区的位置与《三国志》中所记载的玄菟郡在辽东郡郡治襄平城（今辽阳市区）北二百里（汉魏计量单位中一里相当于 415.8 米）基本相吻合。

| 上伯官城址附近的汉魏墓葬 |

| 上伯官城址文保标志碑 |

玄菟郡作为东北边郡，从汉武帝时期一直到汉代灭亡，乃至延续到东晋十六国时期。而在玄菟郡存在的前后 540 年时间里，如果按学界认定的汉安帝建光元年（121）迁址至今沈阳上伯官一带，东晋元兴三年（404）侨置辽西，玄菟郡的这处郡城在今天沈阳大地上整整存续了 283 年，是玄菟郡历史上存在和发挥作用时间最长的郡城！

辽宁文物考古界耆宿、辽宁省博物馆原馆长王绵厚研究员认为，上伯官古城址是历史上“玄菟古道”必经之地，处在中原地区通往朝鲜半岛和东北腹地的咽喉要道上，也是当时的军事重镇和兵家必争之地，面对高句丽、鲜卑、夫馀等少数民族的侵扰，玄菟郡对稳定汉朝统治发挥出重要作用。除此之外，玄菟郡当年处于农耕文化、游牧文化、渔猎文化的交会点上，对东北地区多民族、多文化交融做出过重要贡献。我的好朋友、燕山大学东北亚古丝路研究中心主任邓树平研究员告诉我：“研究东北亚古丝绸之路，绕不开玄菟郡！”

南朝时期史学家范晔撰写的《后汉书》中，记载了东汉时期玄菟郡的人口规模：“玄菟郡，六城，户一千五百九十四，口四万三千一百六十三。”说明玄菟郡 6 座城市总人口 43163 人，平均每城能达到 7000 多人，按惯例作为郡城人口略多一些，应当在 8000 至 10000 人之间，足可见上伯官古城遗址昔日的繁华程度。

洗尽铅华，昔日在中国版图上存在五百余年的玄菟郡，只有 16 位郡守的名字见于史料，其中 12 位是玄菟郡郡城在今沈阳上伯官时期任职的，都可列入沈阳古代史人物。而考察他们在正史上留下的事迹，除高隐因系北齐开国皇帝高洋七世祖而见诸正史之外，其他都是由于战事而留名史册。

玄菟郡最早迁址至浑河岸边时，恰逢高句丽王遂成与汉朝中央政权修好称臣，还归还了过往掳去的汉人，辽东地区出现了少有的升平局面。其间，玄菟郡生产秩序恢复，百姓安居乐业，从墓葬中随葬品也能够体现这一点。到了汉桓帝时期，随着社会形势变化和自然灾害等原因，少数民族再度开始侵扰玄菟郡。永康元年（167），夫馀王夫台率军两万余人侵袭玄菟郡，玄菟太守公孙域率军将其击败，“斩首千余级”。两年后，由于高句丽不遵从汉朝统治，玄菟郡太守耿临率军讨伐高句丽，高句丽被斩杀数百人后归降，继续臣属于东汉政府。

风雨玄菟郡，在沈阳这片沃土上，走过了其最鼎盛辉煌的年月。

公孙家族 望中原

在汉代玄菟太守中最著名者，莫过于汉魏时期称雄辽东的公孙家族第一代枭雄公孙度。文史界有一种观点，即东汉灭亡后汉族政权是“四国鼎立”而并非简单的“三国”，除了家喻户晓的魏蜀（汉）吴外，另一个政权就是称雄辽东的公孙家族。因为在汉朝灭亡后长达 18 年的时间里，这个地域确实姓公孙而不隶属于曹魏。而这个曾经风光一时的公孙家族，就发源于沈阳境内的玄菟郡城。

公孙度幼时随父避居玄菟郡，当时的玄菟郡太守公孙域因他与自己早夭的儿子同龄、同名，所以格外喜爱他，为其延聘名师开蒙，还为其娶妻成家，后来又举荐他做官。董卓擅权时，经同为玄菟人的中郎将徐荣推荐，公孙度被任命为辽东郡太守。公孙度到任后果断树威，以严明法纪为名处死了威胁其统治的豪强地主百余家，在辽东确立了自己为中心的统治地位。第二年即汉灵帝中平七年（190）。公孙度在襄平城自立为辽东侯，使东北地区汉朝辖地从幽州治下分离出来，成为一个相对独立的政区。接下来，公孙度发展军事，扩大地盘，当年汉武帝设置“汉四郡”中此时尚存的两郡玄菟郡、乐浪郡都纳入他的管辖，公孙度拥有一州五郡、十万大军。曹操“挟天子以令诸侯”时，表授公孙度为武威将军、永宁乡侯，这公孙度此时私欲膨胀，哪能接受这等册封，于是很不屑地说：“我已是辽东王，还当什么乡侯？”认为曹操是瞧不起自己，下令将封印藏起来不用。

公孙度算是东汉末叶一个成长于玄菟郡的“猛人”，他也把这种傲然作风传承给其后代。公孙度称雄十六年后去世，其子公孙康继为辽东之主，继续积蓄力量、坐观时局，不敢轻举妄动问鼎中原，以图稳固东北。曹操东征乌桓时曾打算征服公孙康，但考虑到时机不成熟而作罢。相反，为安抚公孙康，曹操以丞相名义封其为襄平侯，拜左将军。公孙康称霸期间，利用高句丽政权内部争夺王权的机会，攻破高句丽王都国内城，迫使高句丽迁都丸都城，在熊津江（今朝鲜锦江）入海处建立带方郡，使得公孙氏政权的势力扩展到朝鲜半岛北部和中部，基本恢复到汉武帝时期对朝鲜半岛的控制区域，甚至还开辟了经过朝鲜半岛到倭国（日本）的海上交通线。

2023 年仲春，我到秦皇岛和燕山大学东北亚古丝路文明研究中心主任邓树平老兄在一起讨论历史，我半开玩笑地对他说：“你看我们沈阳历史上出的这位狠人，开辟了到日本的海上通道，以官方形式和日本经常性往来，这的确是个创举！”邓兄回应我也很爽快：“没错，后来公孙政权并入曹魏后，倭国女王卑弥呼派官员到洛阳朝贡，就是经公孙家族设置的带方郡太守牵线和陪同的。”

魏国建立后，公孙氏政权表面上没有公开对抗，但仍保持着很强的独立性。公孙康死后由其弟公孙恭掌权，七年后又由公孙康之子公孙渊夺权。公孙渊年轻气盛，不肯安于现状，图谋扩大地盘和称王，并在魏、吴两国间进行反复联络，先是和吴国孙权联合欲夹击曹魏，后又弃吴附魏，骗杀渡海前来会合的东吴水军六百余人。最终，曹魏政权感到公孙氏割据一方是一大隐患，决定出兵讨伐公孙渊。魏景初元年（237），幽州刺史毌丘俭率大军讨伐公孙渊，鲜卑、乌桓等少数民族军队也参与讨伐，因天连降暴雨，魏军失利撤退，公孙渊骄横地认为魏军战斗力也不过如此，遂自立为燕王，改元绍汉，公然与曹魏决裂。第二年，魏明帝派太尉司马懿再次征伐公孙渊，司马懿率军四万，分海陆两路进攻辽东。司马懿率军越碣石，经大凌河谷地，渡过辽河围困襄平，“城中粮尽，人相食，死者相枕”，公孙政权至此倾覆，公孙渊本人在突围后被魏兵追斩于梁水（今太子河）之上，从而结束了公孙家族割据辽东长达五十年的统治。

| 太子河旧照 |

没有史料记载司马懿来过玄菟郡城，但我们可以想象他征服公孙家族后内心的狂喜。此次出征，为日后他独掌曹魏政权积累了重要的政治资本。时过境迁，我们今天不得不认识到凡事必有利弊，著名地方史专家、辽宁教育学院崔粲教授生前在《辽宁地方史》一书中记述：“由于公孙度父子坚持据境自守，所以辽东地区有一个较长的比较和平安定的社会环境，可是中原大地，割据势力星罗棋布，各据一方，互相争战，彼此兼并，以致出现了‘白骨露于野，千里无鸡鸣’的悲惨景象，于是中原士人和流民从陆路和海路大量流入辽东，以致十日之内就出现一个新的村落。”而且，在这半个世纪里，辽东地区文化高度发展并和中原

| 司马懿雕像 |

接轨同步，大批中原文化名人为躲避战乱来到辽东，如管宁、王烈、邴原等，他们在辽东积极从事文化教育工作，传播儒家思想文化，改变了当地一些落后愚昧的风气，这应该是中华文明传播文化史上绚烂的篇章。

从玄菟郡走出的公孙家族谢幕了，玄菟郡的历史并没有终结，只是再也无法上演公孙度“伐高句骊，西击乌丸，威行海外”这样的大戏。曹魏在平定公孙家族统治后，置东夷校尉管辖玄菟郡等郡县，后又由幽州管辖玄菟郡，此时由于战乱和平定公孙氏后汉民大量被迫内迁回中原等原因，玄菟郡仅辖高句丽、望平、高显三县。到晋武帝司马炎称帝后，玄菟郡仍有三千二百户，但由于其远离中原，经常受到高句丽政权侵扰。到了东晋太元十年（385），玄菟郡第一次被高句丽攻克，但半年后后燕政权宗师名将慕容农率军将其收复。再到东晋元兴三年（404），高句丽击败后燕，后燕在辽河以东郡县尽皆放弃，玄菟郡作为郡级建置被侨置辽西地区，也就是虚封，根本没有自己的土地，仅存其名而已。再后来，到十六国中在东北的最后一个政权北燕时期，玄菟作为一个郡名不再使用。

玄菟郡郡城在公元404年被高句丽攻克后，又被高句丽人称作“玄菟城”延续了若干年，城内一样是烟火缭绕，只不过再也无法延续郡城的辉煌。到了唐太宗李世民东征时，玄菟已经完全成为指代辽东地域的具有象征意义的地名。

“我还是从前那个少年，没有一丝丝改变……”如果那个生长在玄菟郡城里的少年，后来的辽东“霸主”公孙度能够穿越历史来到今天的沈阳上伯官古城遗址，行走在穿越上伯官社区的今日沈城唯一带有“玄菟”印记的地名“玄菟路”上，不知会作何感想？有道是《三国演义》开篇那句词：“是非成败转头空，青山依旧在，几度夕阳红。”

大唐歌飞 辽水曲

中唐时期著名诗人王建有首代表作《辽东行》，首句即是“辽东万里辽水曲，古戍无城复无屋”。王建从戎十三年，写下了很多边塞诗，《辽东行》即是他在唐贞元十三年（797）从军后北上辽东所见所感创作。公元800年前后的沈阳一带，即是这般开阔平坦，但没有像样的城市。

我曾和一位熟谙沈阳地方史的学者交流，他不无遗憾地说：“从城市发展史来说，沈阳在大唐盛世出现了断层。”

对此，我并不赞同。根据现有的文献资料和考古发现，大唐荣耀一定是辐射到沈阳，尽管当时这里没有闻名于世的城池，却留下了从隋时延续下来的通定镇。

通定镇的设置见于正史，但没有记述具体所在的位置。在唐代魏徵等纂修的《隋书》中明确记载隋炀帝第二次亲征高句丽惨败后，“置辽东郡及通定镇而还”。

通常，古代帝王都是凯旋班师后新设郡县，像隋炀帝这样战败后设置郡县者实属少见，颇有番“卧薪尝胆”“知耻后勇”的意境。通定镇在唐代依然存在。问题是，战乱下匆忙设置的通定镇，地点到底在哪儿呢？

按照古代历史地理学权威著作《读史方舆纪要》《大清一统志》等记载，隋唐时期的通定镇在清代广宁县城“东百八十里，近辽水”，应在今沈阳新民市境内辽河西岸寻觅该镇遗迹。至于具体地点，曾经困扰过考古界，当年的考古工作者曾经从新民市境内的辽滨塔古城址、东高台山遗址、公主屯后山遗址和巨流河村古遗址等四处古城址中用排除分析法进行筛选。

在没有现代考古实践以前，近代史学家曾根据文献资料和辽滨塔一带有古城址而认为，新民的辽滨塔古城址即为唐代通定镇，但经过考古发掘，该城址就是辽金城址，可以排除是通定镇的可能；东高台山遗址则以青铜时代遗存为主，也有部分新石器时代遗存，地层明确，未见到明确的高句丽或隋唐时期遗物，故也可以排除；巨流河村古城遗址经过著名考古学家冯永谦考证，应为高句丽武厉逻城址，也非通定镇。唯有公主屯后山遗址，位于辽滨塔西北十余里处，这里地处辽河右岸和秀水河南岸的高阜地台地上，遗址面积达 15 万平方米，经过考古发掘，遗址区既包括新石器到青铜时代的遗物，又包括汉唐到辽金时期的遗物，可见这是一处时代延续比较久远的古城镇。

2023 年清明时节，在和煦的春风中，我驱车来到公主屯后山遗址处，放眼望去，这里地理位置优越，非常适合古人居住，而且从历史地理学的视角审视，这里在古代为交通孔道，扼辽河水陆要津，适合防御外敌进攻。现在，106 省道穿越公主屯村，后山遗址已列入省级文物保护单位，遗址面积约 15 万平方米，文化内涵十分丰富。

辽宁省考古界耆宿冯永谦研究员告诉我，唐代盛世时，通定镇是辽河流域重要的具有城市形态的生活空间，虽然由于史料失载，无法确考这里当年最繁盛时有多少人口，但不可否认，通定镇是当时远近闻名的重要商贸集散地和文明传播地。

浩瀚的中原文化，在大唐王朝的风霜雨雪中，不断地传播到辽水之滨的通定镇，再通过通定镇继续向其他东北腹地发散。

如今，当我伫立在沈阳新民市公主屯村那长长的古城墙遗址上，登高望远，仍能遥想到当年大唐通定镇的烟火缭绕。

从新民公主屯穿越历史归来，我特意翻找出在辽宁大学就读时学修过的《中国古代史》教材，这是辽大已故史学前辈陈光崇教授在改革开放初期主编的，教材中写道：“唐朝成为当时世界上一个最为强大而又文明的国家。”谁也无法否认，大唐盛世所创造出的辉煌。

而在这沉甸甸的辉煌和荣耀中，哪怕远离统治中心长安的辽河畔通定镇的贡献值能达到万分之一，也值得后世沈阳人追记。城市自古以来不曾割裂的文明记忆，往往就是由一个个文化碎片拼接而成。

唐贞观十九年（645）春夏，辽水岸边迎来了大唐皇帝的舆乘：李世民御驾亲征高句丽了。李世民毕生对边疆和远离中原地区的治理颇为用心，此次东征极大削弱了高句丽的反唐势力，将原先由高句丽地方政权控制的玄菟、横山、盖牟、磨米等十座城池收为唐朝中央政府直辖。宋代官修的史学巨著《资治通鉴》在颂扬此次战果时称，仅此次征服的盖牟等三个州就有七万人被迁徙到中原，其中大多是高句丽人。

内迁一部分高句丽人，并非意味着城堡废弃。李世民很明白，这些居民定居点很适宜发展经济、传扬文化，有继续存在的必要。于是，李世民保留了这些城池，“为之置州官，并以兵守之”。就这样，原先的高句丽统治下的盖牟城成为大唐盖州（后又改称盖牟州）。

根据沈阳地方史专家们认定，盖州是隋唐时期在沈阳地区设置的第一个州级建置，州城就位于今沈阳市苏家屯区陈相屯镇的塔山山城。

盖州城遗址后来长期作为人类定居点，城址后山顶上原有辽代砖塔一座，故此地名为塔山。20 世纪 80 年代的全国文物普查中，考古工作者对这处城址进行了仔细踏查，城址内到处可见红褐色和灰色绳纹、布纹砖瓦及

| 唐太宗画像 |

莲纹瓦当。从《资治通鉴》中记载唐太宗一次性能从盖牟城等三州迁徙出七万人来估算，留在当地继续成为大唐子民的原住民至少也会在万人以上，当然，这万余人未必都聚居在州城之内。

此次唐太宗设置盖州给沈阳历史带来一个亮点，那就是有一位大唐名臣被派到这里镇守一方，他就是韦挺。韦挺出身于汉代以降的著名望族——京兆韦氏，和后来的唐朝名人唐中宗韦皇后、诗人韦应物都属一个家族。韦挺父亲韦冲是隋朝的户部尚书。李世民即位后，韦挺经过重臣王珪屡次举荐，升任尚书右丞、吏部侍郎、御史大夫，勋封男爵。在李世民决定亲征辽东时，想挑选一位主管运送粮饷的官员，于是选中了韦挺。此时，韦挺感到报效国家的好机会来了，遂将家中珍藏的一些旧书信资料呈报给皇帝，原来，韦挺的父亲韦冲在隋朝时曾担任营州主管，曾经筹划治理高句丽，有很多好的见解。李世民很高兴，下诏令华北各州都受韦挺节制调度，允许韦挺自行决断后勤事务，等于是给了韦挺很大的权力。韦挺出发前，李世民还亲自解下自己身穿的貂皮大衣和宫中马匹一道赏赐给韦挺。

然而韦挺的命运终究又毁在了这次东征筹措粮草上。李世民御驾亲征的前一年冬天，韦挺将筹集到的六百余艘漕运粮食从桑乾河北运，到位于今北京东部的一处名叫卢思台的转运站后，发现再往前的漕渠已经因冰冻堵塞，不能再向前运粮。于是，韦挺决定卸下船上的粮食存放在卢思台岸边，修建了粮仓进行贮藏，等到流水解冻后再运粮。这本来是无奈之举，毕竟非人力轻易可以改变之形势，然而当韦挺奏报给皇帝后，或许是有人在旁进谗言，李世民很不高兴地说：“军队宁可行动缓慢，运粮之事不可推迟！我开春就要御驾亲征，现在韦挺却说得开年才能运粮，成何体统！”晚年李世民多疑的乖戾脾气暴露出来了，他专门派人前去幽州调查此事。结果，奉旨前往调查的官员返回后报告称：“韦挺在幽州，每天置办酒席，不考虑职责，不前去巡视漕渠是否畅通就造船运粮，走了八百里才领悟不能这样，想前进不能，想返回水流又干涸了。六军所需，恐怕不是陛下原先设想的。”失望的李世民在盛怒之下敕令给韦挺戴上刑具押送洛阳，废为平民。转年春天，李世民出征前又下令让韦挺以平民身份随从“观摩”。从高句丽手中攻取盖牟城后，李世民特意让戴罪随行的韦挺镇守盖州，以示对他的重新起用。

韦挺以年逾五旬之躯镇守盖州，着实压力很大。由于此城邻近高句丽统治区域，经常会与高句丽发生摩擦，“鼓噪声不绝”，而韦挺本人又是文官出身，对军事本就是外行，却要经常披甲上阵亲自领兵御敌。韦挺本对先前自己遭奸人谗言陷害就窝着火，此番降职到盖州又愤愤不平，遂写信给他关系好的公孙常。信中流露出镇守盖州城“论城中危蹙，兼有叹怅之感”的感触。不想后来公孙常因为其他事情获罪，在拘禁期间上吊自杀，狱卒搜查公孙常的衣服口袋，竟然找到韦挺写给他的这封信。李世民有感于韦挺对皇帝的安排怨气十足，遂又贬谪韦挺为象州刺史，让他远赴广西。两年后韦挺在忧郁中去世，时年 58 岁。

| 棋盘山高句丽山城水井遗址 |

韦挺来了又去了，盖牟城花落花开，战火仍然在延续。有学者推断，在唐太宗第一次东征后的二十余年时间里，唐朝中央政权和高句丽地方政权反复争夺辽东，唐朝中央政权对盖牟州的统治应该是断断续续的，高句丽很可能重新夺回过盖牟州。这个局势直到唐高宗李治时期平定高句丽才得以改变。

唐高宗总章元年（668）九月，高句丽作为一个臣服唐朝的少数民族政权最终灭亡。隋唐两代接连不断的“征东”至此画上句号。当年随李世民东征脱颖而出的“白袍小将”薛仁贵此时已经功成名就，作为左武卫将军，薛仁贵奉旨镇守被平定的高句丽腹地。唐朝在原先的高句丽统治区域设置安东都护府，此时的盖牟州被纳入安东都护府管辖。安东都护府具有军政合一的鲜明特征，对唐朝治理东北地区发挥出重要作用，都护府体制和所在地几经变更，存在了一百余年，直至公元800年前后废置，这正是诗人王建巡视边塞抵达辽东有感而发作出名诗《辽东行》之时。王建赶上了安东都护府末叶，此时的唐朝经历过安史之乱，虽然不及盛唐时期强劲，但也并未忽视对辽东的固守。

“辽东万里辽水曲”，这里的“曲”是蜿蜒曲折之意。不过，王建所作《辽东行》在当年确实被谱成曲，成为一首广泛传唱在边塞军营中的乐府诗。

大唐歌飞，如果从辽东边塞而言，更多的歌曲应当不是盛世升平，而是戍边将士吟唱出的苍凉悲壮和哀婉慷慨。

沈州何处寻

说起沈阳城市得名之源，必言及沈州。沈阳之“沈”，最初即出自沈州。

沈州究竟建置于何时？按照正史《辽史》的记述，辽太祖神册六年（921）十月，耶律阿保机亲率契丹骑兵越过居庸关攻掠中原，“十一月癸卯，下古北口。丁未，分兵略檀、顺、安远、三河、良乡、望都、潞、满城、遂城等十余城，俘其民徙内地”，“十二月己卯，诏徙檀、顺民于东平、沈州”。文字虽然不多，但已经是关于沈州由来在正史上最详尽的叙述了。

据此说，沈州设置与辽太祖耶律阿保机有密切关联。这不觉让我联想到前不久收到的一篇文史稿件。由于从事《辽宁文史》内刊的编辑工作，我经常能接触到有关辽宁地方历史的稿件，上周，有一篇来稿篇名就是《“锦州”之名是辽太祖亲自起的》，我的同事刘淞兄阅后很受益，称勾起了他的家乡情结，于

耶律阿保机雕像

是在审读编辑后慨然将其发表。实际上，耶律阿保机这位深谙汉文化的少数民族政权开国皇帝，对东北地区城市发展有着很大影响，今天辽宁的很多城市的源起都与其有关，锦州不过是千年来一直名称未变。

其中的重要因素就是：在当年耶律阿保机的治国理念中，辽国初建，必须增加城市规模，才能改变契丹人游牧散居不能稳固统治的弱点，有了大大小小的城池，百姓能够安定，便于接受农耕文明和传播中原文化，这样会极大稳固辽政权的统治。应该说，耶律阿保机还是很有战略眼光的。

而问题是，东北地区尤其是辽河流域经历了唐代战乱后，城廓废弃，人烟稀少，有些地方不但没有烟火气，甚至百里无鸡鸣，上哪里去徒增那么多城市人口呢?

以契丹人的人口自然增长率肯定在短时间内是做不到的，不但当时的契丹人做不到，在东北的汉人和其他少数民族也做不到人口在短短几年中翻几倍，毕竟在经济不甚发达的年月，靠农耕和渔猎为生的民族是不可能迅速大规模繁衍人口的。

于是乎，耶律阿保机想到了一个好办法：迁徙俘掠的中原汉民到东北新建家园！实际上，这个办法在以往历史上被汉武帝、唐太宗反用过，汉武帝时期迁徙过内附和俘虏的匈奴人到今天陕南和山西一带定居；唐太宗大量迁徙归顺的突厥人择地另建新城，有时甚至远离故土千里之外，那时渤海沿岸没有得到很好开发，鲜有人定居，唐太宗就诏令很多内附突厥人到渤海岸边建城，今天绥中县前卫镇在当时被称为威州，最初的原住民就来自突厥降民。后来，唐朝在攻灭高句丽等地方政权后，也采取过类似的做法。

只不过，耶律阿保机是反其道而行之，倒不是他对汉人有什么歧视和排斥，而是汉族人口大大多于契丹人口这是不争的事实，耶律阿保机只能将中原大量汉人迁往人口相对稀少的东北地区。而更重要的，耶律阿保机看重的是中原汉人从事农耕和商贸活动的能力。

如果从这点审视，和汉武帝、唐太宗等盛世中原王朝帝王对内附的少数民族人士急于同化大有迥异的是：辽太祖耶律阿保机很重视这批拟徙居东北苦寒之地的汉人，他不是希望契丹人简单征服并同化这些汉人，而是真正要促进这些外迁东北的汉人和东北原住土著民族的融合，让汉人影响和带动契丹人走上更文明之路，最终把中原汉族的先进文化和生产技术、生活方式传导和影响给契丹人。

所以至今，你不得不佩服耶律阿保机的战略眼光。也正因如此，才奠定了一个原本游牧于草原之上的野蛮落后的契丹民族能在崛起后迅速扩展，建立并维系着一个能和中原王朝并立，且领土面积大于同时期中原王朝的大辽帝国长达 218 年。

辽朝鼎盛时期国土面积达到 489 万平方公里，北宋最强盛时期国土面积 280 万平方公里，不得不说，辽朝作为和中原王朝共同存在的中华古代少数民族政权，深入接受汉文化洗礼，正是其立国之基。

大辽帝国给今天的沈阳留下了太多的遗迹和影踪。曾出土大型石函的沈阳塔湾舍利塔是辽代的，至今矗立在辽河之滨的新民辽滨塔是辽代的，沈阳市大东区白塔路、白塔小学之名皆源于此地辽代有崇寿寺白塔。但是一个问题激荡着文史和考古学者们的兴致：辽代的沈州城究竟在哪里？

套用古诗词云：日暮乡关，沈州何处寻？

这个问题，长久以来一直萦绕着近代以来文史学者们，在没有现代考古发掘技术前，想较为精准地破解沈州城的具体位置真不是件易事，毕竟辽代的文献资料留存下来的极少，正史中对辽金时代的沈州城具体位置记述可谓缺失，以致近代东北文史大家金毓黻先生也只能对沈州城确切位置在编修《奉天通志》时暂付阙如。

直到改革开放初期，综合几十年间的多项考古发现，辽代沈州城的大致位置才被推论出来。1953 年，在沈阳城南（今浑南区桃仙街道）莫子山辽塔地宫的考古发掘中，文物工作者对地宫中的一具滑石石棺上的文字产生了浓厚兴趣，只见该石棺棺盖内外及棺身外部均有刻于辽兴宗重熙十四年（1045）的文字，其首句即为“南赡部州（洲）大契丹国辽东沈州南卓望山上造无垢净光塔一所”。莫子山在辽代被称为卓望山，学者们由此判定，辽代的沈州城应位于该山的北面，可以排除城址在浑河以南的可能。石棺的主人就在塔铃的叮咚悠扬声里守望着浑河北岸的沈州城。如今，这具石棺已成为辽宁省博物馆的重要馆藏之一。

同样是在20世纪50年代，在火热的沈阳工业建设大潮中，考古工作者在拆除位于沈阳城北小北门附近的辽代崇寿寺残塔时，于该塔的地宫内出土了刻于辽天祚帝乾统七年（1107）的《释迦佛舍利生大塔石匣记》，石匣所刻文字上可见“乾统七年岁次丁亥四月小尽丁巳朔十一日丁卯火日，于州北三岐道侧寺前。起建释迦佛生天舍利塔”。这充分说明辽代沈州城应在该佛塔的南面。

民国时期的崇寿寺塔

由于此后岁月里众所周知的文化劫难，沈州城具体位置的查考事宜被搁置下来。直到改革开放后的1985年，沈阳市文物考古部门在维修塔湾辽代无垢净光舍利塔的过程中，在清理该塔地宫时发现一件石函，石函上盖刻有“南瞻部洲大契丹国辽东沈州西北丰稔村东，重熙十三年次甲申四月大壬辰朔冥生十五叶，藏□□佛舍利一千五百四十一课（颗）讫”

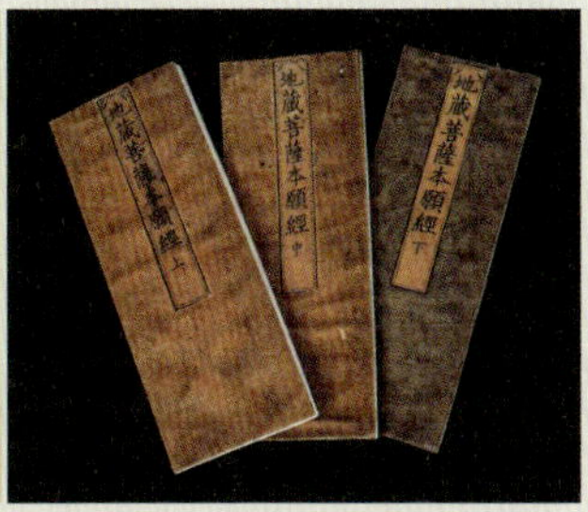

| 塔湾舍利塔地宫出土石函 |
| 塔湾舍利塔地宫四大天王壁画之一 |
| 塔湾舍利塔塔宫出土地藏菩萨本愿经 |

等文字。这就意味着，当年辽代的沈州城应位于该塔的东南方向。

上述这三处辽代石刻文字再结合几十年间沈阳城区辽代遗址遗迹的考古资料，文史和考古工作者基本认定：辽代沈州城就位于今天沈阳老城区中街一带！ 20 世纪 70 年代，因建筑施工，人们在沈阳故宫东路和沈阳市公安局沈河分局院内地下都发现过辽代的文化层，证明这些地方当年都在“沈州”城内。综合文献记载，辽代沈州城应为方城。辽沈地区著名考古学者姜念思先生认为，辽代沈州城周长应在 2000 米左右，城内十字形大街将其分为四坊，类似于四个社甲，辽代沈州城大致位置应在今沈阳市沈河区北起中街，南到盛京路，西起正阳街，东到朝阳街这个范围内。到目前，尚无反驳姜先生观点的著述问世，可以称此说是禁得住推敲的。

姜念思、冯永谦等文物考古界先辈为考证沈阳辽代城址，多年潜心钻研，深耕细作，精神难能可嘉。我与冯永谦先生相识多年，算是忘年交。从事考古和历史地理学研究六十余年来，冯永谦研究员正是保持着“永远谦虚”的严谨治学态度，才有了著述等身的学术贡献。冯永谦在考古学和历史地理学研究领域都有很多重要建树，为人却十分低调谦和。作为新中国第一代考古工作者，冯永谦从19岁开始投身文物考古事业，年近九旬仍悉心研究，笔耕不辍，还经常背上相机外出寻访古迹。他在研究历史地理学方面注重实地调查，从不唯书唯上。针对《辽史》中记载的沈州下辖一州二县究竟在何处，冯先生进行了细致的考证，其结论已得到学界公认。据他考证，隶属于沈州的岩州即高句丽统治时期所建的白岩城，其旧址位于今辽阳灯塔市西大窑乡石城山上，距离沈阳城较远。至于辽太宗耶律德光为何将其划归沈州管辖，史书无具体说明，唯一的解释就是当时沈州很重要，故而幅员较广，一直管辖到今天辽阳灯塔市境内。乐郊县所在，考古证实其县城遗址在今沈阳市大东区东塔街道八家子社区，这里原名八家子村，是东北地区著名的八家子水果批发市场所在地，明代志书《辽东志》记述“乐郊县在沈阳城东北隅”当属实。至于灵源县，冯永谦先生经过实地考察后认为，其县城旧址应为今沈阳市于洪区马三家子镇古城子村古城址，需要说明的是，灵源县原称渔阳县，耶律阿保机有感于迁入一些原古渔阳郡地居民而建县遂在沈州侨置“渔阳县”，此“渔阳”之名可谓文化内涵丰厚，在唐诗中经常被取意为征戍之地，如杜甫有诗名《渔阳》，高適《别冯判官》诗云“碣石辽西地，渔阳蓟北天。关山唯一道，雨雪尽三边”，以创作《黄鹤楼》而闻名的崔颢笔下更是写意“杀人辽水上，走马渔阳归”，真可谓意境悠远。看来，辽太祖耶律阿保机一定是位唐诗迷，竟能让唐诗中的“渔阳”真正在辽水之畔复生，并且成为一座充满生机的城市，如果诗人崔颢能穿越到辽代，定会来此驻足并重塑诗意。

大辽帝国沈州渔阳县的名称至少保留到辽兴宗时期。在沈阳浑南莫子山辽塔地宫中发现的石棺刻字中仍可见“守沈州渔阳主簿王运机”字样。至于何时更名为灵源县和为何更改县名，由于没有相关文献记载和考古发现，至今还无法确凿考证。

看来，往事越千年，大辽沈州依旧迷雾重重。

辽沈缘源

说起“辽沈”这个词汇，今天的人们并不陌生，全国解放战争战略决战的“三大战役”为首即辽沈战役。而今，“辽沈大地”已经是一个深入人心、耳熟能详的词组。那么，“辽沈”作为一个地理称谓，究竟起源于何时呢？

其实，在契丹人建立的辽朝，文字中有将相邻的州县并称的习惯，这一点在史书《契丹国志》和收录辽代遗文的《全辽文》中都能清晰可见。当然这一定也是受到先前中原王朝相关表述方式的影响。而事实上，在当年大辽帝国时代，在辽河流域确实存在着“辽州”。也就是说，辽州和紧挨着的沈州由西向东，从理论上说，在辽代完全可以并称为“辽沈”之地。那么，大辽契丹人统治下的辽州究竟在哪儿呢？

关于辽代辽州所在的具体位置，由于有诸多古代文献资料佐证，加上历史遗迹清晰可见，考古界早已达成共识，那就是位于今天沈阳新民市城区东北28公里辽河右岸的公主屯镇辽滨塔村。据考古调查，这里的辽州城遗址大致呈方形，占地约11万平方米，城墙边长315—320米，历史上该城四面城墙各开一门，城外有一座八角十三层密檐实心佛塔。幸运的是，这座穿越千年历史的佛塔至今仍然屹立在原址，已成为大辽帝国辽州兴盛的

实体见证。

“辽滨夕照映霞天，低云苍穹看倪端，乳燕盘旋塔中戏，铜铃惊飞走角檐。”这座从辽代辽州城香火中走来、洗尽铅华的古塔，由于后世的人们无法确考其本来的名称，就以其坐落于辽河之滨而称之为“辽滨塔”。辽滨塔塔身八面各有一佛龛，上有一尊砖雕佛像端坐于莲花座上，但见佛像双手合于胸前，慧眼远眺，神态怡然……此塔还有一个亮点就是在其八角棱柱下，砖雕上各有一“大力金刚”扶膝蹲踞，两侧有“十八罗汉”护卫，个个手持兵器，威风凛凛。该塔是一座建筑工艺十分精湛的辽代砖塔，

新民辽滨塔 谢东昊摄

远望上去，各檐角悬有铜制的“惊雀铃”，每逢微风拂过，铃声叮咚，清脆悦耳，在没有现代噪音的年代，据说是“数里之外，能闻其声”。真可谓大辽帝国辽州绵延至今的悠远回响。

当我矗立在昔日统辖 11 州军务的辽州古城遗址上，一种穿越历史沧桑的别样情感涌上心头，遥想当年，辽州城烟火缭绕，何等辉煌，如今城址已沦入寂静的农田。城墙早已大部分颓坍，唯有西北角还保留着 9 米左右的遗存，只见垣墙壁立，上下如削，墙体用黄土夯筑，体现出古人的筑城智慧。当地村民告诉我，前些年，城址内还随处可见辽代的瓦片、瓷片，还有人捡拾过银耳勺、铜钱等物件。时过境迁，遗憾的是至今还没有在辽州城遗址及周边的地下发现石碑刻，不然透过上面的文字记述，辽代辽州城的历史会更加鲜活。

| 夕阳下的康平辽塔和塔前影壁 |

辽州下辖一州二县。其所辖的刺史州名为祺州，故址在今沈阳市康平县郝官屯镇辽河西岸的小塔子村，可见辽州在历史上管辖地域之广。和辽滨塔一样，此处城址也几乎完好保存着一座辽塔，由于此地所处位置相对空旷，远眺此塔气势巍然，当地百姓经常聚集在塔下休憩，有的老人也会模仿评书口气对家乡津津乐道："抬眼望去，但看那辽河西岸大辽祺州城，临河而建，那真是虎踞龙盘英雄气！"至于辽州所辖的辽滨、安定两县，辽滨县与州同治，安定县旧址据考证位于沈阳市法库县登仕堡镇石砬子村。难怪法库县在文化旅游外宣时打造"大辽福地"，原来是那里在大辽帝国时就以"安定"著称。

著名宋辽金史专家、辽宁大学原副校长顾奎相教授著作等身，是一位令我十分敬重的学界长者。在他笔下考述沈阳古代城市发展史时这样饱含激情地写道："辽朝时的沈州城，雄踞沈阳地区的中心，东南为集州城，西南为广州城，西为辽州城，北为双州城，四座州城各踞一角，形成'城廓相望'之势。"顾先生认为，辽代出现了以沈州为中心的城市群，这是沈阳城市发展史上的一大亮点。

我很赞同顾奎相先生的看法和观点。辽代在沈州周边确实还存在过集州、广州和双州。具体来说，集州城旧址位于今沈阳市苏家屯区陈相屯镇奉集堡村，广州城旧址位于今沈阳市于洪区高花镇高花堡村，双州城旧址位于今沈阳市沈北新区石佛寺乡石佛寺村的七星山下。经过考古勘察，这三处辽代州城都有遗址，双州城遗址还能依稀看到辽代该城的瓮城遗迹。这三个州建置年代不一，集州、广州都是在辽太祖天显元年（927）灭渤海国后迁渤海国移民所建，双州系辽太宗耶律德光时期设治，时间上均晚于辽沈二州。可以说，大辽帝国统治者为加强沈州周边的统治可谓煞费苦心，他们从中原王朝建城经验中汲取智慧，构建起棋盘似的城市群，这样既可以在军事上利于协同防卫，在经济上也利于商贸往来互补，在文化上更能让几州之间相得益彰。说得再直白点，这种建城方式也促进了这一区域人丁兴旺、生产发展。如果从以沈州为中心来审视，出现了有史以来的一个空前的城市繁荣期。

在注目辽代历史时我时常感慨：一个最初“逐水草而游牧”的契丹民族，最终统治了广袤的北方大地，建立了君主专制中央集权的封建王朝，其中的重要原因便是不断向先进民族学习，汲取中原文化的优秀涵养，这从辽代的建城制度即可见一斑。为治理地方，辽朝统治者采取了恩威并施的民族政策，“因俗而治”，各安其业，并积极笼络境内各民族上层人士，特别是对人口数量超过契丹人的汉人，历代契丹族皇帝都大胆提拔和重用一大批汉族官员，让他们参与辽朝一系列大政方针的制定与实施，而这些汉人中不乏具有较高文化素养和治世经验之能士。

有辽一代，沈州一带的社会经济得到空前发展。农业繁荣，铁制工具在农业生产中普遍使用，官府还仿效宋朝出台“禁杀耕牛”的制度；手工业蓬勃兴起，从沈阳境内出土的辽代铁器来看，铁制金属制品不仅数量多，门类齐全，而且制造工艺和制造技术达到一定水平，一些考古学者认为不逊于中原地区；金、银、铜等有色金属制造技术也很高超，辽墓中出土的纺织品工艺也十分精湛，传统陶瓷制作技术也得到新提升，当地仿制的定窑白瓷逼真度很高，具有本地特色的陶瓷制品“鸡冠壶”系仿照草原饮具形制设计而成，方便使用，在法库县叶茂台辽墓出土的白瓷盘口长颈注壶、白瓷提梁鸡冠壶、酱釉鸡冠壶已成为“国宝级”文物，棋盘、棋子完备的“双陆棋”是辽宁省博物馆“镇馆之宝”之一；商贸经济活跃和繁盛，往来客商频繁，沈州成为东北腹地与朝鲜半岛和中原贸易的重要中转站，女真族地区的特产人参、蜜蜡、北珠、生金等很多都是通过沈州用来交换辽东地区生产的农产品以及金属和陶瓷等手工业制品。为了安抚民心，辽朝统治者在沈州广兴佛事，一时间寺院香火旺盛，至今仍留有很多相关遗迹，如沈阳地区现存的塔湾无垢净光舍利塔、浑南白塔、沈北石佛寺塔、新民辽滨塔、康平小塔子塔等均为辽代所建，现藏沈阳故宫博物院的“大十面”是保存至今的辽代沈州佛教石经幢之一，据考证当年其曾经立于沈州城内的十字路口处。

沈阳故宫博物院收藏的“大十面”

一位辽宁省内资深的文物考古专家提醒我说：“如果想要深入了解辽代沈州及其周边的文化有多兴盛，你就去看看法库县境内出土的叶茂台辽墓文物，那一座座辽墓，真有如一处处文化宝藏，用四个字来形容——蔚为壮观！”叶茂台辽墓群是辽代丞相萧义及其家族的墓群，1974 年一经发现即震撼考古界，谁也不曾料到，在此墓群的三十多座墓葬中出土了大量辽代文明的实物见证，墓室内大量的壁画、砖雕更是精美绝伦，昭示出在远离中原的辽河流域，竟然在大辽国时代即涌现出如此浩瀚的文明成就！

诚然，在马背征伐得江山的辽代，由于人类还处于传统农耕文明制约下的冷兵器时代，对财富、地盘等生产资料的掳掠必定引发兵戎相见。辽代辽沈地区繁华的背后，也一定隐藏着许多刀光剑影。在有关辽代的历史文献中，虽然有意吝惜笔墨，透过字里行间还是能感受到沈州城在战略上的重要地位。

沈州城建城百年之后，遭遇了有史料记载的第一次大规模战火考验。辽圣宗太平九年（1029），渤海国统治者后代大延琳由于不满契丹统治者对渤海遗民的不信任，于是年农历八月初三在东京（今辽宁省辽阳市）发动反辽复国起义，很快就控制了整个大辽东京，大延琳自立为王，建国号“兴辽”，年号“天庆”。为扩大起义军的势力和影响，大延琳起义军兵锋直指沈州城，很快就对沈州城形成包围之势。由于事发突然，加上当时通信设施的落后，沈州城对此毫无防备，直到兵临城下，城内将士才开始临阵布防。当时，镇守沈州的节度副使张杰发现情势危急，决定不能硬扛，他派人出城送信，声言正在说服部下准备开城投降，但希望攻城军队不要急于攻城。起义军信以为真，果然停止了攻城。张杰

沈阳无垢净光舍利塔

利用这个机会带领守城将士加修城防工事，沉着应对。等到大延琳发现上当后，对沈州城发起强攻，但最终久攻不克，只好班师撤回东京，这就是历史上的“沈州保卫战”。

这场战斗改写了历史。大延琳所率起义军一开始气焰正盛，结果在沈州碰了钉子，此后便一蹶不振。等待着起义军的，是辽朝中央政权调兵遣将的围剿，最终只能坚守东京城不出，以至到冬季因无柴可烧，被迫拆毁房屋木料取暖，最终东京城破，大延琳被俘，起义被镇压。

这次坚守沈州立功的张杰是位汉族官员，当时沈州节度使萧王六刚刚到任，对沈州情况很不熟悉，张杰临危不惧，用计逼退大延琳起义军，因而被朝廷擢升为节度使。在大辽统治相对强盛的辽圣宗时期，一个汉族官员因一场战斗而被提升担任节度使，这还是非常少见的。大延琳起义被后世学者评论为“大辽盛世下的黑色咏叹”，这起事件无情地扯下了辽圣宗“天下大治”的虚假幌子，暴露了辽代尖锐的社会矛盾，也迫使辽朝加强对东京道一带的统治，被迫减轻了当地民众的一些赋税，还将该地的渤海国后裔外迁他处、分而治之，此后一段时间，辽东地区连年丰收，百姓安居乐业。

时光流转，此后九十多年，当历史的车轮已经转动到辽朝末年时，沈州城经历了一系列战乱的洗礼。先是辽天庆六年（1116），时任辽军裨将、渤海国贵族后裔高永昌率部起义，自称大渤海皇帝，起义地点又是在东京城。但此时的辽朝统治已经日薄西山，高永昌又联合了此时刚刚建国的金国首领完颜阿骨打，势力一时大增。五月，辽朝调动沈州籍南府宰相张琳和萧韩家奴率兵两万余人出发讨伐高永昌叛军，结果在接近东京城的太子河一带遭到偷袭，张琳损失惨重，只得退守沈州城。

此时，一个关键的历史人物出现了，他就是《岳飞传》里金兀术的父亲、金国开国皇帝完颜阿骨打。坐镇松花江流域的完颜阿骨打看到机会来临，派大将完颜斡鲁出击沈州，女真大军来势汹涌，张琳首次与女真人迎战，一开始还出城摆阵，但很快就一触即溃。金兵乘胜猛烈攻打沈州城，张琳为保全性命不得不“缒城而逃”，沈州城沦于女真人之手，时间是辽天庆六年（1116）五月二十日。

女真人攻下沈州城之后，高永昌才觉得势头不对，他本想归降金朝，去帝号称藩，结果金兵不依不饶，直到攻克东京城杀死高永昌。而得知辽东重镇沈州沦陷的辽朝末代皇帝天祚帝耶律延禧十分震怒，诏令燕王耶律淳为帅，在辽西组织“怨军”，目的是阻止金兵的西进。“怨军”最多时有三万余人，他们采取主动出击的策略，于次年四月攻打沈州城，试图从金兵手中夺回沈州，而金兵意识到沈州城地理位置重要，也是严加防守。《契丹国志》记载了这次攻城战斗的激烈程度：“燕王欲下沈州，驻兵城下，射书令降，不应。选精锐梯城，复矢石如雨，不能上。或报女真援至，退保辽河。”可见，最终辽朝军队也只能望城兴叹。

辽朝最终亡国于1125年，沈州城却提前九年纳入金国领土。大辽沈州城几乎见证了辽代由兴转盛再转衰的历史过程。

1976年，辽代前期沈州节度使耿延毅墓在辽西朝阳地区姑营子村八角山下被发现。耿延毅是辽圣宗生母萧太后时期重臣韩德让的外甥，在他的墓志铭上，清晰地记载着他任职沈州的经历。在辽朝灭亡的八百多年后，有关大辽沈州的实物见证又以这样的方式出现在考古发现成果中，足可见沈州穿透时空的文化生命力。

大辽沈州，今日沈阳，辽沈之缘，千年不息。

| 耿延毅墓出土的辽代玻璃杯 |

从徽钦二帝说开去

| 宋徽宗画像 |

“靖康耻，犹未雪，臣子恨，何时灭？”岳飞《满江红》中的经典词句，千古传颂，早已家喻户晓。

但凡对中国古代历史有些许了解的人，都对金兵南下、北宋亡国这段历史不会感到陌生。

靖康二年（1127）二月初六日，北宋王朝咽下了最后一口气。刚刚即位一年多、始终处在风雨飘摇国运中的宋钦宗赵桓，在这一天被金太宗完颜晟下诏废为庶人。一个多月后，被金兵俘虏的宋钦宗和太上皇赵佶被押解北上，同行者有后妃、皇子、皇孙、公主、驸马、宗室、官吏、内侍、技艺、工匠、教坊女乐等三千余人。

金天会六年（1128）冬，位于辽河流域的沈州城来了一群特殊的队伍，他们就是被金兵押解行进的徽钦二帝及其随员们。当时的沈州是辽河流域仅次于东京城的较大州城，处在驿路交通之要冲，也是宋朝被俘人员北行的必经之地。据宋代《云麓漫钞》一书记载，沈州城内设有供客商食宿的驿馆，名为“乐郊馆”，据说徽钦二帝当时即下榻在乐郊馆中。

徽钦二帝到达沈州时，已经远离故土汴京一年多了。在都城被焚毁后，他们被金兵一路押解，经过栉风沐雨、长途跋涉，先是到了燕京（今北京市），后又到中京（今内蒙古宁城县），在草原边缘度过一个严冬后，金朝统治者决定将他们押往上京“叩见”金朝皇帝。这里需要特别说明一下的是，在很多地方史书籍和记述宋史的普及型读物中，都把这个上京的地点给搞错了。金朝初年命名的上京就是辽代的上京龙泉府，即今内蒙古巴林左旗境内，此地也符合徽钦二帝的行程路线。至于后来广为人知的金上京会宁府，是在金熙宗天眷元年（1138）方才命名的，故址在完颜阿骨打崛起之地的今黑龙江省哈尔滨市阿城区境内。试想，以当时的交通条件，徽钦二帝怎么可能从中京城仅用半个多月的时间就行进到松花江流域的会宁府？

徽钦二帝一行千余人到达上京城后，金太宗逼迫他们行献俘之礼，以此羞辱北宋君臣。妃嫔、宗室无论男女均裸露上体，跪听金人宣读诏书。而此诏书的主要内容即是封宋徽宗赵佶为“昏德公”，宋钦宗赵桓为“重昏侯”。此外，赵构（此时已南下登基称帝）生母韦贤妃、皇后邢夫人以下三百余人被没为奴婢，入上京洗衣院，为金人浣洗衣服，另有四百余宫眷送入元帅府女乐院，供金人淫乐。

在极尽羞辱宋朝两位皇帝后，金朝统治者决定将他们迁徙到更为荒凉

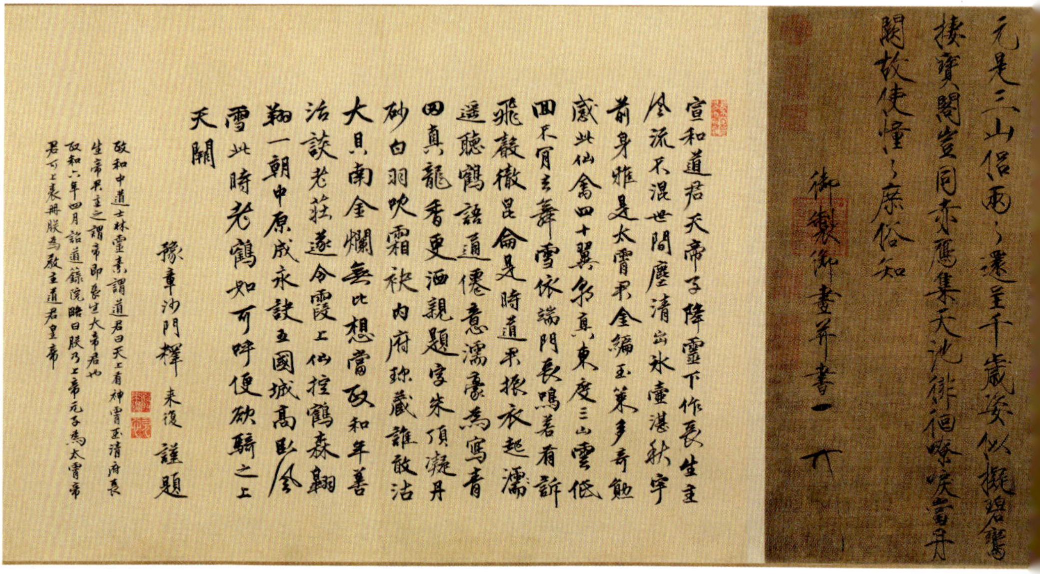

的韩州（今辽宁省昌图县八面城镇，一说位于吉林省梨树县偏脸城遗址）。按照正史记载，徽钦二帝是金天会六年（1128）十月从上京城出发，十二月二十六日到达韩州，按照此行程时间推算，到达沈州大约是在十二月上旬，天已严冬。当时从上京出发前往韩州，沈州是必经之路，在辽宁境内大体的行进路线是经过今北镇、黑山、辽中、彰驿（今沈阳市铁西区彰驿站街道）到沈阳市中心城区。虽然尚未发现此次徽钦二帝行程的详细日志记载，但综合史料分析，他们在沈州作以停留和休憩符合情理。

而就在此前三年多，当时宋金尚处于和好状态并共同抗辽，宋徽宗派龙图阁直学士许亢宗作为贺使奉旨前往金朝朝贺新君登位。许亢宗是个有心人，他将沿途所见以行程录的形式记录下来，形成了著名的历史地理学著作《宣和乙巳奉使金国行程录》，其中在记述沈州时饶有兴致地写道："自此所至，屋宇虽茅茨，然居民稍盛，食物充足。"可见，经过辽代二百多

| 赵佶《瑞鹤图》（现藏于辽宁省博物馆）|

年的治理，尽管朝代更迭，沈州城依然充满烟火气。

清代成书的掌故遗闻汇编《清稗类钞》记载道，宋徽宗赵佶毕竟已年近五旬，一路上颠沛流离、心境郁闷，一病不起，故押解他北上的金兵让他在沈州乐郊县暂时休息，当得知徽钦二帝在沈州停靠，当地的一些汉人三三两两地到乐郊馆前，希望能够送两位皇帝几件御寒的衣物和一些食物，让两位皇帝在临走之前吃饱穿暖。于是乐郊馆前，汉人成群，他们恳请金兵看守能够通融，让他们再见二帝一面。休息过一段时日后，金兵见赵佶病情好转，遂继续赶路，先是迁徙至韩州，两年后又被转押到更加苦寒的五国城（今黑龙江省依兰县），最终二人均病亡在该地。

徽钦二帝在沈州城内下榻的乐郊馆，如今在网络上仍有文章进行着八卦式的解读。最普遍的说法是：乐郊馆旧址位于今沈阳市沈河区乐郊路附近，甚至前些年还有文保志愿者提议沈阳在复古规划中复建“乐郊馆”来发展文化旅游业。关于金代乐郊县所在地的问题，辽宁省博物馆原馆长、著名文物考古学家王绵厚先生一语道破玄机：“说沈阳城区的乐郊路是当年乐郊县城所在地，这实在是一种误会，按照《金史·地理志》记载，乐郊县境内有浑河，也就是说其县城必然位于浑河流域，根据考古发现，辽代乐郊县故城很可能在沈阳城东郊八家子地区，至于沈河区的乐郊路、南乐郊路，那都是现代命名的，为的是留住沈阳的历史记忆，纪念‘乐郊’这个古称而已。”

乐郊县在金代史料里还留有其他记载。金代官员王寂在《辽东行部志》中记载，乐郊县方圆各三百里，可见其规模并不小。由于时过境迁，也有文史爱好者提出观点：“乐郊县作为辽金时期隶属沈州并且是距离州城最近的县，沈州城里的驿馆会不会是借用了乐郊之名，也就是乐郊馆并不在乐郊县境内？”对于这个问题，我无力反驳，只能承认历史是既严肃又经常模糊着的。

不管怎样，宋徽宗、宋钦宗父子来过沈州并曾经驻留，这就足够地方史册上书写一笔了。

“玉京曾忆昔繁华，万里帝王家。琼林玉殿，朝喧弦管，暮列笙琶。花城人去今萧索，春梦绕胡沙。家山何处，忍听羌管，吹彻梅花。”没有人能体会到宋徽宗赵佶在沈州暂住歇息时的心境，毕竟这位经历过人生大起大落的皇帝，他的心路历程在中国历史上可谓独一无二。不知他静卧在沈州乐郊馆时，会否在瑟瑟寒风中触景生情，回想起教坊乐舞、琴棋书画乃至盛世时亲历的蹴鞠竞技，抑或是想到早已无法复寻的红颜知己李师师？传说宋徽宗在乐郊馆的一面墙壁上曾作诗一首，其意境一定会与他这首传世的名词《眼儿媚》大同小异。

离开沈州六年多以后，宋徽宗赵佶在五国城薨逝。正史记载是按金人风俗用生绢裹葬，但流传着其遗体被火化并请宋钦宗赵桓来观看“点天灯”

的过程。南宋文学家周密后来在其所撰笔记史料《癸辛杂识》中记载，宋金议和后，宋徽宗遗体被送回南宋归葬，后来其陵墓被盗，盗墓贼发现其棺中仅有朽木一段。这更加印证了先前宋徽宗尸首无存的传闻。

这里还有段有关金代沈州乐郊馆的“秘史”：宋徽宗赵佶病亡五国城的消息传到沈州后，被金朝扣押流放在沈州的宋朝官员朱弁、洪皓眼望着乐郊馆号啕痛哭，用“望祭”这种特殊的方式悼念这位结局悲惨的故国天子，以寄托亡国孤臣的哀思。

朱弁、洪皓皆为宋代的文人名士，因其著述成就都被后人冠以“文学家”称谓。我在大学求学期间就曾读过洪皓撰述自己被扣金国经历的《松漠纪闻》，被其中的文字感动得几番落泪；朱弁还是一代大儒朱熹的叔祖父。值得一提的是，朱弁、洪皓都是南宋建立后奉宋高宗赵构之命出使金国前去问候被羁的徽钦二帝，都目睹了徽钦二帝在五国城的凄惨生活状况，两人又都是十分忠于故国故主的儒家文人，故才有如此情感。我觉得，朱弁自告奋勇出使、洪皓被扣十五年坚贞不屈，这两位大宋重臣被誉为“宋代苏武”，他们“艰苦备尝，全节而归”，最终一同回到南宋，本身就是值得大书特书的忠节故事。金代的沈州因朱弁、洪皓这样节烈之臣存在而徒生光彩。

再来交代一下金代沈州城的位置。事实上，金代的沈州和东北地区的很多州城一样，明显是承袭辽代的规制，说得直白一些，就是在啃辽代的“老本”。文物考古界普遍认为，金代沈州城是利用辽代旧城，在原来土城的基础上予以加固或重修的，城市的规模和格局都没有大的变化。1986年5月，在沈阳市大东区小北街东侧的荣光北里与荣光南里之间，发现两座金代墓葬，成为金代沈州历史的实物见证。

辽代的沈州只管辖乐郊、灵源两县，而金代沈州却辖有乐郊、章义、辽滨、挹娄、双城等五县，很明显，管辖区域扩大了。值得一提的是，除

—赵佶《听琴图》（现藏于故宫博物院）—

了辽代即设治于沈州城郭内的乐郊县外，章义县是辽代的广州，城址在今沈阳市铁西区彰驿站街道；辽滨县是辽代的辽州，城址在今沈阳新民市辽滨塔古城；挹娄县是辽代的兴州，城址在今沈阳市北三十公里的铁岭县新台子镇懿路村；双城县是辽代双州，城址在今沈阳市沈北新区石佛寺村。此四州都在金皇统三年（1143）降为县，隶沈州管辖，原因与当地原住民外迁导致人口减少有关。在这种背景下，沈州在隶金的三十年间辖境规模扩大了数倍，较原先辽代沈州向北、向西都有所扩展。据金代后期统计，沈州有 36892 户人家，如按五口之家计算，为 186460 人，依此推算，沈州城的人口至少在五万人左右，应该也是远近闻名的大州了。

女真族作为从白山黑水间发端的原以渔猎为主的民族，自完颜阿骨打建立政权后，一直重视发展农业。辽宁省历史学会理事长、辽宁师范大学历史文化旅游学院院长李玉君教授是全国著名的金史专家，她告诉我："中国历史上君主制的少数民族政权中，金朝是最重视农业生产的，金熙宗新政时，在户部之外设置劝农使司等机构，也就是有了专门管理农业的官方机构。"金朝还规定，地方各级官员有"敦劝农功"的责任，朝廷还颁布条例，鼓励各级官员恪守职责，劝督管内女真人、汉人务农。金代沈州所处的辽河流域农业有了较大发展，从一则史料即可见一斑：金章宗明昌三年（1192）四月，因辽东米粟丰饶，尚书省奏请，在东京近海之地建立粮仓，储存粟米，以通漕运，如果山东、河北遇到饥荒，即从辽东海运接济。可见，到金代中期，沈州所在的辽河流域粮食已经能自给自足。近些年，在沈阳市新民、法库境内考古发现的很多金代遗址中，都有着一定数量的铁器，铁农具的种类和数量都明显超过辽代，足以见证金代这里农业的发达。

或许正是蓬勃发展的农业生产，促使女真人接受了与农耕文明相匹配的中原传入的儒家思想，生活在沈州的女真人逐渐改变很多旧有习俗和生活方式，渐渐汉化。到金朝统治后期，沈州的女真人和汉人和睦相处，文化差异已经不大，这里女真人也普遍接受了汉人的语言文字。

影响一座城市文化发展的诸元素中，教育至关重要。没有教育的发展、人才的培养、知识的传播、精神的塑造，要想提升整个城市的文化品位是不可想象的。因率兵征战路经沈州的金世宗完颜雍，被史家称为金代最有作为的皇帝，在他在位期间，大定二十九年（1189），沈州开设州学。而到了金章宗泰和四年（1204），沈州重建孔庙，作为州学师生祭孔的场所。沈州州学开设后，设一名兼职主管州学的学官，由进士出身的州官兼任，名为"提控学校事"，同时还设一名专职的学官称"教授"，"以宿儒才高者充"。金代的官学"教授"待遇很高，通常有专门的办公场所称"教授厅"。金代沈州州学内还设学正、学录、学谕、直学、斋长等学职，具体负责学校的各项教学与管理事务。金代州学基本上授课内容都是汉文化典籍，主要是诸子百家和历代史籍，如《易经》《尚书》《诗经》《春秋左氏传》《礼记》《周礼》《论语》《孟子》《老子》《荀子》《孝经》《史记》《汉书》《后汉书》《三国志》等。金代沈州城除官学外，还有各类私学，一般采取父子相传、兄弟相授、延师执教等方式，为中下层富庶地主和平民子弟提供了更多的受教育机会。教育的发展促进文化兴盛，沈州在辽金两朝涌现出官至南府宰相的张琳等很多英才。金代沈州乐郊县主簿张汝弼就很重视教育，他在任期间展现出儒者风范，金世宗时期官至吏部尚书、参知政事（副宰相）。

金贞祐四年（1216）盛夏，蒙古名将木华黎率军攻克沈州，结束了金代在沈州整整一百年的统治。在大金沈州的百年岁月里，由于文化的洗礼，外来迁入的女真人逐渐融入汉人之中，原有的一些陋俗旧习被荡涤殆尽。四百多年后，当女真人后裔努尔哈赤率兵再次攻入并统治这里时惊讶地发现，沈阳城里竟然已经找不到保留宗谱、传承旧俗的金代女真人家族后代！

这就是中华文化的魅力。

金朝灭亡后，沈州城的汉人百姓开始公开祭奠宋徽宗，据说就是在这一时期，他们将原有的官方驿馆乐郊馆改为庙宇，称为徽宗寺，后又为避皇帝之号，改写成辉宗寺，总有人来此焚香祭拜、感怀历史。直到随着历史变迁，辉宗寺最终消逝在烟云中，踪迹皆无。

蒙古太师挥戈来

说起蒙古太师木华黎，熟悉蒙古族和元朝历史的人们都不陌生。木华黎家族堪称元代最显赫的功臣家族，在成吉思汗统治时期，只有木华黎一人享受到“异姓封王”的尊贵待遇。

木华黎雕像

木华黎是蒙古札喇儿氏部落人，成长于克鲁伦河流域，他自 14 岁开始追随成吉思汗东征西讨四十余年，功勋卓著，位列成吉思汗身边“四杰”之首。正史记载，木华黎遇事沉稳多谋，善骑射，双手能拉二石强弓，深受成吉思汗赏识。

值得一提的是，木华黎是成吉思汗麾下唯一被诏封为“国王”的功臣，如此殊荣，可谓位极人臣。不仅如此，在成吉思汗西征时，诏命木华黎“建牙于燕”，经略中原，把留守后方的重任托付给木华黎。当时，成吉思汗亲自赐木华黎“誓券”、黄金印，上书：“子孙传国，世世不绝。”

木华黎及其后代果不负成吉思汗所望，连续七代为王，结下了与辽沈地区的百年缘分。

木华黎最初是成吉思汗的贴身奴仆，那时的成吉思汗还是部落首领，木华黎负责其安全守卫，被称为“伴当”。由于身材高大、臂力过人，木华黎逐渐成为成吉思汗贴身侍卫。后来，成吉思汗有意培养木华黎领兵打仗。成吉思汗被推举为蒙古大汗建立政权时，36 岁的木华黎被封为左手万户。成吉思汗当时对木华黎说：“你和你父亲曾经对天发誓，终生效忠于我，我永远都不会忘记，我命你做我的左手万户，子孙世袭，管理东到兴安岭的广大地方。”当时的木华黎就已经统领蒙古 12 万军队中的 6200 人。

成吉思汗画像

在成吉思汗发兵与金朝军队主力作战的第四年即金贞祐二年（1214），木华黎开始率部进军东北。此时的木华黎雄心壮志，他深知，东北是金朝发源之地，女真人的统治根深蒂固，于是，他采取恩威并施的方式征伐东北。木华黎明确地告诉金兵：自己只杀金国贵族，至于普通士兵和平民百姓，不但不会杀他们，还会把得到的土地分给他们。如此这般，木华黎在征讨辽东时减少了很多阻力，经常会出现士兵们倒戈，杀了长官前来投降的事儿。

在木华黎之前两年，成吉思汗器重的将领哲别曾进攻辽东，也曾攻克沈州城，但只是劫掠一番后，考虑到周边还有金国军队就放弃了。所以在木华黎受命后，对沈州志在必得，在木华黎看来，这次要对沈州等辽河流域重镇长久占领，而绝不是虚晃一枪。

然而，当时辽东地区形势复杂。木华黎在攻克辽西地区后，委托当地地主武装首领张鲸守卫辽西，并请成吉思汗诏封张鲸为“临海郡王”，孰料，张鲸很快就背叛蒙古，欲乘乱自立。木华黎本来想在辽西稳定后再图平定辽东，结果闻知张鲸叛乱，木华黎亲自带领平叛，而后一鼓作气，于金贞祐四年（1216）七月渡过辽河，进攻沈州、东京（今辽阳），攻占了金朝的军事重镇沈州。

遗憾的是，当时蒙古人的战争习惯就是攻城后劫掠和焚毁城池，沈州城也未能幸免。塔湾舍利塔、沈州城北门外崇寿寺成为在战火中幸存的寥寥几处辽金建筑。

沈州的金代文明，包括金朝中后期经济形势稍微好转后发展起来的手工业、商业体系，至此荡然无存。沈州城内的一些房屋、院落被毁坏，改建成马厩、骆驼圈，当时有目击者记述，城内街道两侧或原先的庭院中搭建起大量的蒙古包。

游牧民族有游牧民族的特点。历史，有时不能太过于苛求古人。木华黎在当时的蒙古政权上层中，已经是很注重文治了，在对金朝的战事中，他注意到了地方政权建设，任用大量金朝降将进行地方管理，还尊重知识人、文化人，故而使得他威望很高，即使是明朝初年官修《元史》中，对木华黎也没有太多负面叙述。

蒙古政权虽然注重征伐，攻城略地，但对寺庙比较敬畏，故而没有破坏沈州城外的舍利塔、崇寿寺，真不知当时已经官至蒙古太师的木华黎策马扬鞭驻足塔湾舍利塔下时，会是一番怎样的心境？

由于历史资料的匮乏，我们今天已经很难还原木华黎征伐沈州的具体战斗经过。这反倒给我们很多假想的空间：守军或许畏惧木华黎名气而抵抗意志丧失，或许经历了一场刀光剑影的激烈抗争后全城沦陷……不过有一点可以说，令毕生征战、号称“征无不克”的木华黎有点“打脸”：在木华黎所率蒙古军队攻占沈州两年后，金朝军队一度再克沈州，但发现城邑已经面目全非。虽然这未能改变沈州及其周边城池最后归入蒙古政权的命运，但毕竟能说明当时蒙古人征战的对手依然是十分顽强的。

木华黎人生中的最后几年，基本都是在征伐中度过的。攻克沈州后不久，木华黎衔命进攻河北、山东，率兵攻陷蠡州、大名、益都、密州等城。而后又挥师攻打山西，渡黄河取陕北绥德、麟州等重镇，回师山西后又攻占同州、蒲州等地，于金正大元年（1224）春因病卒于山西闻喜县。闻知木华黎辞世消息，正在征伐西夏前线的成吉思汗不禁老泪纵横，他对周围的将领说：“如果木华黎还活着的话，就不用我亲自领军到这里征战了。”

在成吉思汗时代，木华黎是蒙古帝国唯一的“异姓国王”。成吉思汗

| 新民市张家屯镇出土的元代“沈州站印” |

在诏封木华黎时，由于还没有实现统治中原大业，所以实在想不出什么好的富庶之地作为王号，故而只封木华黎为“国王”。木华黎死后，被追封为鲁国王。木华黎的后代果然如成吉思汗赐命那样，“子孙传国，世世不绝”，七代中有十二人承袭了国王的封号，伴随着大元王朝的兴衰荣辱。或许是辽河流域的土地太需要这样一个亲信望族来治理，木华黎的嫡系后代封地一直在辽东地区，而且大多担任辽阳行省的重要职位。木华黎的第四代孙忽林池国王曾任辽阳行省事；第五代孙乃蛮台国王曾任辽阳行省左丞相；第六代孙野仙溥花曾任辽阳行省左丞相。木华黎九世孙纳哈出曾任北元政权委任的辽阳行省左丞相，最后在明朝开国十九年后即 1387 年方归降朱元璋。可以说，木华黎家族成为蒙古政权和元朝百年不倒的“常青树”。木华黎及其后代为开发辽沈地区付出了很多努力，元代沈阳路是辽阳行省管辖下的七路之一，据说正是这份浓浓的辽沈情结，木华黎的后代们为铭记祖先征伐辽沈的功业，在元代晚期将木华黎灵柩从陕北榆林迁葬辽西锦州城东北二十里处，魂归辽沈大地。

前些年，辽宁省内一位热衷于文化事业的民营企业家举办一个地方历史展览，苦于元代历史有些空白，缺乏有分量的元代名人，我向他提及了大名鼎鼎的木华黎，我说：“对于辽宁元代历史而言，木华黎增添了这段历史的亮点。”对于蒙古族历史来说，木华黎永远是一个传奇。

也正是在元代，在木华黎当年进取的沈州，第一次在中国历史版图上出现了“沈阳”这一行政建制称谓。据《元史》列传四十一“洪福源传”记载：“癸巳冬十月，高丽悉众来攻西京，屠其民，劫大宣以东。福源遂尽以所招集北界之众来归，处于辽阳、沈阳之间，帝嘉其忠。”这里的“癸巳”即蒙古汗国窝阔台五年，公元 1233 年。另在《元史》中还有“沈阳侯”“兼沈阳安抚使”等记载。这就说明，在元成宗元贞二年（1296）沈阳路建立之前，“沈阳”一名已约定俗成，因为这座城市建在“沈水之阳”。

大明王朝 沈阳卫

“绝塞驰孤骑，空怀壮士忧。风生鸭绿险，铃急虎营秋。草色横沙碛，雪山渺戍楼。近闻经国议，开拓旧边州。”这是明朝中期著名文士冯惟健所作的五律诗《沈阳道中》。

冯惟健是明朝嘉靖年间举人，他并非沈阳人，笔下对沈阳的描述一定是触景而发。问题是：这首诗怎么看都像一首边塞诗。莫非沈阳在明代主要以军事功能闻名于世？

答案是肯定的。大明王朝统治下的沈阳城，其首要属性就是军事防御，其次才是人文气息和商旅辐辏，城中定居的民众有一个特殊的称谓——“军户”，顾名思义，即军人或随军眷属。连城市的名称都富有军事气息，称作沈阳中卫。

今天的沈阳市民，对沈阳城的这段前世已经颇感陌生，即便是一些导游员向外地来沈游客讲起沈阳在明代的城市名称时，也很难精准表述出“沈阳中卫”这四字地名背后的深意。几百年过去，弹指一挥间，那段承载着烽火硝烟的历史记忆在不经意间与沈阳这座现代化大都市渐行渐远。

然而当你拂去岁月的尘埃，会发现沈阳在有明一代几乎都是作为关外军事重镇赫然存在。难怪清朝初期被康熙流放到此地的戴梓有诗云：“十里城南外，钟声咽戍楼。”

这里就从朱元璋写起吧。没有这位开疆辟土的明太祖洪武皇帝，也就不会有沈阳中卫存在于辽河流域。

大明王朝真正统治辽东地域，已经是朱元璋开国二十年后的事情了。明朝从江南崛起，朱元璋靠农民起义起家，他的人生标签明显带有军事征伐的痕迹。然而，对辽东地区，朱元璋长期采取别样的管辖方式，让蒙古太师木华黎后裔、世袭称雄辽东的蒙古族将领纳哈出继续统治其地，政策上以诱降为主，直到洪武二十年（1387），在明朝二十万大军压境下，曾被元顺帝封为丞相的纳哈出最终归明，明朝将领马云、叶旺等率兵完全接管辽东腹地。

然而此时，已经治理江山二十载的朱元璋却感到困惑：为加强管理、避免蒙古势力复起，对元将纳哈出所率部众采取内迁处理，很多迁至淮扬甚至更为遥远的云南等地。本身经历元代的战乱辽东人口就少，如今再度将兵民迁徙，迅速导致辽东地广人稀，“兵寇残破，居民散亡”，非常不便于新政权治理。朱元璋认为，辽东地区扼关内外要冲，是出山海关通往东北地区的必经之地，而此处少数民族众多，又属于边陲重地，于是乎，朱元璋决定在辽东“不置州县，只设卫所”，参考先前京城、沿海地区和西南、西北邻近少数民族地区的做法，在辽东以军事指挥机构经略地方，“总司令部”设在辽阳，即“辽东都指挥使司”，亦称“辽东镇”，下设卫、所等军事建置，卫所军户推行世袭制度，以达到长期“保塞不为寇”“为我藩屏”的目的。

这里需要说明的是，大明王朝史籍中的“辽东”是个广泛宽阔的概念，并非单指辽河以东或今天辽东地区。在明朝的官书语境里，今辽宁大部地区隶属于明朝军政管辖之地均被纳入“辽东”的范阈。明末守土有功的袁崇焕临刑前曾经诗云“死去何愁无勇将，忠魂依旧守辽东”，其中所指即

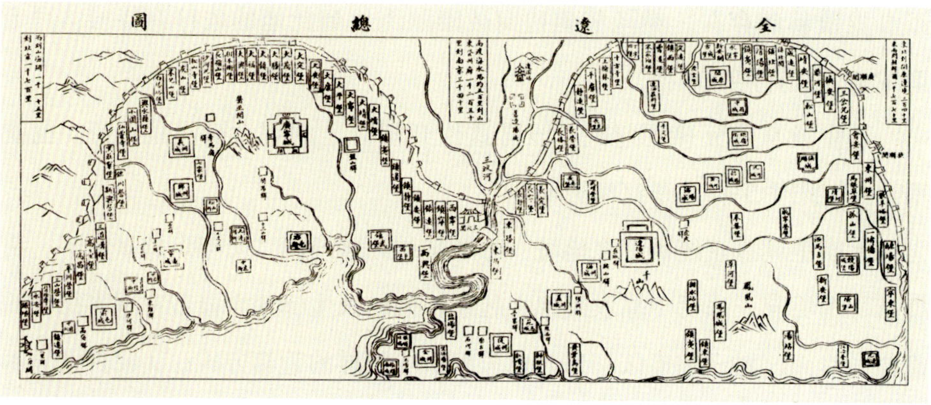

| 明代《全辽志》中的《全辽总图》 |

明朝辽东都指挥使司管辖的辽东疆土。

朱元璋没有来过东北，但不能不说他对这片后开拓的疆土十分重视。除了加强联结关内外的蓟镇长城防务外，朱元璋对戍守辽东可谓殚精竭虑，选派精兵、任用良将，连身边的亲信侍卫都有被派到辽东守边。在辽东“罢郡县专制军卫”后的短短十几年时间里，大明王朝皇帝竟然下旨在辽东设置了二十四个卫，连同后来宣德年间设置的宁远卫，号称“辽东二十五卫”。

二十五个卫，连同一百多个千户所，一千多个百户所（镇守各地的百户所多称堡城），明代严密的军事防卫系统在辽东大地上生根发芽、星罗棋布，交相辉映而又相得益彰，也构成了整整一个朝代二百多年间对辽河流域特殊的治理体系，“终明之世，边防甚重”，朱元璋和继承其事业的明朝统治者们对辽东防务始终未敢掉以轻心。

中国明史学会副会长、中国人民大学历史系毛佩奇教授曾经感慨地说：“明朝辽东卫所制度，真可谓内涵深厚，蔚为壮观！”重要的是，它维系了明朝二百多年对辽东相对稳固的统治。我的故乡辽宁省兴城市保留着中国最完整的明代卫城，即昔日曾经令努尔哈赤兵败的宁远卫城，当年我在撰写这座古城申报世界文化遗产材料时，专家组评价称这里是明代军事防御型城市的样本。

实际上，沈阳中卫城在明代，无论从规模、军事防御重要程度还是其他功能属性来说，要远远优越于宁远城，从保存下来的明代史志资料中可以管窥，这里在明代堪称辽东卫城的范本，城池重要，功能俱全，明代卫城应有的机构和官吏一无所缺，甚至城中还有过空置的藩王府。

因此我觉得有必要让现今的人们更多了解明代的沈阳中卫，去触摸那段并不遥远但又早已远去的历史。作为辽宁省国防教育讲师团成员，我曾向有关部门建议：明代发生在沈阳地域的很多忠勇故事，本身就是当今加强爱国主义、国防教育的绝好素材。

“沈阳中卫”为何称之为“中”？按照明代卫所制度，同一名下的卫所，通常会根据规模和建制用“左、右、中、前、后”来命名和区分。由于卫是用来屯兵的，有时全称加上“屯”字，如“左屯卫”“右屯卫”。沈阳既有“中卫”，那就应该还有其他方位表述命名的“沈阳卫”。果然，在《明史·地理志》中我找到了答案。原来，在朱元璋统治时期，确实设置过沈阳中卫、沈阳左卫和沈阳右卫，后建文帝朱允炆下旨裁撤了沈阳左卫和沈阳右卫，大概是觉得鞭长莫及、不便管理，所以这个羸弱的文治皇帝才对辽东卫所作以精简，但到了永乐皇帝朱棣夺位登基后，为加强北方防务，复设了沈阳左卫和沈阳右卫，后来此二卫军户和随军眷属一并调戍至北京，直属于左军都督府，于是明朝冠名

明正统二年沈阳中卫印

“沈阳”的卫便仅存沈阳中卫。

查考《明太祖实录》可知，明洪武十九年（1386）八月同时设置沈阳左、中、右卫，此时元朝册封的纳哈出势力还未完全归顺大明，朱元璋可谓颇有战略眼光，对从蒙古统治者管辖下新收复的沈阳城设卫驻军管理。至于驻军之地，主要依托元朝延续下来的沈阳城，即今天沈阳市中心城区，也就是说，一个沈阳城曾经驻过三个卫，三个卫共用一座沈阳城，这个局面直到永乐皇帝登基后调走左、右两卫后方才改变。

按照明朝洪武七年（1374）设定的卫所建置，每卫军人通常为5600人，分设五个千户所，每千户所1120人，每千户所分设10个百户所，百户所下辖两个总旗，每总旗下辖5个小旗，每小旗有士兵10人。辽东地区地处边远，其卫所军士规模也是因地制宜，并不相等，由于防务需要，有的卫下辖八九个千户所，有的卫仅辖两三个千户所，每卫军士数量也不是很严格按照规制，如辽海卫9个千户所仅有1418人，金州卫6个千户所又多达19679人。沈阳中卫初设时人数不详，据嘉靖年间《辽东志》记载，当时沈阳中卫登记的常住人口为5643人，驻防军士中有马军3119人，步军3089人，此外还有后勤系列的屯田军、煎盐军、炒铁军，加在一起有军士6692人，也就意味着，有很多驻防沈阳中卫城的军士都并非本籍，这种现象在明朝中后期十分普遍。

明代的卫所制度，在中国古代军事防御制度和地方行政管理体制中带有独特色彩，因其为明代所开创和独有，至今仍吸引着很多专家学者和文史爱好者浓厚的关注度，甚至有“卫所文化”的专门研究者和传播者。通俗点说，连家喻户晓的“锦衣卫”也是明代卫所制度中的一个卫。明朝的卫所极其庞大复杂，有明确资料记载的卫达到547个，这还不包括在辽东都司以北设置的带有女真自治性质的奴儿干都司的384卫，全国卫所军士人数（不含奴儿干都司）最多时达到260万，连同其他建制的军人，明朝武装力量突破了300万人，按照明朝维持在6000万人左右的总人口数来衡量，真可谓“二十人出一兵”，可见明朝国防体系的开支该有多么庞大，难怪明朝后期边患严重时要加征“辽饷”等特殊税赋。也有学者解读称，朱元璋本人是农民起义领袖出身，马背上得天下，防卫心极强，故而惯用武力治理天下，因此才有了这种近乎全民皆兵的卫所制度。

那么，明代的卫到底相当于现在什么级别的军事单位？实际上，很多历史普及读物和网络文章对此解释得都失之偏颇。由于明代辽东一个卫单独驻防的城池有很多就是辽金元代的县城，明亡后又有一些卫城成为县城，如开原卫、盖州卫、金州卫等都是这种情况，所以难免给后人造成误解，认为卫即相当于团，有一本历史普及读物就曾写道，“辽东的卫相当于内地的县”，其实这是不严谨的。当然这里首先要说，古代的官制、军制都不能硬生生套用现在的职级名称，但如果牵强地近似来看，明代的卫相当于今天的旅或轻型师这一级别，且不说平均5600人的规模，按照明代卫所主官的品级设置也可见一斑，卫的主官卫指挥使为武职正三品，而明代知府方为正四品，虽然武职较文官职级略有浮动，卫指挥使的级别也要比正七品知县高出一大截，而明代卫下辖的千户所主官为五品，千户所副职以上可授将军散阶，如果这般审视，明代卫所制度中的千户所地位都要高于普通的县。

烽烟散去，洗尽铅华。天津卫、威海卫、镇江卫……旧时的明军要塞，渐渐都在保留古称的基础上浴火重生，成为著名的大中城市，沈阳中卫也不例外。而放眼全国，各省省会城市保留着明代军卫痕迹的，则仅有沈阳一处，如果你仔细咀嚼她的明代卫所文化内涵，你会发自心底敬佩这座历史文化名城的深厚底蕴。至少在那个战火不断、荡气回肠的明代，在那个中国历史上独具特色的卫所制度广泛存在的明代，沈阳作为一座军事重镇没有缺课！

沈王终究未来沈

朱元璋下旨设置沈阳三卫时，从元朝承袭的沈阳城已是年久失修、残破不堪，原住民所剩无几，城市功能已经无法满足驻军需要。在沈阳建卫后的第三年即公元 1388 年，沈阳城的重修工程正式开始。主持重修沈阳城的是时任沈阳中卫指挥使闵忠，这是一位对沈阳做出过卓越贡献的历史名人，至今铭记在沈阳各种地方史书籍之中。但这里我要说明的是，闵忠功业卓著，才能可嘉，但他并非明代沈阳的首位军事主官，明代对沈阳地域的管理是从鲍成将军率军进驻而开始的。遗憾的是，由于史料的缺乏，我们至今无法知晓这位曾经统率千军万马讨伐蒙古纳哈出余部的鲍成将军的原籍和生卒年月，而从《明太祖实录》中不吝笔墨地记述洪武十九年（1386）七月“命指挥鲍成领原河南山东校卒一万三百二十八人分隶焉”，足可见鲍成当时在朱元璋心目中的位置和指挥权限的不凡。

有人从鲍成督率河南山东籍官兵的文字记载中推测，他可能是位黄河水哺育的河南、山东大汉，这也只能是一种推测，毕竟从其受重用程度来看，也有可能是跟随朱元璋起家的淮西籍将领。无论如何，鲍成是明代沈阳军事主官第一人，他率领一万余名河南、山东校卒奉旨进驻沈阳，主要目的既有镇守一方，又有巩固和充实辽东地区明军力量、打击蒙古纳哈出部剩余势力的考量，随时做好战斗准备，直到进驻沈阳一年后纳哈出在盘踞地金山（今吉林省双辽市、农安县交界）一带归降，鲍成他们才略喘了一口气。按照当时的里程，沈阳城距离金山也不过六百多里路，真可谓处在明军的战略前沿。

鲍成的事迹在历史上没有留下过多记载，在他驻军沈阳的一年多时间里，主要都是在备战。有一本沈阳地方史普及读物根据历史情境再现了鲍成带领军士们进行盔、甲、刀、枪的修造以及在浑河罗士圈子（今沈阳市和平区砂山一带）修建码头的细节，这其实都是朱元璋对蒙古纳哈出部“以兵促之，势必来降”政策的具体实践，最终不动干戈地逼降了纳哈出。

现在看来，朝廷命鲍成率兵卒戍守沈阳应该是临时性的差委，蒙古将领纳哈出归降后，鲍成完成了他在沈阳驻军的战备使命，另调他方，沈阳中卫迎来了新的指挥使——闵忠将军。此前，由于战事的逐渐平息，辽东迎来安定，一些外迁的沈阳原住民又迁回故土。再加上朱元璋论功行赏，诏令：凡将校，自洪武四年（1371）起守辽东有功者，千户升为指挥，百户以下亦有不同升迁，凡275人，并实名屯田制。沈阳周边的姚千户、李千户等地名就是此次屯田运动的地名遗留。

沈阳这座由于元末明初战乱而显得空寂的城市又恢复了活力，社会背景的变化，特别是人口的骤然增加，卫城地位的确定，给沈阳带来了新的发展空间。按照史志资料记载，闵忠是土生土长的辽东人，原籍广宁（今辽宁省北镇市）。他到任沈阳时，这座军事重镇的功能已经发生了变化，不再是具有临时性质的备战基地，而承担起了护卫辽东都司所在地辽阳和镇守边陲的重要战略地位。洪武二十年（1387），闵忠看到沈阳城垣还是元代遗留下的夯土城墙，而且经历战乱后已经破败不堪，于是他向朝廷奏请重修沈阳城，以加强防御能力，得到朱元璋的亲自批准。第二年，闵忠

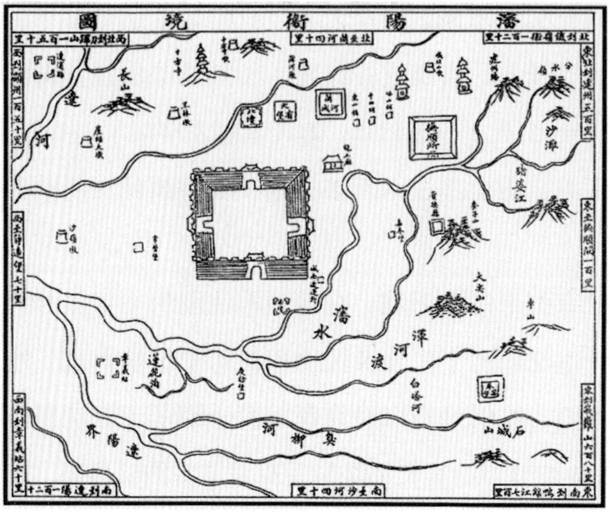

|《沈阳卫境图》|

组织人力、物力，在元代沈阳路城的基础上修筑了一座新的方城，后来具此绘制了《沈阳卫境图》。

说闵忠是沈阳城建城元勋一点儿也不为过。此后的沈阳古城格局就是闵忠这次组织重修时奠定的，一直沿用到日伪统治时期。重修后的沈阳卫城坐落在浑河北岸十里，浑河支流小沈水傍城南而过，后来人们为“小沈水”取了一个雅致的名字——万泉河。

闵忠重修后的沈阳城为砖石结构，有高大结实的城墙。据明代《辽东志》记载，该城“周围九里三十步，高二丈五尺。池二重，内阔三丈，深八尺。周围一十里三十步，外阔三丈，深八尺，周围一十一里有奇”。说是重修，其实很大程度是“重建”甚至“改扩建”。如将原有的夯土城墙改建为砖石城墙，将原有的版筑夯土墙体外侧包砌为墙壁。城墙顶部以青砖铺面，外设箭口，内设城堞，错落有致。各个城门一改辽金时期“沈州城”的大栅栏结构，而是在城门上端起拱券，城门门扇内外铁皮包钉，以重木为门栓，需几名士兵才能搬得动。新的沈阳卫城很明显突出军事防御功能，而且渗透到很多细节方面，如在各个城门之上均建有门楼，供士兵昼夜守望。沈阳从战国时代开始建城，至此终于实现了从土城到砖城的华丽转身，不能不说是一次突破性变化。

这是一个值得纪念的年份：明洪武二十一年（1388），山海关外军事重镇沈阳中卫城正式落成，此时的朱元璋已经废除丞相制度，每天都辛勤地亲自批阅奏折，当他得知沈阳新城建城的奏报时，不由自主地深情地眺望北方，他知道，有了沈阳卫城，会有效舒缓辽东防务压力。在朱元璋的亲自诏谕下，这一年，沈阳中卫城四周建起嘉禾堡、庆稔堡、大有堡等军事城堡，从这几个军事堡垒的名称可以明显看出，朱元璋这位大明王朝开创者对辽东五谷丰登、统治承平该有多么期许。朱元璋还下旨将原驻朝鲜半岛附近的铁岭卫移驻沈阳中卫城东南之奉集堡，以与沈阳中卫互为掎角之势，五年后方才迁到今天的铁岭市中心城区位置。铁岭卫外迁新址后，奉集堡却一直作为军事要地有军士驻守，据说后来努尔哈赤看好此地，曾一度想在此建都，日伪

| 明代沈阳中卫城南北大街遗址（通天街）|

| 奉集堡遗址 |

| 沈阳中心庙 刘卓摄 |

时期这里修建有奉集堡机场，再后来这里的飞机又成为东北红色空军力量最早的一批飞机，为东北老航校的创建做出贡献。而追溯奉集堡的军事价值，还真得从明朝设置沈阳中卫说起。

明代的沈阳中卫城是一座四门方城，四门名称沿用元朝之旧，东曰永宁，南曰保安，北曰安定，西曰永昌，各门均建有高大的门楼，并建有瓮城。城内有南北、东西两条大街，呈十字形交叉。大街上迎着四门各建有一座牌坊，分别名为永宁、迎恩、镇远、靖边。从城门和牌坊名称上来看，蕴含着封建统治下的忠君思想和卫城本身的防务意义。卫城的中心点在城内大街交叉路口，这里建有一座庙宇名曰中心庙，这符合中国古代城市建筑的传统习惯。在古代很多城市的中心位置都会建有一处地标性建筑，大多数城市在此位置建有钟鼓楼，而中心庙就是沈阳中卫城的地标，沈阳中卫城围绕它向四面伸展。建筑中心庙还有一层意义，那就是从城市战时防御功能上来看，城市中心十字交叉路口的这座建筑，避免了四座城门直接两两相对时过于贯通无阻，起到有效的军事缓冲作用，可见古代城市建筑思想之缜密和对城市功能用途考量之细致。后来清朝统治者皇太极改造沈阳城时，中心庙依然保留下来，时至今日，几经重修，沈阳中心庙依然位于原址，即今沈阳故宫大政殿北墙之外，虽占地不足半亩，但却标示着沈阳城数百年的灵魂风骨。清代有人形象地将此庙比喻为沈阳城的太极，寓意镇制沈阳八门八关并保卫陪都宫殿，还有人考证称这座中心庙早在元代就已经存在，最初是由往来于此的江浙商人捐资修建，不论如何，中心庙

明沈阳城镇边门门额拓片

几经沧桑，已经是沈阳城一道独具古韵的风景线。

明代沈阳中卫的官方机构中，卫治衙署系在元代沈阳路总管府旧址基础上建筑，位于城内东南隅；经历司、镇抚司和左、右、中、前、后五个千户所的指挥机构均在衙署内办公，这与辽东其他卫城是相同的。卫署东面是两所学校——儒学和社学。卫城西北面分布着军器局、军储仓、预备仓，西南面则是钱帛库、养济院和草场。到了明朝嘉靖年间，在城西南增设了察院行台，相当于中央监察部门派驻此城的分支机构驻地，还有沈阳游击府和备御公署。万历年间又根据防卫形势需要，对城墙进行了两次改建和加固，卫城规模较原先有所扩大。城东一里左右的位置是教场，也就是军士演武练兵的地方。在卫城的东北隅有古刹长安寺，在城的西北隅有通玄观，在中心庙偏北建有城隍庙，在通天街以西有三官庙，在卫城北门外有辽代古刹崇寿寺及塔，这些寺庙宫观建筑各有特色，相得益彰，点缀着明代的沈阳城。

沈阳中卫城是大明王朝辽东防御体系的重要组成部分。卫城城垣工程告竣之时，一座全新的辽东卫城在浑河之滨屹立起来。从沈阳卫城经蒲河、依路（今铁岭县懿路村）、嚚州（今铁岭市银州区）可通往三万卫（今辽宁省开原市），又可东连抚顺。当时，沈阳卫城的驿站即沈阳驿在城市的南关外，城西四里是递运所，出南门的大道直通辽东的中心城市辽阳，由于南门外交通要冲的作用凸显，随着此地定居人口的增加，明朝嘉靖年间在南门外扩建了一座周长 679 丈的关城。城内南北大街沿线是繁华之地，大街两侧有很多商铺、酒肆和手工业作坊。

围绕着明代沈阳中卫城的城市功能，我曾经请教过著名文史学者、辽宁社会科学院历史所原副所长张志强研究员，他是《沈阳城市史》作者，对沈阳城市历史有着深入研究和独到见解，他告诉我："明代的沈阳城中就有数条东西向的胡同与南北向的街道交叉成若干个里坊方格，那里是沈阳城民宅院落之所在。"几年前的一天，我和张老师同在张学良旧居参加完一个学术会议后，他特意带我来到离旧居不远处的朝阳街旁沈阳市少儿图书馆位置，并告诉我说："明代的沈阳中卫卫治衙署位置就在这里。"让我不觉惊叹沈阳城文化底蕴之厚重。

明代的衙署位置尚能确定，可沈阳城许多年来一直还存在一个未解之谜，那就是明代的沈王府究竟在城内何处，建筑规模和进度，至今仍无法确定。甚至有学者认为，明代沈王府压根就没有兴建！

说实话，我第一次了解到沈王受封的史实还是在 2006 年，当时，初入史学界的我到鞍山参加一个学术会议并住宿在鞍山师范学院，该校政史系主任张士尊教授向我赠送了他的专著《明代辽东边疆研究》，我认真拜读了这本书，从中知晓朱元璋当年把二十四个成年儿子中的三位封地选择在辽宁，分别是辽王朱植、沈王朱模和韩王朱松。其中的沈王朱模是朱元璋第二十一子，也是朱元璋的赵贵妃所生的唯一子嗣，他诞生时朱元璋已经是五十三岁的老者。洪武二十四年（1391）四月，朱元璋下旨封年仅十一周岁的朱模为沈王，同时受封的还有朱元璋第二十子韩王朱松，朱模的封藩之地在沈阳中卫，朱松的藩地则是开原卫。第二年，或许是朱元璋对辽东边防愈加重视，又改封其第十五子卫王朱植为辽王。按照明朝的规制，藩王受封就可以在封藩之地为其建造王府，但通常可以在皇宫中居住至成年方才正式就藩，也就是到封地常住。因此说，即便当时在沈阳卫城中选址并开始建造沈王府，建筑速度也不会太快。而事实上，明代的辽东地区看似受封了三个藩王，但到最后一座王府也没有真正建成。比沈王朱模年长三岁的辽王朱植在改封辽王后的第二年即洪武二十六年（1393）正月就来到广宁就藩，因当时辽王府尚未开始建造，故暂且驻于大凌河北，当年九月辽王府正式开工兴建，但到了洪武二十八年（1395）四月，多疑的朱元璋突然诏令停建辽王府，原因有二：一是督建辽王府的武定侯郭英（辽王朱植岳父）催促工程进度有些严厉，以致工匠们普遍反映劳役繁重，朱元璋“恐将士艰苦”，因为这些建造王府的工匠很多都是明代驻军军士；二是朱元璋“虑高丽有阴谋，意图进攻辽地”，担心王府建成后此地有战乱，故下令工程暂停。五年之后，辽王府得以批准继续修建，但进展程度仍然缓慢，辽王朱植在大凌河一带以树栅为营，建造了一个简易的宫室来居住。又过了两年多，朱元璋驾崩后继位的建文帝朱允炆担心朱植的封地靠近燕王朱棣的封地，害怕两人结成同盟，故召辽王至南京城，再后来便是朱棣登基后改封辽王于荆州，在荆州营建辽王府，就这样，辽东的辽王府自始至终都没有真正落成。朱棣后来又将好几位藩王的封地都重新作以调整，而为了尊重父亲，却将自己兄弟们的藩王名号保留原貌，这就是为何沈王朱模于永乐六年（1408）就藩山西潞州（今山西省长治市）后，其后代仍世袭沈王名号的缘故。

朱元璋封藩辽东的三个儿子虽然命运迥异，但最终都获得善终。对于沈王、韩王是否前往辽东就藩，以及两座王府到底在辽东修建与否的问题，我请教了数位明史专家。他们一致认为：沈王朱模和韩王朱松肯定没有来到辽东就藩，原因主要是朱元璋及其后两位皇帝出于对辽东边地安全形势的研判，加上两位王爷尚年少，至于在沈阳城和开原城内是否有动议修筑王府，大部分专家也认为应该是未兴建过，因为这几位未就藩的藩王在南京城内均建有王府，每座王府中还有朝廷任命的王府长史、典簿等官员为藩王直接服务，再者当时兴建王府可谓是朝廷重点工程，工部会有相关档案，但在明朝史籍档案资料中目前仅能找到在辽东广宁营建辽王府的曲折过程记述，一直到沈王朱模另封潞州，也未见明朝有关档案中有在沈阳营建王府的记载，而最终朱模还是乖乖听从他的四哥朱棣的诏令，前往山西潞州就藩。而比他仅仅大两个多月的韩王朱松则在此前半年多因病逝于南京，其子朱贵烚也就是第二代韩王成人后就藩于陕西平凉（今属甘肃省）。综上，我认为明代的沈王府在沈阳应当从未兴建，甚至连沈阳“沈王府”的名目都没存在过，并不是什么真正意义的“空壳王府”，倒是那位没有来沈阳受藩的沈王朱模，那可是朱元璋子嗣中为数不多的“躺平式”王爷，一生安分守己平庸无为，却也没做什么出格的事情，最终享寿五十二岁而终，其后代在封国数十年间也未有不良记录，被称为大明王朝宗室中的“清流”。沈王在明朝共传九代、十四王，直到崇祯亡国前夕末代沈王朱迥洪被李自成部农民起义军俘虏，是否被杀正史没有记载，估计结局好不到哪去。之所以用这些笔墨来提及明代沈王，一是考述一下当年沈阳中卫城中到底是否兴建过沈王府，二是体现出明朝中央政权对沈阳的重视，毕竟在大明辽东二十五卫之中，封藩沈阳中卫的沈王是距离明朝辽东军事指挥中心辽阳最近的藩王。《沈阳通史》对此认为：“辽东都司治辽阳，沈王驻沈阳，两地南北相距仅 120 里，互为遥制亦称方便。”但遗憾的是，沈王未能真正落户沈阳。

将军喋血传忠义

尽管沈阳中卫在整个大明王朝并未迎来藩王入驻，但其军事价值不可低估。在明代修撰的《辽东志》中，收录有“沈阳中卫山川地理图”，图上明显标明：沈阳中卫东至抚顺关（今抚顺市东郊关岭山）一百里，西至静远堡（今沈阳市于洪区马三家街道静安村）七十里，南至沙河（今沈阳市苏家屯区沙河街道）四十里，北至蒲河（今沈阳市沈北新区蒲河新城）四十里。如此来看，当年的沈阳中卫辖域面积可以说真的不小。那么问题来了，如此广袤的防御范围，大明王朝皇帝如此青睐，以至于修筑得如此考究的沈阳卫城，究竟是为了防御谁呢？

明代著名史志学者郭造卿在《辽镇通海议》中对辽东设卫的意义作如下阐述：“辽防为难者，北于属夷，东于高丽，而又渡海归内地，故不设州县，编民一以卫所制之者，万户管千，千户管百，节制易明，逃跑可稽也，故不加有司，设巡检，恃其卫所以束伍耳。”实际上，明代辽东对于大明王朝江山稳固非常重要，辽东是明朝从中原通往东北地区中北部及黑龙江流域的要道，地理位置十分重要，到了永乐皇帝朱棣迁都北京后，辽西走廊在防务上的地位凸显，正可谓“扼山海之要冲，为京师之屏障，关天下之兴亡”。

朱元璋时期在辽东设卫所，既防止残元蒙古势力反扑，以及防止北部女真民族南下侵扰，也考虑到“高丽意图进攻辽地”的因素，当时的朝鲜半岛处在王氏高丽、李氏朝鲜两个政权交替之际，辽东地区地广人稀难免会导致防务疏忽，因此朱元璋才决定将自己的三个亲骨肉都封藩在辽东。

而到了朱棣“靖难之役”之后，情况又有所不同。如果说此前对蒙古势力还是“防患于未然”，从永乐年间开始，辽东在军事上针对蒙古部落开始具体有所值，主要就是“兀良哈部”。今天的辽宁省档案馆保存着大量明代辽东档案资料，上面记述的“敌人”最多就是来自蒙古兀良哈部。“兀良哈”这三个字在辽宁大多数城市的《军事志》中叙及明代军事时都会提及。原来，蒙古兀良哈部是元亡后蒙古诸部中和明朝关系比较交好的一支，属漠北蒙古，原居于兴安岭以东至洮儿河、绰尔河一带。燕王朱棣起兵讨伐其侄建文帝统治时，由于缺乏兵力，曾向兀良哈部大举借兵，并许以日后必有回报。后来，随着生态环境的变迁，兀良哈三卫开始从原先的传统游牧地不断南下，甚至多次从西拉木伦河到辽河流域全面展开对明军的攻势，前仆后继地向南推进。由于朱棣欠过兀良哈部“人情”，所以明军对兀良哈部来扰多是驱逐，始终未能像朱棣亲征蒙古鞑靼部那样狠狠打击。而到了朱棣的曾孙、正统皇帝朱祁镇时代，干脆投入巨大人力物力修筑了辽东边墙，亦称为明辽东长城，以阻隔蒙古兀良哈部控制区域和明代的辽东腹地。明朝辽东都指挥使司下辖的各个卫所都位于辽东边墙以内。

| 明长城沈阳辽中段遗迹 |

然而，蒙古兀良哈部特别是内迁的泰宁、福余两卫，在内迁后的近两百年时间里，虽然表面上接受大明王朝统治，但实际上仍然由于生存和发展等原因不断侵扰明朝辽东腹地。而在此过程中，修筑得十分坚固的沈阳中卫城亦无法幸免，等待这座军事要塞的是一场场激烈拼杀的血战，也涌现出诸多马革裹尸、埋骨战场的“大明英烈”。

明朝万历年间，由于朝政腐败，一些地方军事长官中饱私囊，负责辽东各卫监军的太监也目无法纪，使得辽东屯田制度崩坏，很多卫所出现军士逃亡的现象。当时，一些靠近边墙的军屯户甚至全家投靠蒙古部落，甚至有“生于辽，不如走入胡”的说法。有的边堡由于集体逃亡，差不多骡、马、牛、羊、猪、鸡、犬、鹅、鸭荡然一空。

| 沈阳市于洪区光辉街道出土的明铜铳 |

此时由于边患频繁，沈阳中卫城已经加固，尽管如此，原有的“火器”即二将军炮 1 门、佛郎机炮 24 杆、神炮 4 门、铜铳 283 支、神枪 55 支的数额已经远远不能胜任新的防御需要了。此外，原来额定的盔甲、腰刀、弓弦、箭等冷兵器装备数量也已经难以有效御敌。也就是说，一旦敌人集结兵力发起大规模进攻，沈阳中卫必然防务吃紧。

万历十三年（1585）春二月，悲剧还是发生了。蒙古兀良哈部发起对沈阳的进犯，沈阳中卫周边的静远堡、依路、蒲河、十方寺（石佛寺）各堡均被冲开。经过一天一夜，蒙古骑兵颇有战果。此时，刚上任一年多的沈阳中卫游击将军韩元功率军士 3000 余人英勇反击，击败了蒙古兀良哈部的第一轮攻势。蒙古骑兵退至辽河岸边时，声言要重新集结兵力进攻开原、铁岭和抚顺等重镇。明辽东总兵李成梁一面请援兵出动，一面沉着备战，他认为蒙古骑兵并非叫嚣，肯定会“复逞”，而且极有可能发起多点开花的集团攻势，于是在部分援军赶到后，明军决定先发制人，主动出击进攻蒙古骑兵。

就这样，在李总兵的调遣指挥下，韩元功率部先期到丁字泊堡（今沈阳市沈北新区黄家街道小丁字泡）架设浮桥，为明军大部队越过辽河追击蒙古骑兵提供便利。韩元功准备了大量厚木板、圆木、铁丝、绳索和其他工具，数日间就在较隐蔽的河岸处架桥成功。就这样，明军出其不意地从丁字泊出边，经一百五十里的追击，将猝不及防的蒙古骑兵击败，斩首 824 级，其中有头领 13 级。同年五月，蒙古骑兵再次袭击边墙，这一次，韩元功率军在静远堡一带与蒙古骑兵交战两天不分胜败。为取得战果，韩元功亲率少数明军向蒙古骑兵发起挑战，蒙古兵佯败，边杀边退，不知不觉间明军被引诱至远离边堡的地方。这时，事先埋伏的大批蒙古骑兵接踵而至，韩元功由于兵寡难以敌众，最终身陷重围，力战身亡。其部下 30 余人亦全部被杀。

明辽东总兵李成梁，这位在历史上赫赫有名的大明边帅，当得知韩元功喋血沙场的哀报后，禁不住失声恸哭。四年以后，李成梁的又一位得力部下，备御李有年在沈阳西北平虏堡（今沈阳市于洪区平罗街道）与蒙古兀良哈部骑兵作战中，手刃数敌后被蒙古骑兵团团围住，最终被砍杀。明军把总冯文升欲救李有年于乱军之中，亦被围困而战死。此役，明军伤亡 130 余人，蒙古骑兵并未就此住手，反而继续向沈阳城发起进击。明代沈阳中卫城被蒙古兀良哈部劫掠百余次，但这次危险是非常大的，而且蒙古兀良哈部还联合了女真族武装。他们在平虏堡之战后，又分兵数千人进攻榆林堡（今沈阳市大东区前进街道榆林社区）和蒲河千户所，如此七八天中，沈阳中卫城及其西北、北部和东北部都十分恐慌。辽东总兵李成梁急调多路明军来解沈阳之围，在明军的合力迎击下，蒙古、女真骑兵被驱逐到边墙之外。此次沈阳城周边之战明军总计损失 800 余人，还有大批人口及财物被掳走。

此时的女真部落已经崛起并开始侵扰辽东。不得不说，从明朝嘉靖年间开始，沈阳中卫城的防御对象中增加了女真族武装。出于对少数民族的歧视和敌意，明朝的官方文书中，对侵扰进袭过明军的蒙古、女真等马背上崛起的民族统称为“虏”。位于沈阳中卫城西北部的平虏堡即由此得名。

平虏堡是明代沈阳中卫城与辽东边墙之间的重要军堡，虽然是百户所建制，但实际驻军较同等级的边堡要略多一些。此地南涉蒲河，被称为沈阳城的西北大门，“盖以兹地之重险也”。蒲河是沈阳城北的东西干流，但遇到春秋二季枯水季节或旱情严重，蒲河经常会水落石出，便于蒙古兀良哈部过河犯边。为了加强蒲河一带防务，必先营造水势。就这样，在弘治十七年（1504），朝廷拨专款在蒲河上建水闸一座，取名永利闸，以便在必要时用水淹阻隔的办法来屏护沈阳的城防。由于此石闸距辽东边墙仅十三里，故发挥出很好的军事效果，而且还有助于灌溉农田，军民皆能受益。然而，就是这样一处对大明防务有重大利好的设施，后来由于疏于维修竟然几近废弃，“旧闸故迹则已沙蚀水啧，夷为立墟矣”。嘉靖四十四年（1565）初夏，江西进贤籍进士、巡按监察御史李辅顶着烈日，对辽东边墙的主要墙段和沈阳中卫的防御体系进行了详细考察，他注意到永利闸的重要作用，上书朝廷决定重修永利闸。此次重修后，蒙古骑兵再有犯边时，永利闸发挥过放水阻敌的“水护”作用，“水阻其前，兵蹑其后，合城堡为援，多得奇功”。工程竣工后，李辅满怀欣喜之情撰文《永利闸碑记》。在重修永利闸的第二年，李辅主持修撰大型志书《全辽志》，后世研究明代东北历史多有参考价值。

“蒲河建闸保沈阳”成为大明辽东防务之佳话。遗憾的是，明末沈阳城被女真军队攻克后，永利闸失去战略意义，最终遭到废弃。值得一提的是，清朝皇帝在附近修建永安石桥时，曾拆用永利闸石材，后该桥成为盛京叠道以及清代东北“大御路”上的重要桥梁。时过境迁，清初建立的永安桥完好依旧地保存，昔日为沈阳城建立过重要功勋的永利闸石材竟然以这种特殊的方式继续存在于世间！

| 盛京御路永安桥 |

清朝建立后，在大明沈阳中卫防务中发挥过重要作用、与永利闸互为呼应的平虏堡被改写成“平罗堡”。都说清代曾兴“文字狱”，可这样的地名还是容易让人联想到“平定爱新觉罗”，这可不是一般的“大不敬”。只能解释成山海关外“龙兴之地”的“文字狱”还不甚严重罢了。实际上，清朝统治者注重吸纳接受汉文化。2018 年，我到抚顺参加后金史学术研讨会，其间有幸围绕清朝开国史相关问题请教过著名清史专家、南开大学历史学院博士生导师杜家骥教授，他告诉我：“在清朝开国史中，作为明朝汉族高官后裔的范文程发挥了重要作用，堪称皇太极的首辅文臣，可以说，皇太极重用的汉官范文程，对清朝崛起和统一中国都发挥出不可低估的作用。”我赞同杜教授的观点，但在这里需要说明的是，范文程是地地道道的沈阳人，虽然其先世追溯到宋代名臣范仲淹，但不可否认的是，其曾祖父范锪就是沈阳城中的卫所军户后代，官至兵部左侍郎，一生清廉耿直，曾遭到迫害而不改其志。

明代卫所军户实行世袭制，范锪家族原籍江西乐平，其先祖调戍沈阳，渐成望族，在明代的沈阳中卫很有影响力。范锪之子范沈后来从军，承袭祖职并因功升迁成为定辽中卫指挥同知，后调回家乡出任沈阳中卫指挥同知，即沈阳城的军事二把手。范沈留下的事迹很少，但其侄孙便是大名鼎鼎的范文程。这很容易让人联想起近代名人袁世凯，发迹也得益于其叔祖父、李鸿章麾下淮军名将袁甲三。其实，像范家这样的军户世家在明代的沈阳中卫不胜枚举，如天顺年间在沈阳中卫指挥使任上资助重修长安寺的曹辅，其子曹铭就曾在成化年间承袭父职出任沈阳中卫指挥使，有道是子承父业，曹铭也捐资重修长安寺。而这个曹氏家族按照史志资料记载原籍山东牟平，他们也是明代沈阳中卫的军事移民，但对戍守之地有很深情结。曹辅在任期间，主持修建了沈阳中卫与辽东边墙之间的墩、台和一系列边堡建设，以及辽河边墙沈阳中卫属段的维修。可以说，为明代沈阳中卫防务和辖域开发做出贡献的军士们，绝大多数都是明朝从外地调戍这里的军一代、军二代、军三代……有明一朝，“十代镇守”沈阳城的家族还有许多许多，这是明代沈阳中卫这座军事防御型城市常住人口的主要构成。经过二百余年的发展，到明朝末期，沈阳中卫辖域人口已达20万左右，其中卫城之中人口最多时应有七八万之众。除了卫所军士和调防来的其他武装人员，其余多为军人家属。当然，定居人口的增多促进了经济繁荣，特别是城市商业的兴盛。屯田制度除了保障城市粮食供给，还催生出一批农业人口，推动了农业生产进一步发展。

明天启元年（1621）三月，沈阳中卫城被努尔哈赤亲率的后金军队攻克，大明王朝沈阳中卫结束了长达235年的历史使命，至此走入历史。这里不得不说，在此之前的二百多年并不短暂的岁月中，沈阳城先后百余次遭到来自蒙古、女真的进袭却从未失陷！

黯淡了刀光剑影，远去了鼓角争鸣。岁月流转，明代沈阳中卫城充斥的血性豪气早已融入沈阳人的血脉深处，激发起这座英雄城市振兴发展的动力！

历史，让城市更加厚重，亦能让其迸发生机。

努尔哈赤的征伐

| 努尔哈赤画像 |

大明天启元年（1621）三月十三日，草长莺飞时节，屹立于浑河畔的沈阳中卫城却是烟尘滚滚，一支特殊的铁骑冲入城门，不多时，城墙上各个垛口、角台尽皆插满这支队伍的旗帜。只见这些战旗呈现红、黄、蓝、白四种颜色，在富有生机的春日里格外耀眼醒目。沈阳城里的老百姓此刻大多沉浸在被征服和失去亲人的苦痛中，他们争相传告：女真人来了，他们的大首领亲自征伐这里，此城今后会有一段时日由女

真人来统治！

城中这些百姓不会想到的是，这座城市会在四年以后成为这个新政权的国都，他们更料想不及的是，这个马背上崛起的少数民族政权以后将统治这里整整长达290年！后来，人们渐渐对这支队伍的四色旗帜熟悉：四种主色的旗帜，有整面同色，有镶边双色，加在一起名曰八旗！那是女真大军的主要标志之一，也是女真民族当时社会生活和军事的主要组织形式。而开创这一制度的正是率军亲征沈阳城的女真民族“大首领”努尔哈赤！此时他已经称汗并建立政权四年多，汗名为“天命汗”，“天命”也是这个新政权后金的纪年年号。努尔哈赤还有个被蒙古部落所尊的汗名为“昆都仑汗”。

女真民族的再度崛起与明朝统治腐败密不可分。万历元年（1573），镇守关外的辽东总兵李成梁挥师击退蒙古部落后修筑宽奠六堡，巩固了辽东山区的防务，此举在明朝军事史上可圈可点。然而，就是李成梁为能够有效扼制蒙古而欣喜之际，建州女真部落都指挥王杲在抚顺马市上诱杀了明朝备御裴承祖，明朝方面愤然断绝贡市。第二年，王杲以马市断绝部下困顿为由，纠集蒙古土默特、泰宁诸部，大举侵扰明朝辽东重镇辽阳、沈阳。李成梁督率兵马进剿王杲所在的古勒寨，斩首女真官兵千余人。为斩草除根，消除建州女真的反对势力，万历十一年（1583），李成梁发兵攻打王杲之子阿台，努尔哈赤之父塔克世本是明朝委任的建州左卫指挥使，又和阿台有亲属关系，他不忍心明军和女真人之间互相残杀，为避免更大的流血冲突，塔克世邀上自己父亲、在女真部落中威望更高的觉昌安一同到古勒寨劝阿台停止抵抗。不想李成梁听信奸人蛊惑，在古勒寨中女真部落出降后仍大开杀戒，竟然将全寨两千多老幼全部斩杀，其中包括和明军交好的努尔哈赤祖父和父亲。

追述至此，可以交代的是，这四位建州女真的优秀将领都是努尔哈赤的长辈。王杲是努尔哈赤外祖父，阿台是努尔哈赤舅舅，觉昌安、塔克世是努尔哈赤的祖父和父亲。他们在短短几年间都死于非命，特别是觉昌安、塔克世竟然还是为维护明朝利益前去劝降被误杀。努尔哈赤惊闻父、祖蒙难噩耗时顿足捶胸，悲痛欲绝，他撕心裂肺地诘问明朝边吏："我祖、父何故被害？汝等乃我不共戴天之仇也！汝何为辞？"明朝方面连连道歉并解释称系误会，不但归还了努尔哈赤祖父和父亲的遗体，还给予了一些物质上的安抚。不过，对明朝政权仇恨的种子已经在努尔哈赤心中深深埋下。这一年，努尔哈赤二十五岁。

就这样，努尔哈赤作为家中长子，按照明军为安抚女真而制定的指挥使世袭制，接掌了父亲的权力，其标志就是"十三副铠甲"。如果没有这次父、祖蒙难的意外，努尔哈赤的霸业很可能最终都将被埋没，很难在二十几岁开始独立领兵一方并脱颖而出，其文韬武略很有可能被浩瀚的历史所湮没。从这点上看，真可谓时势造英雄。

李成梁在正史中评价很高，不仅因为他是明朝镇守边关的虎将，更重要的是他成全了努尔哈赤崛起。要知道，官修《明史》的是清朝的御用文人，他们站在传统价值观的角度上必然维护李成梁这样"忠勇"于大明的将领，然而实际上，清朝开国皇帝努尔哈赤对李成梁的感情必然是复杂的。难怪有史家评价大明辽东防务"成也李成梁，败也李成梁"。

而此时的大明王朝，真可谓江河日下，呈现日薄西山之势。由于朝廷统治腐败，党争不断，加上连年的自然灾害，使得社会矛盾不断激化。毗邻蒙古、女真生活区域的辽东更是民怨沸腾，危机重重。明朝初年开创的卫所军户屯田制此时在辽东走向崩溃，嘉靖三十七年（1558）春，"辽东大饥，人相食"。而后由于兵连祸结，百姓的田园被毁、财物被劫。到万历年间辽东又出了个中饱私囊严重的大贪官高淮，他本是朝廷派往辽东的矿监税使，却横征暴敛、鱼肉百姓，层层剥削，达不到其目的就大打出手，弄得辽东政治生态恶化，真可谓乌烟瘴气。当时的辽东总兵马林因不满高淮专横跋扈，曾上奏朝廷反映情况，结果不但马林遭到打击报复被流放戍边，连为马林鸣不平的给事中侯先春也被降职。辽东巡抚何尔健想扳倒高淮，派人将收集到的证据整理出来，随身携带准备进京面圣，不想公差在途中被高淮派人截住搜出文本，一顿严刑拷打。高淮最猖狂时，大肆招募辽东各地亡命徒，甚至还举龙旗自称是皇帝的代表，还派人进入朝鲜索要貂马、冠珠。由于高淮的折腾，沈阳城当时"商贾断绝，城邑罢市，闾里萧条，人道稀少"。到万历三十六年（1608）在辽东军民的强烈反对和威胁下，高淮才被朝廷召回，而此时的辽沈地区防务设施已经是"榛莽极目，烟火不见，人迹罕少"了。可见明朝治理下的辽东地区已经糟糕到何等地步。

在这种景况下，努尔哈赤为首的女真部落崛起后，向明朝发起挑战也就成为必然。《孟子·离娄》有"家必自毁，而后人毁之"的古训。在明清易代相关史料中经常出现的"辽事"一词，就是从努尔哈赤发布"七大恨"起兵反明开始的。

有人在叙述努尔哈赤起兵讨伐明朝时用"羽毛丰满"来形容，其实我觉得程度已经不止于此，应该是"准备充分、水到渠成"了，甚至都可以说不是"摸索前行"，有几分志在必得之意境。万历四十六年（1618）正月，努尔哈赤对诸贝勒大臣宣布："吾意已决，今岁必征大明国！"四月十三日，努尔哈赤发布"七大恨"誓师，正式宣布与明政权为敌，紧接着就发兵冲向明朝辽东的抚顺和清河城。

努尔哈赤所发布的"七大恨"文告因其特殊的名称，历来听闻其名令人感到毛骨悚然，仿佛明朝和女真部落真有什么血海深仇。但如果仔细审视其内容，不过是明朝晚期对女真民族统治的失策，加上不能对女真各大部落"一碗水端平"，导致顾此失彼。"七大恨"中有三条竟然是指向女真内部。而促使努尔哈赤起兵的根本原因，还是三十多年来积聚的霸业，使其有足够的实力与明朝政权分庭抗礼。当然，家族仇恨自然是无法忽略的，

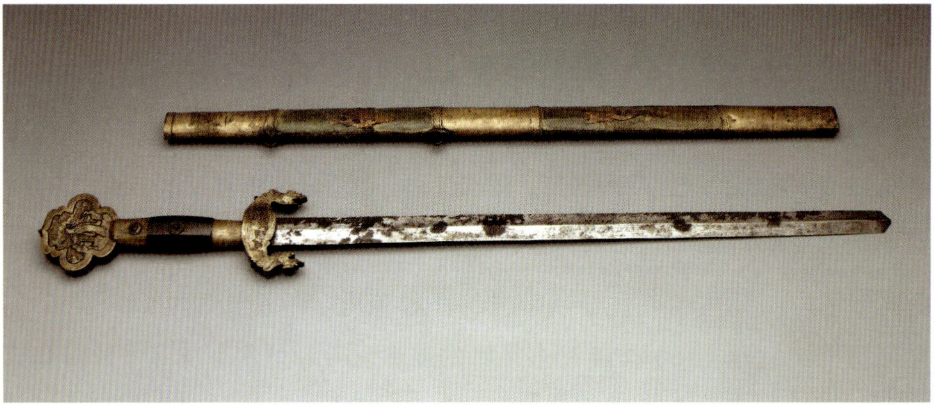

| 努尔哈赤御用宝剑 |

故而有学者认为，“七大恨”实为“一恨”，即“我之祖、父，未尝损明边一草寸土地，明无端起衅边陲，害我祖、父，恨一也”。

颁布讨明檄文后，努尔哈赤所率八旗大军彻底撕下臣服明朝的外衣。努尔哈赤以两万余步骑兵很快就攻克了抚顺、清河城，首战告捷。明军抚顺城以东诸堡均被女真军队攻克。此时在京城中的万历皇帝才感到事态严重，急派兵部右侍郎杨镐为辽东经略，主持辽东防务，并决定立即集结军队出兵辽东，意图铲平后金政权。然而，此时的明军早已是缺兵缺饷，根本无法立即行动，在朝廷加派饷银两百万两并从川、甘、浙、闽四省抽调兵力增援辽东后，才勉强拼凑了八万七千多明军，号称二十万大军，兵分四路进剿女真军队。此役交战最激烈的地方名为萨尔浒，在今天抚顺大伙房水库淹没区，故称为“萨尔浒之战”。由于明军的指挥失误，加上军事部署遭到泄密，努尔哈赤采取“凭你几路来，我只一路去”的集中兵力、各个击破的作战方略，抓住明军诸多弱点，最终以少胜多，让明军遭遇惨败，损失兵力四万五千八百余人，其中将领战死四百多人，从此明军在辽东一蹶不振，而努尔哈赤开创的后金政权则在辽东夺取了战略主动权。

萨尔浒之战明军惨败，丧师失地之痛楚，给明朝统治者以沉重打击。此战成为明清战争乃至明清易代史重要转折点。后来乾隆皇帝有感而发写下《萨尔浒山之战书事文》，其中有“明之国势益削，我之武烈益扬，遂乃克辽东，取沈阳，王基开，帝业定”之语。看来，在乾隆皇帝的脑海中，自己祖先赢得的萨尔浒大捷，与日后攻取沈阳有着重要关联。而事实上，努尔哈赤在萨尔浒获胜后，更加注重的是韬光养晦、稳扎稳打，而并非急于求成。

萨尔浒城遗址文保标志碑

胜利班师后，努尔哈赤在赫图阿拉城里搭起凉棚，他召集八旗贝勒、大臣分坐八处，一边举杯庆祝一边商讨下一步作战计划。会上形成四种意见：有认为先打女真叶赫部，有认为先攻打沈阳，也有认为应该先占据辽阳，明朝降将李永芳则提议先打开原、铁岭。努尔哈赤采纳了李永芳的意见，这使得攻打沈阳之战延后了近两年。李永芳就是提议萨尔浒之战以“凭尔几路来，我只一路去”打法的名将，因其文武双全、智勇兼具颇受努尔哈赤赏识，乃至招其为额驸。努尔哈赤此时决定，先取开原、铁岭，再北攻叶赫，西抚蒙古，等待机会再进攻沈阳和辽阳。此时，原任辽东经略杨镐因萨尔浒兵败获罪，新任辽东经

赫图阿拉城遗址

略熊廷弼尚未到职，正值明军士气低下、防守空虚之际。努尔哈赤厉兵秣马，抓住开原城守军出城牧马之际，以小股部队佯攻沈阳，虚张声势，主力部队则进抵靖安堡，直驱开原。明军开原守将马林仓促应战，然而八旗兵准备充分，从南、西、北三面攻城，布战车，竖云梯，鱼贯而上，仅仅两个时辰，开原城就被女真军队攻克，马林等将领兵败被杀。铁岭与开原同为辽东卫城，互为犄角，当得知开原危难的哨报后，铁岭明军派兵三千增援，结果遭到后金军队迎击只得撤回。一个月后，努尔哈赤又亲率大军攻打铁岭，此次努尔哈赤端坐在铁岭城东南的小山之上镇定指挥，八旗兵五六万人从四面出战，由于事先收买了城中参将丁碧打开城门，所以此战未有激战就告结束。

从战略位置上看，铁岭显然比开原更为重要。那么，偌大的铁岭城，怎么一个小小的参将就能献城投降呢？原来，奉命镇守铁岭的总兵官李如桢留恋荣华富贵，当时滞留在沈阳城中，根本未在铁岭城，而在得悉铁岭危急的战报后，也未能立即驰援，后来明朝文官弹劾李如桢时认为，如果他及时带兵驰援，铁岭不至于失陷如此之快。李如桢后因此获罪被下狱论死，而他的二哥李如柏则由于萨尔浒战败而引罪自杀，而此二人均是当年辽东总兵官、努尔哈赤的“顶头上司”李成梁之子。联想到当年李成梁和努尔哈赤的微妙关系，真可以说是耐人寻味。

开原、铁岭皆为沈阳之屏障，此二城失陷，后金军队对沈阳、辽阳形成钳形夹攻之势。然而此时的努尔哈赤，考虑到足智多谋的熊廷弼经略辽东等诸多因素，决定推迟攻打辽阳、沈阳。第二年即万历四十八年（1620）七月，万历皇帝驾崩，随后明宫发生“红丸”“移宫”案，继位的泰昌皇帝仅仅在位二十九天也莫名其妙去世。而此时的努尔哈赤已经征服了女真内部最后一个不服从自己的部落——叶赫部，壮志满满地把进攻矛头对准辽河流域军事重镇沈阳。

鏖战沈阳城

努尔哈赤欲攻打沈阳城，而当时的沈阳城并不好打。

为此，努尔哈赤事先采取了以下几点做法：首先就是迷惑明军，拿下开原、铁岭后，努尔哈赤故意在进攻方向上模棱两可，使得明军也在分析到底会先打叶赫，还是先打沈阳，但当征服叶赫后，努尔哈赤传导给明军探报的消息是可能向南攻打海州卫（今辽宁省海城市），甚至有明朝官员分析其欲攻取金州卫（今辽宁省大连市金州区）、盖州卫（今辽宁省盖州市），这样可以获取大量海运粮食，还能威胁山东，从朝鲜方面传来的消息是后金欲攻打宽甸、镇江，兵逼鸭绿江口，这都给明军防备造成错觉。

再就是试探性攻击。实际上此举有干扰、练兵的性质。明万历四十八年（1620）五月，后金大贝勒代善乘辽东经略熊廷弼巡阅边墙之际，领兵袭扰沈阳、辽阳一带，他们进兵至距离沈阳城仅十里处的浑河岸边，抢走了大批的粮食和人口，这是后金军队一次进攻沈阳城的预演；到当年八月份，努尔哈赤利用明朝皇位更迭之际，亲率诸贝勒大臣攻掠懿路、蒲河，迫使沈阳守将贺世贤、鲍承先出城抵御，后金军队与之周旋，一度进至沈阳卫城北门，明将李秉诚、赵率教所率之兵竟被后金军队主力迫至城东浑河岸边，此事成为辽东经略熊廷弼遭到弹劾的原因之一，也导致朝廷重新向辽东委派将领，著名的四川土司女将领秦良玉就是在此战后率兵援辽的。

还有就是拉拢人心。努尔哈赤派兵到沈阳郊外四处散布“招降榜文”，劝告民众顺应大势，归顺后金政权。此一系列的动作，令明朝辽东经略熊廷弼、巡按御史陈王庭等都认为，努尔哈赤是有意要攻克沈阳，而所谓的计划出击宽甸、叆阳、镇江一带都是迷惑明军之举，“谋不在抢掠，而在攻克，志不在村屯，而在沈、奉”。这里的“奉”指的是沈阳城的重要屏障奉集堡。

那么问题是，既然辽东明军高层已经预感到努尔哈赤有攻打沈阳的动向，却又为何未作有效准备，乃至后金军队进攻时又仓促应战呢？历史真是令人禁不住掩卷叹息，原来，在这个关键时刻，明廷罢免了能力水平突出的熊廷弼，反而起用庸碌之才袁应泰为辽东经略。此时的熊廷弼出任辽东经略一年多，他整顿队伍，严肃军纪，补充枪炮，谋求粮饷，使得辽东局势大有改观。但由于朝廷内党争严重，有人出于嫉妒和排斥异己之心，对熊廷弼大肆弹劾。恰逢新君天启皇帝登基之际，下旨令兵部右侍郎袁应泰代熊廷弼经略辽东。袁应泰是文官出身，曾任辽东巡抚，《明史》评价袁应泰“用兵非所长，规画颇疏”。实际上，袁应泰欲以“宽”矫正熊廷弼之“严”，结果导致防守疏忽失误。曾和熊廷弼有过接触的朝鲜官员赵庆男评价称：“使廷弼尚在，安有虏马之南牧乎？”可谓一语中的。在熊廷弼此番被罢免后，后金军队加紧了在辽阳、沈阳周围的频繁军事活动。

天启元年（1621）二月十一日，后金数万大军分八路进攻沈阳中卫城南部门户奉集堡。事实证明，熊廷弼作为一名军事家，此前对防守奉集堡的重要性是有着深刻认识的。他在给皇帝上疏中写道：“沈之东南四十里为奉集堡，可犄角沈阳。奉集之西南三十里为虎皮驿，可犄角奉集。而奉集东北距抚顺、西南距辽阳各九十里，贼如窥辽阳，或入抚顺，皆经由此堡，亦可阻截也。不守奉集则沈阳孤，不守虎皮则奉集孤，三方鼎立，不各成重兵三二万人则易为贼撼。”事实证明了熊廷弼的战略预见。当后金大军逼近奉集堡时，明军监军副使高出率兵死守，总兵李秉诚、朱万良率兵驰援，还有一支几百人的明军驰援虎皮驿，兵马带起尘土飞扬，后金误以为大军赶到，遂放弃进击虎皮驿。本来抱定志在必得心态的努尔哈赤在明军坚守面前只能撤军，奉集堡明军用大炮打死后金军队参将一人及士兵数百人。此后，努尔哈赤下令加紧制造钩梯营车，并准备好粮草。可以说，进攻奉集堡受阻令努尔哈赤意识到下一阶段战争的艰巨性，他决定暂时放弃攻取奉集堡，全力以赴把目标对准沈阳城。

沈阳中卫城经过明朝两百余年的建设，城高池深，城外有“品”字形坑，内插有尖桩，以土虚掩。内侧还有一道战壕，竖着栅木，便于部署火器。近城处又有大壕两道，宽五尺，深二尺，壕内也插满尖桩，还修筑有拦马墙，中间留有炮眼，排列枪炮，布置众兵守卫，可以说防守非常严密，包括由各地调防增援的明军在内，驻城中明军有七八万人，确是山海关外的军事重镇，易守难攻。如果明军凭城防守并施以火器，后金军队是很难一举攻克的。努尔哈赤正是估量到了攻打沈阳城的难度，所以事先做好了充分的准备。天启元年（1621）三月初十，努尔哈赤亲率八旗大军，从临时都城萨尔浒新城出发，携带大量的板木、云梯、战车，顺浑河而下，水陆并进，浩浩荡荡向沈阳城进发。十一日星夜兼程，十二日早晨到达沈阳外围。他们在城东七里处的浑河北岸用木板作营寨，就地驻守。

萨尔浒之战书事碑（现藏于沈阳故宫博物院）

明军并非没有察觉到后金军队的攻城意图。三月十一日晚，明军防守城外墩台的台兵已经望见后金兵赶来，沈阳城内的总兵贺世贤、尤世功也得到了哨探的报告。贺世贤原籍陕西榆林卫，出身卑微，从军后屡经战阵，调戍辽东后更是积功从沈阳游击将军升任总兵官。在当时四方将领云集辽东，但大多数面对后金军队畏缩不敢战的情势下，贺世贤不失为一员勇将。他在沈阳积极设防，连他的对手也感慨："沈阳城颇坚，城外浚壕，伐木为栅，埋伏火炮。"在得知后金军队赶到的警报后，贺世贤和另一位总兵尤世功连夜率一万名兵丁登城戍守。努尔哈赤得知此情景，未敢贸然攻城，而是决定采取诱敌出战的做法。后金军队先挑选几十名精兵，掠夺浑河以南的地方，在返回北岸时，明兵出城至壕沟内，后金军队人少不敢恋战便撤回。到第二天也就是三月十三日，后金军队的这种"引诱"便大获成功，这次后金军队出动数十名骑兵隔着壕沟挑战，明军总兵尤世功的家丁进行追踪，斩杀了四个后金士兵。贺世贤其人虽然勇气可嘉，但此人缺乏谋略，有些刚愎自用，此时他误判认为后金军队也不过如此，遂决定带家丁千人出城迎战，临走前还宣称把敌人杀尽再返回来。贺世贤领兵出战前，由于生平嗜好饮酒，秉承"酒壮英雄胆"之理念，他特意灌了一满壶美酒准备上阵。身边有人劝阻他不要出城，却根本无济于事。后金军队故意装作败退进行引诱，求功心切的贺世贤不知是计，竟轻率地带领精锐部下前进追击，结果被后金军队四面包围，贺世贤发现中计后赶紧边战边退，当退到沈阳城西门即永昌门时，身上已经中了四箭。此时，后金军队已经对沈阳城发动了正面进攻，部下劝贺世贤撤往辽阳，但遭到贺世贤严词拒绝，他说："吾为大将，不能存城，何面目以见袁经略！"于是，贺世贤又锐意拼杀，最终身中十四箭，力竭伤重，坠马而死。

在引诱围击贺世贤的同时，努尔哈赤亲自督战，从沈阳城东门加紧攻城，后金军队从东北角挖土填壕，用云梯、楯车攻城，城上明军虽然发炮还击，但由于发炮过于密集，导致炮身炽热，装药即喷，无法发挥效力。后金军队乘机越过壕沟，急攻东门。此时，贺世贤原先收降的一部分蒙古兵复叛，他们砍断桥绳，放下吊桥，接应后金士兵破门入城。总兵尤世功见贺世贤被围，亲率部分兵丁出西门营救，但在八旗士兵强势面前，尤世功所带兵丁纷纷溃散，最终尤世功孤身奋战而亡。

大明王朝沈阳中卫城，至此沦于后金军队的进攻。按照《满文老档》的记载，明军因守沈阳被杀者有七万人。综合各种史料来看，此数字应系有所夸大。但《满洲实录》上收录有清朝御用画师所绘《太祖克沈阳》图，在一定程度上可以管窥此战的壮怀激烈。

|《太祖克沈阳》图|

不得不说，在后金军队的进攻面前，位于沈阳城南的浑河之滨也激荡起阵阵英雄气。就在沈阳城陷落之际，一支由四川、浙江兵组成的援兵大军在总兵官童仲揆、陈策的率领下，推进到浑河南岸，他们本来准备和沈

阳城内的明军对后金军进行夹击，闻知城池陷落，陈策下令撤军，他麾下的游击将军周敦吉等一再请战，他们激动地说：“我辈不能救沈，在此三年何为？”这样说服了陈策。于是，他们分为两大营，周敦吉与副总兵、四川石柱土司将领秦邦屏先行渡河，准备在河北立营。结果，就在他们结营尚未完成时，努尔哈赤抓住战机冲向这支队伍，力战中，后金军队被杀有两三千人，但最终由于明军长途奔袭带来的饥饿疲劳影响了战斗力，这些四川兵全部力战而亡，周敦吉、秦邦屏亦战死。值得一提的是，秦邦屏就是后来赫赫有名的传奇女将军秦良玉的胞兄。

明军守卫奉集堡的总兵李秉诚和守武靖营的总兵朱万良、姜弼此时也率领三千余人前往增援，也遭遇惨败。后金军队追杀明军败兵四十里，沿途死者三千余。值得一提的是，在此战中战至最后的是被围困在浑河南岸的浙江兵约一万人，这些步兵在武器不足的情况下奋勇冲锋，最终血洒沙场。指挥这些浙江兵的总兵陈策、童仲揆和参将张名世等均死于乱军之中，成为大明英烈。这就是明清战争中惨烈的浑河血战。由于明军出战惨败，被称为要塞的奉集堡最终不攻自破。

当天夜里，努尔哈赤命令诸贝勒领精兵驻扎于沈阳东门外大教场，众将官率大军驻于城内。此后几日，后金军队清理战场，进行训练。努尔哈赤在沈阳住了五天，他着手整顿兵马器械，论功行赏，把获得的人畜分赏给各军。三月十八日，努尔哈赤亲率八旗劲旅，“旌旗蔽日，弥山亘野”，大举向辽阳进发。再三天后，三月二十一日，努尔哈赤率军攻陷明朝在东北的统治中心辽阳城。

清朝乾隆四十一年（1776），乾隆皇帝有感于贺世贤忠怀壮烈，亲自下诏赐贺世贤“忠烈”谥号。埋骨何须桑梓地，贺世贤和众多殉难于沈阳之战、浑河血战的明军将领一样骨骸无存，他们为大明社稷流尽了最后一滴血。

江山依旧，曾经多少豪杰！

乱世迁新都

公元 1625 年是明天启五年，亦是后金天命十年。后金政权于是年三月初三开始迁都沈阳。天命是后金政权统治者努尔哈赤唯一的年号。后金后来在皇太极统治时期改国号为清，皇太极追封其父努尔哈赤为清太祖。由于后金政权和清政权具有延续性，清朝历史上第一位皇帝和第一个年号都属于努尔哈赤。清朝皇帝一共十二人，只有皇太极用过两个年号——天聪和崇德，故称之为“清宫十三朝”。这“十三朝”其实是从努尔哈赤算起的，而这里的“清宫”，亦即真正意义的宫殿建筑群，很大程度应当从盛京发端。

沈阳，在漫长的历史长河和两千多年的建城历史中，这还是第一次作为都城意义存在。而实际上，沈阳也只做过清朝包括其前身后金政权的国都。

书写一座城市的建都史，必须从提议建都于此的关键人物写起。努尔哈赤自二十五岁起兵，四十余年间不断征伐和收降，他恩威并施，“顺者以德服，逆者以兵临”，不但将分散在白山黑水间的女真各部统一，创立了军民结合的八旗制度，建立后金政权，还以其政治胆略和军事才能向明政权发起挑战，连克清河、抚顺、开原、铁岭、沈阳、辽阳等重镇。

明天启元年（1621）三月二十一日上午，明朝在辽东的军事指挥中心辽阳城鼓乐齐鸣，六十三岁的努尔哈赤作为胜利者，在诸贝勒大臣的簇拥下进驻原辽东经略官署。努尔哈赤很看重辽阳的政治地位和军事属性，加之辽阳的城市基础较好，于是，努尔哈赤攻克辽阳城不久就决定迁都辽阳。

辽阳号称“东北第一城”，这里早在战国时期就称襄平，是辽东郡郡治所在地，著名的唐代安东都护府就设置在辽阳，辽代的东京城、元代的辽阳行省，还有短期割据此地称雄的汉末魏初的公孙氏家族、辽朝的附属国东丹国政权都城，都令辽阳在历史烟云中绽放光彩。尤其是在地理位置上，辽阳交通发达，属辽东驿道的通衢之地，且毗邻太子河，相对于处于辽东山区的赫图阿拉城和萨尔浒城来说，辽阳作为一个新生政权都城的优势显而易见。努尔哈赤在辽阳定都并生活了四年时光。接管辽阳城不到一个月，努尔哈赤和后金诸贝勒、大臣就把眷属从萨尔浒接到辽阳城。此时的努尔哈赤对这座新都的建设可谓踌躇满志，当年八月，努尔哈赤决定在太子河北岸五里处选址营建新都，名曰东京。他向诸贝勒大臣阐述过另建城郭的重要意义：明政权的辽阳城较大，且年久失修，现已颓废不堪，不利于防守，必须另筑新城并派重兵坚守，才能在霸业拓展过程中不至于担忧后方，这样出征起来就无后顾之忧了。

后金政权营建的东京城很显然较辽代的“东京城”面积小了许多，这与当时防务实际有关，毕竟从努尔哈赤本人的体会来看，此时不仅辽西重镇广宁、宁远等地还未攻克，蒙古、朝鲜也都还不服后金，所以，“安稳”是此时营建都城的第一要务，宁肯城小但便于守卫，也不需要过于庞大空旷易攻难守，毕竟这是新生政权的大本营之所在。东京城于八月开始兴建，翌年四月宫殿、官署即基本建成，以当时的气候条件，除去隆冬的停工期，东京城的营建最多也就费时半年时间。东京城一面临河、两面依山，砖石合筑，平面呈方形，东西长 896 米，南北宽 886 米，墙高 10 米，实际上从面积来看，也就相当于中原地区一个中等州府城的大小。

| 明代辽阳城墙遗址 |

2004年10月，我来到位于辽阳一条公交线路终点站附近的东京城遗址考察，当年该城的八座城门中，如今只有右侧南门“天佑门”保持基础，并在遗迹上进行了复建，尚能一睹往昔的气势。“天佑”之名，足可见努尔哈赤当时祈求苍天护佑其巩固基业的愿望。由于当时我正在研究明清战争史，我在辽阳翻查史志资料方知：1624年清明时节，努尔哈赤将原位于赫图阿拉城附近的祖父觉昌安、父亲塔克世、伯父礼敦和弟弟舒尔哈齐、雅尔哈齐等人的陵墓都迁到东京城东北四里阳鲁山上新建的祖陵。古语曰“慎终追远”，迁移祖坟可是一项重大决定，尤其对于政权统治者来说。那么，既然连祖宗陵墓都已经落葬辽阳，努尔哈赤又为何在此后第二年就匆忙间决定迁都沈阳呢？

历史在此处留下了一个谜团。因为按照《清太祖实录》记载，努尔哈赤是在三月初“聚诸王臣议欲迁都沈阳”，即在三月初才正式对外公开迁都的想法，并按照当时八旗议事制度来征求意见，而在三月初三日，迁都便付诸行动，迁都大军在这一天浩浩荡荡地离开东京城，当晚夜宿沈阳城南的虎皮驿（今沈阳市苏家屯区十里河街道），次日即三月初四日就进驻沈阳城。从迁都方案公布到实施完成，最多耗时不到四天，堪称是史上最迅捷的一次都城迁移行动。

这里必须说明的是，当时的后金政权尚处在向君主专制中央集权过渡的道路上，努尔哈赤虽为大汗，但仍要保留至少在形式层面的议事制度。《清太祖实录》在记述努尔哈赤陈述迁都想法后，诸贝勒大臣当场进谏称，“东京城新筑，宫廨方成，民之居室未备，今欲迁移，恐食用不足，力役繁兴，民不堪苦矣”。而听罢意见的努尔哈赤“不允”，并陈述了沈阳作为都城的重要意义：“沈阳四通八达之处，西征大明，从都尔鼻渡辽河，路直且近；北征蒙古，二三日可至；南征朝鲜，自清河路可进。沈阳浑河通苏苏河，于苏苏河源头处伐木，顺流而下，材木不可胜用。出游打猎，山近兽多，且河中之利亦可兼收矣。吾筹虑已定，故欲迁都，汝等何故不从？”看来，努尔哈赤用君主的强势压倒多数意见，由于他执意迁都，诸王贝勒最终只能执行诏令，开启了沈阳作为都城的历史篇章。

前些年，清前史研究领域专家学者们就努尔哈赤迁都沈阳的动因进行了一些考证，他们结合《满文老档》等档案资料得出结论：努尔哈赤迁都沈阳之举看似匆忙，实际上酝酿已久。在明辽东档案中发现有明军将领毛文龙在天启五年（1625）正月二十六日的塘报，其中记载着当时明军义州参将从逃回的辽民（被后金政权俘虏后放回的辽东汉民）口中得知，努尔哈赤已下令，要在今年正月初六日起，将东京城关外房屋全部拆掉，搬到沈阳盖房。这种塘报是向朝廷报告的军情文书，又保存在明政权军事机构的档案库中，不可能是后来造假补记，而且也没必要制造此类假档案。从中充分说明，在努尔哈赤公开发布迁都决策之前，即有废弃东京城作为都城之实施措施。而在《满文老档》中则记载，有一批投降后金的辽东汉官，当听到“金国汗欲弃辽东之地移向其本土”后，致书毛文龙，表明不愿意离开辽阳这个“生身之地”，希望毛文龙帮助他们寻一条生路。此事应该是致书毛文龙后泄露了，所以被《满文老档》所记载，记述时间为“天命十年二月初一”，也就是前述毛文龙塘报的四天以后。两份档案一对照，证明在1625年年初，努尔哈赤欲迁都沈阳的情况已经广为人知。这样看来，《清太祖实录》中记述的努尔哈赤在当年三月初就迁都一事征求诸王贝勒意见之事，存在三种可能：一是最终走一个议事流程而已；二是早已经征求过意见，《实录》

故意将此举记述在三月初，以体现努尔哈赤作为后金统治者做事风格“雷厉风行”；三是此段记述干脆就是后来在修撰《实录》时有意杜撰，以体现努尔哈赤圣明英武。

至于迁都原因，近年来学界也有不同的观点。按照清朝正史的记载，沈阳城在努尔哈赤眼中是“形胜之地”，地理位置优越且物产丰富，但很多学者质疑认为努尔哈赤所述的“迁都理由”并不充分，如清初西征从辽阳、沈阳出发距离辽河基本相等，再有辽阳作为辽东地区统治中心是经过多个朝代历史检验的；东京城刚建成三年且为砖石结构，防御效果不会很弱，而沈阳城在经历战事后则缺少修葺。还有的学者一针见血指出：“经都尔鼻（位于今辽宁省彰武县）渡辽河，西征大明和北征蒙古，以及南征朝鲜等战事，都发生在皇太极即位之后，当时努尔哈赤不可能说出这样的话。”看起来，这段关于迁都的征求意见讨论有可能在历史上根本就不存在，而是皇太极时期纂修《清太祖实录》时加进去的！也就是说，努尔哈赤作出迁都沈阳的决策绝不是一时兴起、心血来潮，而是经过了深思熟虑。

既然如此，似乎是清朝统治者在有意掩饰迁都沈阳的真实因由。我本人在史学领域的主要研究方向是中国近现代史，但由于早些年参与兴城城墙申报世界文化遗产文本撰写的具体工作以及研究地方历史等缘故，对明清易代史也有着浓厚兴趣，也参加过几次相关主题的高规格学术研讨会。就努尔哈赤迁都沈阳的问题，我倾向于努尔哈赤是缘于当时后金政权所面临的军事政治形势而做出的考虑。努尔哈赤迁都辽阳后，明朝政权对辽东防务曾经有一段巩固加强期，标志就是任用帝师、东阁大学士孙承宗督师辽东。孙承宗堪称一代军事家，他整顿军务，修筑已经坍塌的宁远城，并派总兵马世龙等率水陆马步兵一万二千人东巡广宁，由水路至三岔河，真可谓欲大举兴师讨伐后金、收复失地。而此时的明朝东江镇总兵毛文龙也极为活跃，频频袭击牛庄、耀州等地。如果一旦两相夹击，对身在辽阳的努尔哈赤后金政权极为不利。而前面所述毛文龙刺探后金形势的情况当时是常态化，在毛文龙的军情塘报中经常有对后金政权内部情况的报告，说明明军在辽阳城中安插了大量的“眼线”和内应，有的甚至还是表现归降后金政权的汉官。再有，辽阳毕竟是明代辽东都司所在地，当地汉族官民聚集，努尔哈赤迁都于此后对存在不满情绪汉民的高压统治，激起当地很多汉民的不满，他们纷纷采取逃亡、暴力、投毒等各种方式进行反抗。早在后金政权攻占辽阳后不久，就有当地人向努尔哈赤饮水的水井中投毒，一些八旗官兵被购买的食品毒死，促使努尔哈赤不得不下令禁止吃辽阳当地宰杀的猪肉，饮水和食盐要仔细察看，以防中毒等措施。尽管如此，投毒事件仍屡有发生。这一系列潜在的风险隐患，让努尔哈赤不得不重新考虑将都城设在何处才能“进可攻、退可守”，很显然，沈阳距离努尔哈赤的发迹之地赫图阿拉不远，在战略退却方面较辽阳更具优势，且沈阳的原住汉民经过战乱大多逃亡，城中百姓对后金政权的威胁较辽阳要小得多。据此，辽宁省博物馆原馆长姜念思研究员直言不讳地认为：“努尔哈赤迁都沈阳，实际上是一次战略退却，只是历史学家为尊者讳，避而不书罢了。”

就这样，特殊的机缘，成就了沈阳城的都城功能。经过努尔哈赤迁都，沈阳取代辽阳，成为东北地区政治、经济、文化和交通中心。当然，对于后金暨清政权本身来说，迁都沈阳也堪称明智选择，有着重大的战略意义。从历史的角度看，清朝真正确定国号并确立君主专制中央集权统治是以公元1636年皇太极于盛京皇宫正式登基称帝为标志的。盛京皇宫就是今天的沈阳故宫。可以说，皇太极称帝之后的大清王朝正是以沈阳为基点向外拓展，不断开疆辟土，最终定鼎中原、一统江山。

舞榭歌台，风流总被雨打风吹去。往事悠悠，即便是大清王朝谢幕百余年后的今天，又有几人真正知晓沈阳在当年竟然是被形势“逼”出来的都城。

历史有时候真的很耐人寻味。

发现汗王宫

后金天命十年（1625）三月初三清晨，努尔哈赤在祭拜祖陵后，率诸王贝勒、八旗将士自太子河畔的东京城起行，开始了迁都沈阳的历程。

“三月三”是中华民族的传统节日，这一天真的很特别。首先这是中华人文始祖黄帝的生日，轩辕黄帝出生于三月初三这是《史记》记载的，你可以质疑，但没法否定。其次，“三月三”是传说中伏羲、女娲交合造

| 汗王宫遗址　张庆东摄 |

人的日子，至今在神州大地上仍然有“三月三”祭祀伏羲、女娲的习俗。还有，“三月三”在周朝时就是中国的“情人节”。更重要的是，“三月三”是中国古老的“上巳节”，这时春和景明，人们走出家门，集于水边去洗濯，以去除尘垢，寓意带走身上的灾晦之气，是个民间祈福的日子。王羲之在这一天写就《兰亭集序》，杜甫在《丽人行》诗中写道：“三月三日天气新，长安水边多丽人。”

努尔哈赤深受汉文化的影响，他当然知道“三月三”之所指，于是有意选择在这一天踏上迁都之路。此时六十七岁的努尔哈赤深感雄风犹在，他决心除旧布新，开创一番新霸业。

在努尔哈赤此次迁都之前，尽管沈阳已有近两千年的建城历史，但始终将城市功能定位于军事防御，长期作为辽阳的北部军事屏障，东北驿站的中转站。正是努尔哈赤的这次迁都，将沈阳从辽阳的卫城地位提升为东北地区政治、军事和经济、文化中心。

于是乎，“三月三”在沈阳被赋予新的内涵。时至今日，这个日子仍是沈阳城重要的文化符号。著名文史学者、沈阳市政协文史馆馆长初国卿先生叮嘱我：“你要梳理沈阳的古代史，一定要提及努尔哈赤钦定的吉日‘三月三’。”

如今，算是借此文一隅来完成初先生的心愿。我作为一个政协工作者，也在此真心呼吁沈阳能在“三月三”这天举行一些有特色的文旅活动，既传承中华优秀传统文化，又体现沈阳地方历史文化特色。毕竟，前几年沈阳市在文化旅游宣传时总结出的“沈阳文化史十大亮点”中，“‘三月三’努尔哈赤迁都沈阳”名列第三位。

努尔哈赤下定决心迁都沈阳，很显然是经过深思熟虑的。虽然有史料揭示早在迁都前一年即公元1624年就开始在沈阳选址营建宫殿，但也有史料表明，沈阳故宫中较早建成的建筑即东路的大政殿和十王亭在努尔哈赤统治时期均未最后建成。看起来，努尔哈赤是力争尽善尽美，宁可缓慢兴建，也要保证建筑质量。当然，努尔哈赤也没有料想到自己会在入住沈阳城一年多以后撒手人寰。

这也就意味着，一直到公元 1626 年农历八月努尔哈赤猝然离世，沈阳故宫中一直也没有努尔哈赤的寝宫。那么，努尔哈赤在这一年多的时光里到底下榻何处？如果连个像样的住处都没有，努尔哈赤又缘何急匆匆迁都沈阳呢？

按常理，对于中国历史上最后一个封建王朝开国皇帝的住地，应该不会扑朔迷离。然而，由于相关史料的匮乏，这个本来不是问题的问题，却困扰了清史研究界很多年，一度成为未解之谜。

直到 1982 年，沈阳故宫博物院的研究人员为探寻这一谜底，到毗邻北京故宫的中国第一历史档案馆查阅资料，那里保存着大量的清宫珍贵历史档案。突然某一天，铁玉钦、王佩环这两位精通满文的研究人员在这个档案馆中查找到一幅康熙年间绘制的《盛京城阙图》，图上标注了康熙时期陪都盛京城的宫殿和各王府、衙署、寺院的方位，最为重要的就是在图中北城门前的一座院落旁边，用满文清楚地写着“太祖居住的宫”，这无疑昭示出：这里就是研究者们苦苦寻觅的沈阳城中努尔哈赤住所的位置！

于是，沈阳故宫博物院的工作人员按图索骥，到该图所指努尔哈赤寝宫所在的北中街一带调查，结果只找到一片低矮的民国时期青砖瓦房。而在康熙年间的《盛京城阙图》上，清晰明确地标出努尔哈赤居住的宫室位于沈阳北城墙内、原明代沈阳中卫城北门安定门以南，坐北朝南，外有围墙，正面对着沈阳南北通天街。在这幅《盛京城阙图》中，“太祖居住之宫”是一座二进四合院建筑，建于高台之上，南面是宫门，进入宫门即登上突起的高台，台上前面是面阔一楹的穿堂，过了穿堂便进入二进院落。正北面有一明两暗正殿三楹，正殿之前，东西两厢各有配殿三楹。所有建筑均为硬山前后廊式建筑，屋顶满铺黄琉璃瓦、绿剪边，整个建筑的风格与后来营建的盛京皇宫即沈阳故宫主体建筑一致。

|《盛京城阙图》|

这一发现之后，铁玉钦、王佩环等学者又从纷繁复杂的历史文献中找到两条有关“汗王宫”的佐证。一是《满文老档》记载，天命十年（1625）五月“初三日，汗家北塔之基石，被周围包衣人等盗取毁之。上奏后，遣众大臣搜寻基石，并将被查获之人各杖五十。该僧等亦因疏于看守而将为首之八僧画牢饿囚之，待众僧修复后释放”。二是明末文人鹿善继、茅元仪等撰写的《督师纪略》中记载：“及公渐东，奴惧，遂毁其宫室而北徙

于沈阳，止以五百人守代子城。奴自筑宫于沈阳瓮城，屡不就，又惧袭之，渐运珍异入老寨而又营城于抚宁关塞外，渐思遁矣。”两处记载都指向努尔哈赤当时在沈阳城的居住地在北门附近，“汗家北塔”即历史上的沈阳崇寿寺塔，“沈阳瓮城”即为明代沈阳中卫城北门——安定门（万历年间改为镇边门）。

努尔哈赤生前不可能称作“太祖”，很显然，“太祖居住之宫”不是当年努尔哈赤时期这座寝宫的标准名称。但不管怎样，从查找《盛京城阙图》到寻找到的其他辅证，大体搞清了努尔哈赤在沈阳城中居所位置之所在。后来，清史学界和文物考古界的专家学者们根据努尔哈赤当时已经称汗的实际情况，结合中国古代历史上相关惯例，将努尔哈赤在沈阳城中的寝宫称之为“汗王宫”。

世事变迁，伴随着改革开放的浪潮，沈阳北中街一带的建筑也发生着很大变化。这一带是沈阳市重要的中心区域，也是繁华的商业区，每天都是车水马龙、熙熙攘攘。一直到 2012 年，北中街进行新一轮拆迁改造，虽然伴随着商业地产开发的意境，但运用考古手段寻找汗王宫的机会终于来了。

沈阳市文物考古研究所的考古工作者们通过历时 4 个月的考古发掘，在近代时期平房地基遗迹下面，发现了三百多年前的汗王宫遗址：其台基所用青砖是典型的明末青砖规格，使用的黄、绿、蓝琉璃瓦件，表明建筑的高规格和使用者的尊贵身份，二进院落的基址位置、形态，与《盛京城阙图》所绘相吻合，出土两枚满文“天命通宝”则更可佐证遗址的年代。尽管中国古代数百位皇帝都自诩“天之骄子”，但有勇气使用“天命”年号的仅有努尔哈赤一人，而满文书写更能体现这是努尔哈赤时期发行使用的货币无疑。

沉睡在地下三百余年的汗王宫至此重见天日。这一重大考古发现被列入 2012 年度全国十大考古新发现候选名单并进入终评会。

辽宁大学考古文博学院副院长赵晓刚教授当年在沈阳市文物考古研究

所工作时曾主持“汗王宫”的发掘工作，在谈到汗王宫的建筑特色时，他有过一番很经典的论述：“努尔哈赤将汗王宫营造于高台之上，是对女真族住宅风俗的坚守。它与同时期的建筑大政殿不在一处，而是构成了‘汗王之家’（宫）与‘处理政务的衙门’（殿）这种宫殿分离、南北呼应的格局，延续了其自辽阳东京城以来一贯的女真人宫殿建筑特点，也是明末女真人宫殿建造理念的真实再现。”

记得是一个秋日的上午，我在参加一次文化遗产保护爱好者活动时偶遇赵晓刚教授，我发自内心地夸赞他：“作为一名考古人，一辈子能主持发掘一处帝王寝宫，当属一件很难忘的事。”赵教授当时对我还之以微笑。

四个多月的考古发掘结束后，鉴于汗王宫遗址重要的文物价值和历史意义，房地产开发为文化遗产保护让路，沈阳市开始将这处遗址有效保护起来，再经过四年的筹备，到 2016 年，这里被开辟为“沈阳汗王宫遗址陈列馆”，市民和外地游客均可来此免费参观，穿越历史，亲眼见证当年努尔哈赤的居住环境。

沈阳的这座“汗王宫”不大，如前所述仅为二进院落，这在中国古代也就是一处普通地主大户人家房舍的占地规模。按照该遗址的考古发掘报告记述，现存遗址南北通长 41.5 米，东西因破坏严重，长度不详。宫门南开，发现 6 块柱础石。南、北均发现有围绕院落的宫墙。前院空阔，进深 14 米，未发现同时期建筑。后院位于高台之上，高台基址整体呈横“目”字形，由青砖墙包砌夯土台基构成，南北宽 23.5 米。基址南侧正对宫门处发现有残存的两层砖砌台阶。这与康熙年间《盛京城阙图》上所绘“汗王宫”二进院落的格局基本相同，唯台上建筑已不存。

如今，走进汗王宫陈列馆，沿楼梯走入地下，可看到经过挖掘裸露的昔日汗王宫残留地基。汗王宫坐北朝南，正殿为努尔哈赤与大妃的寝宫，配殿则为当时的侧妃、庶妃及未成年子女们居住。汗王宫建筑重典雅，小巧别致，独具风采。实际上，汗王宫所建位置是很有讲究的，它南面正对沈阳中心庙，即沈阳城的中心点，中心庙又正对通天街，那时沈阳故宫还没建成，通天街可直通汗王宫，努尔哈赤的居所处在正对着城市中心点的“九五至尊”位置。

| 汗王宫残留地基　张庆东摄 |

汗王宫与沈阳故宫的大政殿是同一时期的建筑，分别是努尔哈赤在沈阳时的寝宫与理政之所。在努尔哈赤这位女真族首领眼中，“宫”是宫，“殿”是殿，各自有各自的用途，从他做部落首领时在苏子河畔筑费阿拉城时，就一直主张居住的“宫”与议事的“殿”东西分离。到后来的赫图阿拉城和辽阳东京城时皆是如此。直到皇太极在努尔哈赤驾崩后大修宫阙时，才接受了中国汉族传统的“前朝后寝”宫殿建筑布局，因此才有沈阳故宫崇政殿和台上五宫一前一后的排列。足可见，女真族即后来的满族统治者正是不断汲取汉文化的涵养，才能不断得以巩固和扩大其统治规模直至定鼎中原。

努尔哈赤驾崩后，其部分女眷仍居住在此汗王宫内，汗王宫改称“福晋衙门”。据说，努尔哈赤在世时，汗王宫内有一些特殊“戒律”，如女子不可以单独行动，在家院中使唤的男子行动也会受到限制，努尔哈赤的福晋们上厕所时需要打木槌，把灯挂在厕所上……随着清军入关，汗王宫也渐渐沉寂，起初作为一处皇家财产得以保留，后来由于长期无人居住和房屋自然破旧坍塌，在清朝中晚期即随着盛京城的变迁而被其他建筑所取代。赵晓刚教授曾对我讲：“汗王宫遗址在我们进行考古发掘时，主体部分叠压在一座民国时期的房址之下，遗址的西侧被清代晚期的两座房址打破，东侧被一个清代中期建筑址打破。”足可见，这座努尔哈赤当年的寝宫在清代中期就已经开始被其他建筑覆盖了，这也难怪在近代以来沈阳卷帙浩繁的各类史志资料中找不到有关努尔哈赤居住场所的记载。

沈阳历史上的这座汗王宫具体兴建于何时没有留下明确文字记载。我就此请教过这方面的专家学者，大家多倾向于汗王宫建成于努尔哈赤正式迁都沈阳之前，当然也不排除在其他原有建筑基础上改扩建。但有一点是肯定的，努尔哈赤虽迁都沈阳，但实际上他只在沈阳城居住了一年多一点儿的时间，并且连沈阳城垣的修固改造工程都没有来得及真正操作实施。

在沈阳这座汗王宫居住期间，努尔哈赤也没有新纳妃子，更没有增添子嗣，这固然与努尔哈赤的年龄有关，也和这段时间他近乎独宠大妃阿巴亥不无关系。阿巴亥应该是沈阳汗王宫真正的女主人。她为努尔哈赤生育三子，分别是后来的英亲王阿济格、睿亲王多尔衮和豫亲王多铎，这位本是努尔哈赤和女真乌拉部和亲“牺牲品”的女人，是乌拉部贝勒满泰的女儿，她比努尔哈赤整整小了 31 岁，虚龄 12 岁便嫁给努尔哈赤，14 岁便被立为大妃，是努尔哈赤晚年最爱的女人。我们可以遥想，三十几岁的阿巴亥在汗王宫内悉心服侍天命汗努尔哈赤，为年逾花甲的努尔哈赤驱除治国理政带来的劳累和疲倦，排解这位暮年霸主心中的各种忧愁。

阿巴亥知道，努尔哈赤最大的梦想就是开疆拓土，让他一手建立的后金政权能发展壮大。定居沈阳汗王宫后仅仅半年多，努尔哈赤看准时机，决定兴师渡过辽河进袭宁远城。从心疼大汗身体的角度，阿巴亥并不愿意努尔哈赤如此高龄再御驾亲征，但努尔哈赤以战略家的眼光决定，一定要在隆冬时节搏击一次，毕竟已经有四年没有征伐明军了，而在这四年时间里，明朝兵部尚书、帝师孙承宗督师辽东，构筑起一道非常坚固的关宁锦防线并准备对后金政权发起战略反击，而在大明王朝腐败的政治生态下，孙承宗这位绝世忠臣却被一些嫉贤妒能之人认为其堡垒战术“劳民伤财”，最终孙承宗因遭遇弹劾而辞官，而其继任者高第又实在是个庸才。

努尔哈赤认为，此时出征是绝佳的时期。

就这样，努尔哈赤在明天启六年（1626）正月亲率大军征伐宁远城，他的对手是从未指挥过实战的明朝进士袁崇焕。这一次出征，努尔哈赤很显然轻敌了，八旗劲旅经历三日苦战仍未能攻下一座小小的宁远城。有史料表明，努尔哈赤自身还在攻城时中炮负伤，身心也遭到重创。

惨败后的努尔哈赤又回到沈阳城的汗王宫中。看到心爱的男人满是痛楚地归来，阿巴亥的内心充满伤感和哀怜，她悉心照料努尔哈赤，弥补大汗兵败的忧愁。

即使是清朝官修的《清太祖实录》也没有掩饰努尔哈赤兵败后的心境：“帝自二十五岁征伐以来，战无不胜，攻无不克，惟宁远一城不下，遂大怀忿恨而回。”休养调理两个多月后，四月初四日，努尔哈赤又从沈阳出发，亲自统帅诸王贝勒征伐蒙古喀尔喀部，一个月后方才班师。这几个月

| 努尔哈赤未能攻克的宁远城（今兴城古城）|

中，努尔哈赤知耻后勇，“整修舟车，试演火器”“远边射猎，挑选披甲”，摆出要备战的态势，时刻准备对明军复仇。

然而，经年累月的征伐和劳累，特别是用兵宁远惨败后的心境郁闷，最终导致努尔哈赤在这年七月身体不适加重，正史记载其背部毒疽发作，前往清河温泉沐养。

正史中留下了努尔哈赤最后离开沈阳城、告别汗王宫的时间：后金天命十一年（明天启六年）七月二十三日。

或许努尔哈赤认为此次去清河“坐汤”也就是一去数日，就像以前自己的多次征伐一样，带上女眷有诸多不便，而且路途上还有颠簸，因此离开沈阳城时，他没有带上大妃阿巴亥。到了八月初七，努尔哈赤病情恶化，他一方面下令“欲还京”，即要回到沈阳城汗王宫，一方面命人“召大妃来迎”。《清太祖实录》记载：“大妃至，溯流至叆鸡堡，距沈阳城四十里。”可见，阿巴亥赶到后，努尔哈赤从浑河逆流而上，急切地想回到汗王宫，或许，努尔哈赤已经预感到大限已至，按照朴素的传统，他很想回家，想在家中安然离开。

遗憾的是，努尔哈赤还是撇下心爱的女人和身后的江山，在距离汗王宫四十多里的浑河岸边小村庄叆鸡堡与世长辞，最终也没能再回到既简约又庄重的汗王宫。而他最心爱的女人阿巴亥，也在仅仅一天后就被逼殉葬，同样未能重回那座居住了一年多的汗王宫。

有清一代十二位皇帝，除努尔哈赤之外，按照正史记载，康熙、雍正、嘉庆、咸丰、光绪和末代皇帝溥仪都不是在所谓的家中去世的，竟然超过了半数。汗王宫是帝王家，紫禁城也是帝王家，奈何清朝皇帝们，很多都未能魂断帝王家。

悠悠汗王宫，旧貌虽无，遗迹犹在，那些青砖台阶和琉璃瓦件在冥冥中似乎都承载着历史讯息，共同见证过一位开国皇帝最后的辉煌。

天眷之城

丨皇太极画像丨

中国古代国都有两百多个，但名称冠以“天眷”的只有两个，且都是一位皇帝所命名。而“天眷盛京”这一都城名称，在当年是那样的显赫耀眼。

《清史稿》记载后金天聪八年（1634）“夏四月辛酉……诏以沈阳为‘天眷盛京’，赫图阿拉城为‘天眷兴京’”。“天眷”顾名思义指上天眷顾，意即不忘起家兴业的龙兴之地。看得出，这位以“天眷”来冠名都城的帝王很怀旧、未忘本，即使对这个政权昔日崛起时相对简易的都城赫图阿拉城，那座隐藏在辽东山区的小山城也冠以“天眷兴京”。

此时这位帝王已经继位八年多，将一个还只统治白山黑水和辽东地区的地方政权都城命名为“京”，足可见其雄心壮志。“天眷盛京”这一都城名称，蕴含着他的战略理想，承载着他一统天下的梦想。他所寄予厚望的帝业扩展至广袤的神州大地，他下旨更改国号为清的封建王朝最终定鼎中原。

这位一生恢宏大气、志向高远的统治者便是对大清王朝入主中原起到重要奠基作用的清太宗皇太极。熟悉中国通史的朋友普遍认为，中国古代历史上有两位“太宗”皇帝承上启下、成就非凡，一位是唐太宗李世民，另一位便是努尔哈赤的继承者皇太极。李世民平定了国内乱局，奠定了大唐盛世；而皇太极，文治武功兼备，既威武霸气，又重儒修文，真正使一个还带有浓郁奴隶制残余的政权发展成为有能力入主中原的君主专制中央集权封建王朝。

在努尔哈赤去世当天，大贝勒代善等人拥皇太极嗣汗位，并对诸王贝勒说出了拥戴皇太极的理由：“才德冠世，当速继大位。”在当时后金政权“四大贝勒”中，作为努尔哈赤第八子的皇太极实力最强，无论是政治眼光、军事才能和个人威望均在其他三位兄长之上。时年35岁的皇太极雄姿英发，能力超群，是后金汗的最佳人选。尽管如此，皇太极对继承汗位仍“辞再三，久之乃许”。

皇太极即位后，将年号由天命改为天聪，虽然仅一字之差，却意味深长。皇太极意识到，上天不会一味地眷佑后金，只有“体天心”“行善道”的“有德者”，才能配得上天子之称。

皇太极勤于政务，他像父亲一样吃苦耐劳。沈阳实胜寺曾收藏有他用过的一张弓，矢长四尺余，不仅一般人不敢问津，就是一个壮士也很难拉开，而皇太极当年却运用自如。皇太极重用范文程等汉臣，广泛吸纳儒家文化和中原王朝治国理政思想，效仿明朝官制成立内三院、六部和都察院、理藩院，逐步取代原先八旗所行使的国家权力，把权力集中起来。

对于都城建设，皇太极也格外用心。

近年来有研究者发现，努尔哈赤迁都沈阳时，由于战乱频仍，加之明政权还有着一定的机体修复能力，沈阳这座新都能否立得久、守得住，努尔哈赤在内心深处还有疑虑。不得不说，努尔哈赤之所以把汗王宫建在易守难攻的沈阳城北门附近，就是考虑到一旦城池难保，从这里撤往老巢赫图阿拉城极为方便。因此，努尔哈赤入主沈阳城的一年多时间里，因为时局不稳，加上人力物力不足，沈阳城并未做太大的修建，只是出于军事目的加固城池，在北门之内修建了汗王宫，而诸王贝勒们的住所大多是由旧建筑改建，在城市布局上也没有轴线、对称、均衡的概念。即使是倾力打造的大政殿和十王亭，实际上也是满族传统帐幄式布局的固定化。

而皇太极和他的父亲显然不同，在建设城池宫殿方面，皇太极没有像努尔哈赤选择住在城市北边，随时准备撤离，而是把自己的大内宫阙选在了城市中心。新皇宫也就是今天的沈阳故宫位于努尔哈赤营建的大政殿与十王亭西侧，为皇城井字街的中心位置，遵循“居中”的原则。宫阙基本遵照前朝后寝的布局，主要建筑都位于一条中轴线上，前面是大清门，崇政殿位于中部，后面是凤凰楼，穿过凤凰楼下的楼门，即皇太极后妃生活的五宫——中宫清宁宫、东宫关雎宫、西宫麟趾宫、次东宫衍庆宫、次西宫永福宫。

皇太极精心营建的凤凰楼实际上就是“后宫之首”，也是当时皇宫及沈阳城的制高点，还是沈阳城历史上第一栋三层楼宇建筑。凤凰楼初名“翔凤楼”，从命名即可见皇家后宫之气。凤凰楼建筑考究，它建造在四米高的青砖台基上，楼体三层，高 22 米，三滴水歇山式围廊，屋顶铺黄琉璃瓦，

| 沈阳故宫凤凰楼（1912 年拍摄）|

镶绿剪边。登上凤凰楼的24级台阶，象征着24个节气。凤凰楼既是后宫的“大门”，也是皇帝宴请群臣的场所，有清一代一直是这座城市中的地标式建筑，“凤楼晓日”也当然地位列“盛京八景”之中。

值得一提的是，皇太极的后宫建筑布局，仍旧沿袭了女真贵族的居住习惯。女真部落时代，为体现出奴隶主的尊贵和安全感，通常都是将首领及其眷属住处安置在整个部落的制高点。纵观现今保留下来的两处相对完整的明清皇宫建筑，北京故宫即紫禁城是“殿高宫低”，沈阳故宫很明显是“宫高殿低”，两者有显著的不同。

皇太极用惊人的手笔营造了一座盛大的新沈阳城。在地方文史研究乃至旅游宣传中，长期以来对皇太极改造及扩建沈阳城有两种不同的认识：一是认为皇太极遵循中华传统文化中《周礼·考工记》确定的都邑营建制度并结合易经“四象八卦”之道；另一种说法近年比较流行，认为笃信喇嘛教的皇太极是按照藏传佛教“坛城”的方式营建都城，“坛城”又称曼陀罗，沈阳城“四塔七寺”布局等特点很符合“坛城”的形制，故而称沈阳是“曼陀罗”城。

曼陀罗又译作“曼荼罗”，源自古印度梵文，一指植物，一指建筑物。

作为植物，曼陀罗是一种花，在佛教中被视作圣洁之花；在建筑学意义上，曼陀罗又称坛城、坛场，其建筑构成最主要的元素有三个——中心、对称和围合，以中心为主导向外辐射，以对称为主轴扩展至周边围合，以围合为约束向中心凝聚。著名文史学者、辽宁省散文学会会长初国卿先生认为，一座城市以“曼陀罗”构图并最终形成格局，世间只有沈阳城。

皇太极按照帝都的气势重新规划和扩建沈阳城。首先是加高加厚城墙，原来的城墙很低矮，高仅两丈五，现增至三丈，其上的女墙（矮墙）高七尺五寸；墙厚增到一丈八。为增加城墙的坚固性，以石料为墙基，内墙砌砖，内以黄土夯实。城周长由九里三十二步扩至九里三百二十三步，从而城内达到南北长四百二十五丈六，东西长三百九十三丈八，占地近三百亩。改城墙的四门为八门，门上设二层城门口、四座角楼，共六百五十一个垛口。每个城门楼边设火炮一门，以备防守。填实原镇边门。所开八门，全部以辽阳东京城城门命名，反映出皇太极朴素的怀旧和纪念父亲努尔哈赤的意识。八门具体名称分别是：大南门为德胜门，小南门为天佑门，大北门为福胜门，小北门为地载门，大东门为抚近门，小东门为内治门，大西门为怀远门，小西门为外攘门。对城区进行重新规划，改十字街为井字街，以求与八门相通。在内治门外攘门之间大街与德胜门福胜门之间大街的交叉路口，皇太极新建钟楼一座，天佑门地载门之间大街交叉路口新建鼓楼一座，既是城内报时的公共设施，也使都城建筑体制更趋完备。中国古代都邑营建规制中有“面朝后市”的讲究，即王宫的前面为朝廷，后面为市场，而皇太极改造后的沈阳城，前面是皇宫，后面是四平街（今中街）市场，完全符合“面朝后市”的标准。另外，在井字街两侧设官府衙署，以供行政运作使用。在大清门南设六部、都察院、理藩院等重要官署，拥卫在汗宫左右。经过改扩建，沈阳城第一次具有了帝都的风貌。可以说，改扩建后的沈阳城在总体格局、道路走向、城市功能和空间布局等诸多方面都发生了划时代的变化。

如此建构的沈阳城，正如后来《盛京通志》中所记述的“八门正藏，方隅截然”“京阙之规模大备”，成为山海关外最宏伟壮观的城池。皇太极对沈阳城的新面貌深为满意，他相信这是顺承天心、得蒙天佑。有感于此，皇太极于天聪八年（1634）四月初九下旨，改沈阳之名为天眷盛京，简称盛京，女真语发音汉译为“谋克敦”。二百六十多年后，沈阳历史上第一座火车站建成后即命名为“谋克敦站”。

皇太极称谓沈阳城为“谋克敦”的时候，统治后金政权的民族还称为女真族。到了命名“天眷盛京”也就是“谋克敦”一年多以后，天聪九年（1635）十月十三日，皇太极正式下诏将女真族改称“满洲”，去除原先女真各部如哈达、乌拉、辉发等名称，一个新的民族共同体就此形成，这个日子后来成为满族同胞共同的节日——“颁金节”。第二年也就是天聪十年（1636），皇太极觉得时机成熟，借远征蒙古察哈尔部林丹汗的大军带回了传国玉玺“制诰之宝”为由，在盛京崇政殿去汗号称帝，并改国号为清，改元崇德，一个新的君主专制中央集权封建王朝正式诞生。

命名为盛京、统一族名为满洲、皇太极改国号为清并称帝，公元1634、1635、1636这三年，沈阳城接连迎来了三个重要历史时刻。

至此，本文前面抛出的一个问题必须说开来，那就是皇太极改建沈阳城并将其打造成帝都的主要建筑理念到底是遵循《周礼·考工记》等中华传统文化，还是受曼陀罗即“坛城”建筑规制的启发？我认为是两者兼而有之。皇太极深受汉文化浸染，他在都城营建上秉承《周礼·考工记》中“天子居中以治四方”的格局，同时讲究王城方正规矩、整齐划一、对称均衡、等级森严，其目的就是效法中原王朝，将都城建设纳入礼制规范之中，以突出王权至高无上、唯我独尊的威仪，因此在规划上突出以皇宫为中心，讲究轴线与对称，布局主次分明、井然有序。至于曼陀罗城规制，皇太极也多有采用，皇太极本人笃信喇嘛教，他有七位蒙古族后妃，再加上皇太极为了巩固政权和扩大疆域，采取的一条重要政治策略就是争取和笼络同样笃信喇嘛教的蒙古上层统治者，通过宗教手段来密切与蒙古族的联盟是重要方式，因此在沈阳城的改扩建中规划设计成藏传佛教“曼陀罗”的形式，有借宗教力量拱卫都城的考虑。此外，还有一个旁证，那就是当时的西藏五世达赖在与皇太极往来的信件中称盛京为莲花之城，以四塔代表四方佛视，位于都城中心部位的皇宫为曼陀罗本尊的所在地，将皇太极尊为曼陀罗中心的本尊。

据史料记载，崇德八年（1643）三月，皇太极听取西藏僧人建言，在盛京城德胜门、抚近门、怀远门、地载门外五里处，同时破土各建塔寺一座，分别为东塔永光寺、南塔广慈寺、西塔延寿寺、北塔法轮寺。到顺治二年（1645）五月，四塔寺全部建成，隶属实胜寺下院。皇太极驾崩后，其御花园改建为长宁寺，至此沈阳城以玛哈噶喇为主尊，皇寺庙和皇寺护法楼为核心的“四塔七寺”坛城结构正式完成。

对此问题颇有研究的文史学者初国卿先生认为：“在‘曼陀罗’构思下的沈阳城格局分为宫城、皇城、罗城三道城垣，内有两方，外有一圆。

| 清初四塔 |

皇城内的井字街道如同轮毂，从皇城至罗城圆廓间呈放射状的八条路恰为轮辐，环形的罗城圆廓形成轮辋。从而构成了典型的‘曼陀罗’图案轮廓。皇宫紧挨中心庙，恰似佛界之须弥山。皇宫之外，是环绕而建的八旗王府，恰如须弥山腰之四大天王；两道护城河，又似咸海；河外等距离对称而建的‘四塔四寺’，则如同四大部洲。所以，后来展开的盛京平面图，不管怎样绘制，都是一幅完美绝伦的‘曼陀罗’。”

时至今日，皇太极营建帝都仍有很多未解之谜值得考究。最早提出沈阳系“曼陀罗城”观点的中国现代考古界泰斗、北京大学考古系第一任主任宿白教授就是一位土生土长的沈阳人。对于这座历史文化名城来说，宿白先生生于斯、长于斯，永生情系于斯，直到晚年还叮嘱沈阳的文物考古工作者围绕清初沈阳城改造时受藏传佛教曼陀罗影响这一课题作深入研究，“建议你们根据自己在沈阳成长熟悉情况的条件再做些实地调查，拿出研究成果”。后来，辽宁省博物馆原馆长姜念思研究员将宿白先生的学术观点结合自身研究写就了《盛京城是座曼陀罗》一文并收录到《沈阳史话》一书中，让更多人能够了解清代盛京城的曼陀罗城格局。宿白教授的学生、辽宁省文物保护专家组组长、辽宁省文物考古研究所原所长郭大顺对此评价称：“清初沈阳城与明代北京城在规划布局上有所不同，既吸收汉文化也吸收蒙藏文化，表现出更多创造性，至今仍深刻影响着生活在这一方土地上的大众。”

皇太极在位 17 年，作为清朝有开创性建树的帝王，他为后世留下了很多政治遗产，但在文化遗产方面，皇太极最大的成就就是打造了一座功能完备且独具特色的新都城——天眷盛京城。

旗民八方来

顺治皇帝迁都北京，带走了大量的盛京城及周边地区的人口。这场史无前例的由东北地区入关的举家迁徙热潮，史称“从龙入关”。实际上，如今很多讲着一口流利京腔的“老北京”，祖先其实都源自沈阳。

或许是清朝统治者认为盛京一带的民众相对比较容易治理，而此时中原和南方反清浪潮不断，为求政权稳定，摄政王多尔衮决定将盛京地区大量民众迁往北京及周边地区。于是乎，不论满汉，“从盛京迁移北京的人流，三十五六日间不绝，行李俱用骆驼运送，亦有用马者，然其马并不施以鞍镫，其行李皆露于外”。按照人口学家推算，此次内迁的关外人口总计达90余万，盛京、锦州等军事重镇仅留少数兵丁镇守。直到清军入关两年以后，朝鲜使臣李基祚从北京返回朝鲜，途中仍见到“沈阳农民皆令移居北京，自关内至广宁十余日程，男女负携，车毂相击”。

由于大量人口移居关内，使辽东、辽西“村镇全已荒废”，甚至出现“沃野千里，有土无人”的景象。偌大的盛京城也是人烟稀少得可怜。顺治五年（1648），岭南籍文化名人函可和尚因文字狱流放到沈阳，他看到的景象竟然是：“开眼见城郭，人言是旧都。牛车仍杂沓，人屋半荒芜。”看来，若不是同行者提醒，函可这般文人墨客都难以分辨此城是大清王朝旧日都城。

大清王朝的肇兴之地变得如此冷清，自然不是满族统治者们愿意接受的现实。顺治六年(1649)，当时主持朝政的多尔衮以皇帝圣旨名义号召这些“从龙入关”家庭迁回关外，以恢复辽东地区经济。那年月，土地就犹如生命线，若想让一方百姓长久安居，统治者就必须在土地政策上释放一些利好。顺治初年规定，凡是从北京返回关外定居的八旗军民，如果将原来在关内分配的圈地上缴户部，就可以得到熟地耕种；未上缴圈地的，分给草莱地，也就是抛荒时间不长的土地五垧供其开荒。到康熙十二年（1673），清政府又规定，入关的八旗军民凡是愿意前往“盛京领地设庄护坟者，若将分内壮丁地退出，准拨熟地；不愿退出者，以荒地拨给”。在这些优厚条件下，有相当数量的八旗军民返回了关外老家。记得我多年前在研究地方史时在绥中县老县志上发现上面记载当地满族席氏家族源起就是这种情况，即“从龙入关”后又返回关外的名门望族。

此外，还有很多在明末之际由于躲避战乱而逃亡入关的东北人，清政府也鼓励他们加入旗籍和返回故乡。顺治时期规定：“凡系辽人，各写籍贯姓名，赴户部投递，听候察收，有愿入满洲旗内者，即入旗内。”在这项政策中，原籍辽东的汉人愿意披甲入伍或返回辽东故土定居都可以加入旗籍。在当时，八旗旗籍就是尊贵和特权的象征。在此举措的激励下，顺治、康熙年间有大量原籍或祖籍辽东的汉人出关，他们纷纷编入汉军八旗，甚至有抬入满洲八旗者，进入东北地区的各处皇庄、官庄、王庄当差，有的还成为庄头。古典名著《红楼梦》第五十三回中的那个前来贾府送年货的“黑山村”庄头乌进孝，虽然是小说中虚构的人物，但其原型正是清朝初年开始形成的关外庄头群体。据统计，短短二三十年间，在东北各处庄园从事耕种的壮丁及其他差役加入汉军八旗者就达到万人以上。

除了上述两种增加关外人口的政策外，为了尽快恢复东北地区的经济，清政府还实施了大规模的移民开垦政策。早在顺治六年（1649），清廷就下达允许汉人出关垦荒的谕旨："山海关外荒地甚多，民人愿出关垦地者，令山海道造册报部，分地居住。"然而，虽然此前顺治皇帝就已经开始倡导"满汉一家"，但由于清军入关后给中原和南方汉民造成的一系列心理阴影，虽然朝廷倡导出关垦荒，但响应者仍然寥寥。

有感于此，顺治十年（1653），清廷正式颁布《辽东招民开垦条例》，通过实际奖励的举措招民到辽东开垦，其中规定，"辽东招民开垦，有能招至一百名者，文授知县，武授守备"，甚至"招民五十名以上者，文授县丞、主簿，武授百总"，并具体规定了发给所招之民口粮、种子、耕牛的数量。这种奖励门槛真的不是很高，官职对中原地区的中小地主阶层有一定吸引力。于是乎，一些向往新生活的关内农民陆续举家迁徙来到辽东。清政府也顺应形势，在开垦条例颁行的当年就在东北汉文化积淀浓厚的辽阳设立清代东北第一处"府"和"县"，负责管理这些没有编入八旗而被称为"民人"的汉人移驻者。毕竟经历了改朝换代的战乱，加上辽东在很多关内农民眼中是生存条件艰苦的"苦寒之地"，当时迁徙辽东定居耕种的人们并没有迅速产生"井喷"效应，辽阳府下仅

清代奉天城北郊的农户（远处为无垢净光舍利塔）

有辽阳、海城两县，而其中的辽阳县令、浙江义乌人陈达德，就是因为招募 140 户农民来这里垦荒定居，被清政府兑现诺言授予辽阳县知县，而且他去世后，清廷还破例允许他的儿子继任知县，以表示对“响应政府号召者”的褒奖。

重赏之下，一传十，十传百，自愿迁居关外的汉民逐渐增多。这就是历史上第一次“闯关东”高峰，实际上是官方引导激励下的“闯关东”人口迁徙。或许是清政府有感于辽阳历史上曾是汉民族在东北地区的统治中心，为加强对新迁入关外的汉民管理，顺治十四年（1657），清政府把辽东地区管理“民人”的地方行政机构迁移到陪都盛京，以进一步强化这座城市的区域中心地位。于是，在这一年，清政府效仿京师顺天府的命名和建置，将原辽阳府建制撤销，改设“奉天府”于沈阳城内（原址在城内钟楼南大街路西），管理相当于今辽宁省范围内大部分地区的“民人”（非八旗人口）事务。初设奉天府时，仅辖辽阳、海城二县，以后又陆续在明朝形成的卫城基础上恢复设置了盖平（明代称盖州卫）、开原、铁岭等县，归属奉天府管辖，后来又规定设在辽西的锦州府也由奉天府尹节制。

| 清代的奉天城魁星楼 |

| 清代奉天城钟楼大钟 |

清代的“奉天府尹”均常驻盛京城，也就是今天的沈阳城内。“府尹”的地位较一般的知府要高许多，其品级为正三品，而清朝知府正常情况下仅为从四品。清代全国只有两名“府尹”，一位是在京城的顺天府尹，另一位就是在陪都盛京的奉天府尹，两者品级相同。由于要治理“龙兴之地”，清廷对奉天府尹的考选十分慎重，有清一代的奉天府尹九十多人中，有三分之二以上都是旗人出任，当然其中也不乏后来被提拔为尚书、巡抚一类大员和饱学有著述之士。多年前我曾写过一篇地方史题材文章《高尔位捐奉修文庙》，记述的就是康熙年间奉天府尹高尔位因重儒修文而捐出自己的薪俸维修宁远文庙（今兴城文庙）之事。高尔位离任奉天府尹后仅仅七年多就擢升为工部尚书，中间还有三年是回乡丁忧。可见，奉天府尹在清代官场中还是颇有晋升空间的。再如康熙年间的奉天府尹文志鲸曾任翰林院侍讲学士，曾奉旨出任《子史精华》馆总裁，编撰大型古籍《子史精华》；曾任奉天府尹的徐廷玺是清代中期著名画家。府尹在顺治年间设置后一度是奉天府最高行政长官，其下设府丞（正四品）、治中、同知、通判等佐贰官。到乾隆三十年（1765），乾隆皇帝下旨增设“监管奉天府事大臣”一职，其权力位于府尹之上，由盛京五部的最高长官侍郎兼任，为正二品，从此，奉天府尹沦为奉天府实际上的二把手。而到了光绪二年（1876），清廷令盛京将军兼管奉天府事，奉天府尹依旧是奉天府二把手。

清代一品文官服

但到光绪年间，随着奉天府人口的增多，奉天府已经成为管辖“五府、四厅、六州、二十六县”的全国行政区划最大的“府”，锦州府、昌图府、新民府、海龙府、洮南府均隶属奉天府管辖。

然而如果把时间回溯，在奉天府设置初期，奉天府的地位则有几许尴尬。当时奉天府衙门虽然在盛京城德胜门内西街，但就仿佛是一个寄设在盛京城内的“空壳”政府，由于没有管理盛京本城的下属县，理论上讲，在盛京城内没有一个人是属于奉天府管辖的“百姓”。因为当时盛京城内居民全部隶属八旗，有独立的军事、行政、司法和生产生活管理系统，根本没有必要再另外设县去管理这座城市。也就是说，即使是在盛京城设置了类似基层行政区划的县，也没有能管辖的“民人”。一直到清康熙四年（1665），清政府在盛京城设置承德县（县衙原址在怀远门内大街路南胡同内）。在清代，“承德”这个地名作为一处地方行政区划名称是在盛京城内首次出现的，寓意为“承受先祖恩德”，直到雍正十一年（1733），由蒙古王公进献牧场建立的热河行宫所在地才命名为“承

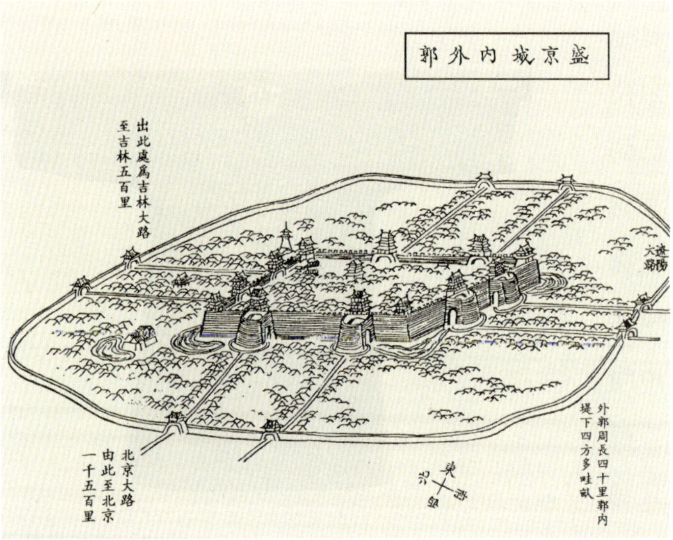

| 清代绘制的《盛京城内外郭》图 |

德州”，比盛京城内的这个隶属于奉天府的“承德县”晚了六十多年。值得一提的是，奉天府承德县初建时，其所能管辖的百姓，只有从关内迁居此地的不足两百名汉人，但不管怎么说，这里总算有了与全国大部分地区同样的地方建置。值得一提的是，沈阳历史上这个“承德县”从1665年设置，一直存在到1914年才因北洋政府对全国地名调整时，此地因与直隶省承德县同名而更名为“沈阳县”。如今在研究清代乃至近代历史人物时，仍能见到一些人物的籍贯记载为“奉天承德县”或“奉天省承德县”，其实指的就是沈阳历史上的这个承德县，而并非是河北避暑山庄所在的那个“承德”归属过奉天管辖。

“奉天”意即“奉天承运”，“承德”寓意“承受先祖恩德”，而“奉天府”“承德县”存在的岁月里，由皇太极命名的“盛京”始终是清朝官方认可的这座城市对外的正式名称。盛京将军兼管旗民事务，是盛京城乃至统称为“盛京将军辖区”的今辽宁大部分地区的真正最高长官。奉天府尹也协助盛京将军处理一些边疆维护稳定的工作。清代盛京城“旗民分治”，在清朝历史上颇具特色，而八方而至的人口，也带来了盛京城的空前繁荣。地方志记载的一个数据颇能说明问题，到乾隆六年（1741），奉天府承德县已有3925户，17184人；而到了清朝末年，在盛京城分项统计的人口数中，“满籍”人口7054人，“蒙籍”人口1772人，“汉军籍”（即汉军旗人）人口15449人，“民籍”即纯粹的汉民人口35356人，此外还有“回籍”和“客籍”人口9000多人，总人口数仅7万人，加上乡镇人口合计达60余万人，在当时全国各大城市人口数排名中已经稳居前五名。再也不是清朝顺治初年因文字狱被流亡到此地的岭南籍僧人函可笔下那个“开眼见城郭，人言是旧都。牛车仍杂沓，人屋半荒芜”的沈阳城了。

说到函可和尚，这里不得不多提几笔。清朝入主中原后，将大批因文字或政治原因而获罪的文化名人流放东北，其中流放到盛京城的就达一百

| 函可画像 |

余人，其中文才出众、比较著名者有函可、左懋泰、陈梦雷、郝浴、李呈祥、戴梓等，这批特殊的文化人群体被称为“盛京流人”，在当年属于迁居盛京城的精英群体，他们极大地推动了清代辽沈地区文化的发展，甚至可以说将原本还处在汉文化相对贫瘠的盛京城耕耘成一座关外文化绿洲。其中颇具领军色彩的函可和尚在来到盛京城两年多以后就发起成立了“冰天诗社”，开创了东北地区诗人结社的先河，其宗旨是：“尽东西南北之冰魂，洒古往今来之热血……”

一位著名学者在评价这批“盛京流人”对沈阳文化的贡献时称：“清入关前，盛京城还没有出现真正意义上的文学，而流人进入盛京城后，虽心中忧愤乃至绝望，但这里壮美的景色、淳朴的民风、新鲜的文化给他们以新的体验和感受，让这些不幸被流放的骚人墨客，将自己的艰难遭遇、悲愤情绪、新鲜见闻付于笔端。”由此可见，这些流放盛京的文化名人，对地域文化的发展与传承功莫大焉。我真盼望，哪天在沈阳城能有一处专门的收藏及展示空间，把清代这些“盛京流人”有关沈阳的著述汇聚一体，这真是沈阳文化的重要亮点。

一座生机盎然并且具备旺盛发展后劲的城市，除了要有一定数量的人口基础外，一定是一座汇聚八方英才的城市，清代的盛京城做到了。

旧都里的盛京五部

清康熙二十一年（1682）三月，二十九岁的爱新觉罗·玄烨第二次东巡盛京祭祖，英姿勃发的康熙皇帝在“圣谕”中感慨地说：“惟盛京为国家肇基重地。”在清朝历任皇帝眼中，盛京城作为“龙兴之地”“国初旧都”，始终有着重要的意义。

| 康熙帝半身画像 |

康熙帝的祖父皇太极使盛京城真正具备了都城的格局和气魄。在皇太极正式称帝八年之后的一个夏夜里，这位过度劳累的帝王猝然崩逝于自己扩建的盛京皇宫清宁宫南炕上，和其父亲努尔哈赤死因一样成为清宫之谜。皇太极的继承者顺治帝是康熙帝的父亲，从他正式登上政治舞台到其人生谢幕，亦充满着重重谜团。如今学界的一个基本共识是：顺

治帝能以虚龄六岁承祧大统，是当时清朝高层权势斗争相互妥协的结果，真正操纵清廷实权的，无疑是雄心勃勃的皇叔、摄政王多尔衮。

皇太极最终没能带领他所主宰的政权入主中原的梦想，到他撒手人寰时，清朝已经取得了松锦大战的胜利，明朝在山海关外只剩下方圆几百里的疆土。与父兄相比，多尔衮主持政务后壮志在胸，他坚信自己一定能让清政权定鼎中原、一统华夏。成为摄政王伊始，他就让郑亲王济尔哈朗、武英郡王阿济格督师征伐辽西，先后攻克中后所、中前所、前屯卫三城。又过去半年多时间，多尔衮成功利用了吴三桂，乘农民起义军攻占京师后立足未稳，在山海关大败李自成，从而一举接管了北京城。

公元 1644 年在中国历史上是一个很重要的朝代更迭之年，而且很显然这一年全国存在不止两个政权。这年五月初二日，清军击败李自成率领的大顺政权军队进入北京。此后的四个月时间里，多尔衮成为北京这个战略中枢的实际操盘者，放手发号施令、威慑各方，统筹指挥各路大军进袭中原和江南。多尔衮觉得，清王朝的真正都城应该承袭先前朱明王朝天子所在的北京城，遂“奏请”顺治皇帝迁都北京。八月十二日，七岁的顺治帝在母亲孝庄皇太后等人的陪伴下，率文武百官从盛京出发，踏上了进京之路。

九月十九日，顺治帝抵达北京，从正阳门即今天的前门进入紫禁城。之后，多尔衮率诸王及满汉文武官员上书请求顺治帝“即登大宝，以慰臣民”。十月初一，顺治帝在北京举行了第二次登基典礼，上一次登基还是上年八月二十六日在盛京城里，如今“兹定鼎燕京，以绥中国”，自然要再度举行盛大的登基典礼，以证明他是一个大一统帝国的九五至尊。这天黎明，顺治帝出宫升辇，率领文武百官“亲诣南郊，告祭天地”，然后返回紫禁城，坐在皇极门的御座上，接受百官的跪拜。从此，大清王朝“定鼎京师，以盛京为留都”。正式确定了盛京在清军入关后的地位。

陪都，清代亦称作留都、留京、陪京，是在正式的都城之外，出于某种或某些特别需要而设立的另一都城，这是中国古代早已存在的制度。距今三千多年前的西周时期即有陪都洛邑。历代王朝不乏将旧都直接作为陪都的先例，如东周时期将西周国都镐京作为陪都，东汉时期将西汉国都长安作为陪都，明朝永乐皇帝迁都北京后将南京作为陪都。在通常的观念里，清朝入关之后的盛京也是由于其曾作为这个封建王朝的旧都而成为陪都。

记得在三年多以前，我曾参加过一个辽沈地区文物保护志愿者们的线上讨论活动，主题即是“清朝陪都制度的形成和发展”。我当时在发言中认为，盛京在清代作为陪都，除了身为旧都而前车后辙似的顺理成章之外，还有清朝统治者对祖源的关外“龙兴之地”之眷恋以及战略安全等多种考量。

套用时髦的东北话来说，清朝统治者对“龙兴之地”，那是相当相当的眷恋。康熙初年编修的《盛京通志》开篇即阐明“国家肇基辽海”“尊盛京以明大业所之始”。康熙帝首次东巡盛京时即感慨“奉天系祖宗发祥重地”，身边的官员将此语句记入《清圣祖实录》。在记载乾隆帝言行的《清高宗实录》中，我查找到了乾隆帝在即位八年后第一次东巡盛京时称“盛京为王化始基之地”。盛京是清朝前两位皇帝长眠之所，大清王朝的国号诞生于盛京，可以说，清王朝的统治是从盛京走向全国。将旧都盛京设为陪都有助于彰显清朝统治者先辈的功勋，“羁鸟恋旧林，池鱼思故渊”，有着朴素的不忘本之意。从“龙兴之地”的角度审视，还有一个重要因素就是有助于保护清帝的祖陵。清朝统治者始终迷信地认为，他们祖先能从白山黑水间崛起进而逐渐强大以至入主中原、统一全国，与祖陵的风水有重要关系。官修《盛京通志》中露骨地写道：“盛京襟山环海，帝业攸兴，而丛葱之气则实萃于三陵，盖灵祇所以祈佑我国家也。”清廷认为关外祖陵是保佑清朝国祚绵长、帝业巩固的命脉。将盛京作为陪都，会更妥善保护关外祖陵。

说到战略安全角度，不得不说，清太祖努尔哈赤发端于辽东山区，他在世时就存在典型的“留后路、安老巢”思想，将辽阳、沈阳作为都城时，努尔哈赤仍然继续加强赫图阿拉城的防务，意图就是如有一日在汉人居住区域难以立足即回老巢继续称王称霸。清军入关伊始，包括多尔衮在内也不知晓他们仅凭借八旗十几万人的兵力，能否在中原腹地站稳脚跟，一旦退回山海关外，他们还是需要稳固的后方根据地，而经过努尔哈赤、皇太极两代长达三十年的经营，辽沈地区已成为满族统治者稳固的后方基地，能够保证八旗兵丁的基本补给。这也正是顺治入关后迅速以盛京为“留都”的重要真谛，“留”即留守、留驻之意。

再有，从国防角度审视，盛京南临渤海，东望朝鲜，西接蒙古，且为京畿门户，战略位置十分重要。盛京城具有相对完备的都城建制，建有坚固的军事防御体系。可以说，盛京稳定与否，直接关系到京城的安危，正所谓“近奉山陵，远翊畿辅”“陪都重地，根本所关”。

除此之外，盛京城周边自然条件优越，土地富饶，森林茂密，清朝入关后皇室的很多用品源自这里，如粮食、果蔬、畜禽、布匹、木材等。因为替皇家采办，相关部门的级别自然不能太低，而陪都机构的出现很好地解决了这一问题。

应该说，盛京成为陪都时，清朝实际掌权者多尔衮对这里十分重视，特意任命自己的亲信、正黄旗内大臣何洛会为盛京总管，“总管左右翼留守盛京，并统领熊耀（岳）、锦州、宁远、凤凰城、兴京、义州、新城、牛庄、岫岩诸城”。相信看过《孝庄秘史》等与多尔衮有关的影视剧的朋友，对何洛会这个名字都不陌生，他是多尔衮地地道道的“死党”，忠实追随多尔衮，曾被封为三等子爵，最终在多尔衮死后几个月就遭到清算，获罪处死。何洛会虽然担任盛京总管只有一年，但却奠定了盛京作为清朝陪都的城防制度。从何洛会时期开始，盛京城的驻防级别在关外即为最高，设有总管、左右翼梅勒章京、八旗协领及四名满洲章京，蒙古和汉军章京各一名。顺治二年（1645），清廷明确规定了盛京文武官员的品级，规定："镇守盛京城总督官为二品；护福陵、昭陵总管官，镇守熊岳和各城总管官为三品……"今天的人们，或许对"盛京总管"一职感到些许陌生，实际上，他是清代盛京城以及今辽宁省大部分地区的最高军政长官，乾隆年间正式改称盛京将军，管辖区域也相应被称作"盛京将军辖区"。

盛京将军作为清代盛京地区的最高军政长官，朝廷赋予其职责是"镇抚留都，安辑旗民，董率文武。凡军师戍卒，田庄粮糈之籍贯，疆域之广轮，关梁之要隘，威周知其数，以时简稽而修饰之"。一直到光绪三十三年（1907），盛京将军一职才被"东三省总督"取代，权势又有扩大。有一张晚清时期外国摄影师拍摄的盛京将军府的老照片，从其辕门的规制不难看出这处府邸昔日的威严。聚集在当年的盛京将军府影壁上有"陪都留守"四个大字。"变身"东三省总督府后，盛京将军府的清代建筑被拆除，但故址依旧，吸引着八方游客前来驻足参观。

时至今日，仍然有一些导游员和自媒体短视频在讲解明清陪都时，称陪都和首都一样有六部机构，其实这是不严谨的。"六部"即"吏、户、礼、兵、刑、工"六部，是中国古代封建王朝自隋代开始设置的中央政权主要行政机构。在明朝以前，古代王朝的陪都是不设置六部机构的，武则天长期生活在陪都洛阳，她统御下的六部主要官员也就随之迁到洛阳。两套"六部"的机构设置为明朝首创，明朝永乐皇帝朱棣迁都北京后，在南京留有一套六部机构，两套六部官员的级别、待遇完全相同，但论及受重视程度和擢升基础就不能同日而语了，南京"六部"官员的年龄段也偏老化，管辖范围也大大缩水，只局限于江南地区。与明朝不同的是，清朝在陪都盛京设置的可并非"六部"，而是"五部"，少了"管干部"的"吏部"，合称"盛京五部"，分别管理东北地区的相应事务。耐人寻味的是，"盛京五部"机构竟然不是同时设立的。史学界后起之秀李小雪博士术业专攻，她的博

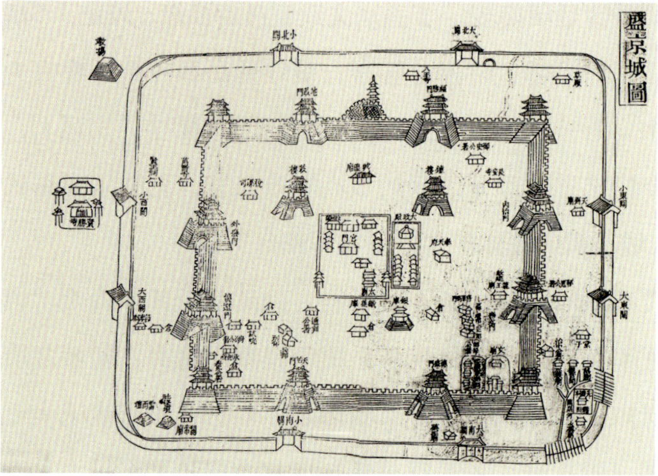

乾隆四十九年（1784）《盛京城图》

士论文即以清代陪都盛京五部为研究对象，任教东北大学后出版专著《清代盛京五部研究》。以往，有关盛京五部设立的顺序和时间问题颇有争议，有关书籍在表述至此时语焉不详，经李小雪博士考证，盛京礼部设立于顺治十五年（1658），盛京户部和盛京工部设立于顺治十六年（1659），盛京刑部设立于康熙三年（1664），盛京兵部设立于康熙三十年（1691），盛京五部的机构设置经历了三十余年方才完成。之所以不设吏部，是因盛京“官员无多，仍由京中铨选，故不备”。盛京五部的具体职责大多与朝廷六部相同，只是管辖范围缩小，需要特别说明的是，盛京刑部只掌八旗和蒙边刑狱之事；由于有军政合一的盛京将军作为朝廷封疆大吏，盛京兵部无权限管辖八旗驻军，只管辖地方的一些治安部队和边门、关隘、驿站、军马等事务。

与明朝陪都南京六部皆设有尚书一职不同的是，清朝盛京五部的最高官员是侍郎，但品级比朝廷侍郎的从二品略高，为正二品，而且员额只有一人，不分左右，虽然没有明文规定必须由满洲八旗官员担任，但有清一代，绝大多数盛京五部侍郎都出自满洲八旗，甚至其中不乏皇族；除盛京户部侍郎由汉族官员担任外，其他四部只有少数几位侍郎是汉军旗人和蒙古旗人，曾任盛京礼部侍郎的著名的同治帝师、文渊阁大学士倭仁就是蒙古正红旗人。与明朝南京六部尚书不同的是，清代盛京五部侍郎的擢升空间很大，很多人将此职位作为进身之阶，后来走上一品高位甚至进入内阁，如道光时期的著名学者阮元曾任盛京户部侍郎，后成为体仁阁大学士，在盛京同样担任此职位的王鼎官拜军机大臣、东阁大学士。

需要说明的是，清代盛京五部和朝廷相对应的五部并无隶属关系，中央各部虽然在某些工作方面可以过问其事务，但并非其直接上级。清朝统治者对“龙兴之地”官员的考选和铨叙有严格的制度，除体现与中原文化融合的礼部以外，其他四部官员在有清一代竟没有一个未入汉军八旗的汉族官员，足可见清政府对管理“根本重地”的用心。清朝康熙、乾隆、嘉庆、道光皇帝东巡盛京时，各部侍郎要以大臣身份接驾陪同，并奏报各自所管事务办理情况。乾隆皇帝来盛京时，特意亲笔题词分赐给盛京五部，制成匾额悬挂于各部衙门大堂之上，户部为“宗邦会要”，礼部为“典重明禋”，兵部为“陪京枢要”，刑部为“弼教留都”，工部为“饬材山海”，足可见清朝最高统治者对这些机构的重视与期望。

除了盛京五部外，清代盛京城内还有一个地位很高的机构——盛京内务府。这是为皇室服务的专门机构，全国只有北京和盛京有内务府的存在，盛京内务府隶属清廷的总管内务府。清朝从盛京迁都北京后，因为东北地区仍有宫殿、陵寝、皇庄等大量的皇室产业，因此在顺治年间特设立专为皇室服务的“上三旗包衣佐领”来管理盛京地方的皇家事务。到乾隆二十年（1755），正式设立盛京总管内务府，下设广储、营造、掌仪、都虞、会计五司和镶黄、正黄、正白上三旗内务府佐领，办公地点就设在盛京皇宫大清门前。具体职责是负责盛京宫殿、祖陵的看护和维修，负责盛京将军辖区内大量皇庄和各种产业经营管理，负责清帝东巡的准备和接待工作，负责把大量盛京所产的土特产品运送至京师。由于盛京内务府掌管东北地区数量庞大的皇家财产，因此成为盛京城内与皇权直接相关的管理机构。值得一提的是，盛京内务府总管一直由盛京将军兼任。

由于盛京内务府的特殊性质，在历史变迁中积累了大量的档案，涉及面很广，较为详细地记录了清代盛京地区社会历史发展的情况，为研究清代盛京的特殊地位、宫廷礼制和皇室经济形态、清代文书制度等问题，提供了珍贵的第一手资料。如皇庄管理方面，盛京内务府档案翔实记载了所属皇庄的设置，庄头的更补以及庄丁的管理，粮庄、盐庄、靛庄、棉庄、果园及山场的经营及生产统计，征解官赋等事宜，自然灾害及办理赈济等相关制度和办法。说起盛京内务府档案能基本完整保存至今，沈阳故宫博物院研究馆员邓庆对我讲述了这样的故事：在清末东三省官制改革中，光绪三十四年（1908），盛京总管内务府改称盛京内务府办事处，清朝灭亡后，根据《清室优待条件》，盛京内务府办事处依旧存在，并于1924年3月改称皇产事宜处。冯玉祥发动北京政变后不久，1925年春，奉天省长公署宣布接管皇产事宜处，将沈阳故宫及其藏品收归国有，盛京内务府大量档案文书被移至盛京故宫西七间楼内，伪满时期又由奉天图书馆接管，1948年沈阳解放后这批档案由东北图书馆接管，后移交给档案部门，至今仍保存在辽宁省档案馆。

遥想当年，一群群身着蟒袍补服的朝廷命官出入在盛京五部的各个衙门中履行职能，见证着大清王朝盛京陪都的日出日落。光绪三十一年（1905）六月，在清末东三省官制改革中，盛京五部中除户部外全部裁撤，因盛京户部侍郎兼奉天府尹，该职于次年九月方才撤销，盛京五部的各项事务统归奉天府管理。

旧时的盛京五部衙门早已经消失在城市变迁中。1989年，沈阳市在重新命名街路名称时，将沈河区临近朝阳街的一处巷子命名为“工部巷”，因为历史上这里曾经称为工部衙门胡同，历史上的盛京工部就设置在这里，这恐怕是盛京五部在现实中最有昭示色彩的文化延续了。

雕栏玉砌犹在

清乾隆四十三年(1778)七月，盛京将军爱新觉罗·弘晌向朝廷呈上奏折，汇报了盛京皇宫增修竣工情况。根据档案资料记载，此次新建各工程为：“西琉璃门东、西两边新建便门各一座，垂花门东、西两边新建便门各一座，迪光殿东、西两边新建黄瓦配殿各三间……”弘晌是清代历任盛京将军中和皇帝血缘最近的人，作为皇孙的弘晌，其父就是经常被清宫题材影视剧中涉及的康熙帝长子胤禔。乾隆帝在收到弘晌的奏报后，对盛京皇宫的增修工程表示满意。其实，弘晌主政盛京期间还有一件事可圈可点：当时乾隆帝为了弘扬黄教，想选定盛京城的一座寺庙作为满洲喇嘛寺，专用满语唪经，弘晌替皇帝选择了北塔法轮寺，乾隆东巡盛京期间两次莅临法轮寺，并亲自题匾和赐诗。

我的工作单位距离沈阳北塔法轮寺只有不到一公里路程，有时午休时间出去散步，便沿着北运河旁的慢道步行至北塔旁边。望着古香古色的寺庙大门，真仿佛穿越历史，闪回到那个“国语骑射”的大清王朝的时空场景中。

应该说，清朝的康熙、乾隆两位皇帝都有着很深的“盛京情怀”，他们对祖宗兴盛之地盛京城的眷恋是深入骨髓的。从康熙帝开始，开创了东

| 护国法轮寺　张庆东摄 |

巡盛京祭祖制度，并一直延续到鸦片战争前夕的道光九年（1829）。迁都后把到祖居地谒陵祭祖作为朝廷一项制度，清朝统治者的“根脉情结”可见一斑。

我的父亲是一位业余史学研究者，在家乡研究地方历史有一些成果，记得在我刚参加工作时，他曾撰写过清朝皇帝东巡方面的论文，还叮嘱我将来如果有余力可以多挖掘这方面的史料，再进行更深入的研究。按照我父亲当年的论述，清帝东巡盛京主要有三点用意：一是祭奠祖先，慎终追远；二是显示天子之威，震慑四方；三是体察作为“龙兴之地”的东北地区民情。

清朝皇帝第一次东巡盛京是在康熙十年（1671），最后一次是道光九年（1829），跨越 158 年，先后有康熙、乾隆、嘉庆、道光四位皇帝十次东巡，每一次都是声势浩大、兴师动众，每次东巡连同路程在内耗时短则两个月，最长达 153 天，盛京城是清帝东巡的主要目的地和东巡过程中停留时间最久的城市。说清帝东巡促进了盛京陪都功能的完善和城市的发展繁荣，一点儿也不过分。我的恩师、辽宁大学原历史系主任胡玉海教授曾著有《沈阳三百年史》一书，他认为，清帝东巡让清代盛京城更加具有生机与活力，在清朝皇帝东巡驻跸盛京期间，举行颁诏、筵宴、赏赐等庆典活动，使这里成为这期间全国瞩目的政治中心。沈阳大学历史学教授杨小梅对清帝东巡盛京在推进城市建设方面的作用进行了系统论述，她认为："清朝入关后，沈阳城市建设的大部分工程几乎都与皇帝东巡有关，其中最突出的是'一宫两陵'的增建和扩建。"仅以城墙维修为例，从康熙二十一年（1682）至乾隆四十五年（1780），近百年间，盛京城大修多达 12 次，足见朝廷对此地的重视程度。

实际上，最早提出东巡盛京动议的是康熙的父亲顺治皇帝。顺治帝出生在盛京皇宫永福宫中，这里留下了他的孩提记忆。顺治十年（1653）五月，按照古代习俗已经成年的顺治决定重回盛京，结果遭到了朝中大臣们的反对。两年后，他告谕内三院，表明要回盛京祭奠太祖、太宗皇帝陵墓，尤其表明了对"先帝"皇太极的怀念。毋庸讳言，受儒家文化影响的顺治帝此举也有对外表露孝道之意。但由于发生水灾和"南征大军尚未师还"等原因，行程一再推迟，以至于朝鲜国王闻讯后准备派出使臣前往盛京准备"迎驾"，然后最终由于南明小朝廷尚未覆亡，"盗贼未靖，师旅繁兴"，顺治帝以国家安全为重，在行期将至之时取消了东巡计划。直至顺治帝驾崩，他重返关外的夙愿也未能实现。虽然未能东巡祭祖成为顺治帝的终生遗憾，但这给后世清朝皇帝东巡祭祖提供了一个非常充分的理由，那就是一旦政治经济形势允许，在条件成熟、准备充分的情况下，就可以启动这项"先帝未竟遗愿"。

今天的北京和沈阳两座城市，如果乘坐"复兴号"高铁，最快两个多小时即可直达。但在清朝传统的交通条件下，皇帝连同随行王公大臣、护卫总计几千人的队伍行进速度十分缓慢，连同沿途休息，往返路程最快也要耗时一个来月。而且，从顺治入关进京到康熙首次出关祭祖，这条东巡之路整整酝酿了二十七年！

因此，可想而知当康熙帝圆了父亲未了的重返盛京梦想时，心情该是怎样的激动和兴奋。需要说明的是，清朝初年一直到康熙中期之前，入关的清政权仍延续着努尔哈赤时代“议事制”的遗风，皇权也受到诸王大臣们“谏议”的冲击。康熙帝第一次启动东巡计划就受到了臣子们的阻力，直至第二年，康熙帝完成了收复台湾之外的清朝大陆版图最大化，这年九月，他“以寰宇统一，告成于太祖太宗陵。奉太皇太后、皇太后启銮。谒福陵、昭陵。幸盛京，御清宁宫，赐百官宴”。

应该说，康熙帝此次是带着胜利的喜悦和向先帝汇报战功的目的开始东巡行程的。年方十八岁的康熙帝风华正茂，决心以更大的雄心壮志治理国家。他在出行前特意降旨礼部：“……今思太祖太宗创业垂统，功德隆盛，山陵在望，刻不能忘……兹当海内无事，欲乘此躬谒福陵昭陵以告成功，用展孝思。”

康熙帝特意选择在秋高气爽之际东巡，这个季节，盛京气候宜人，不冷不热。从九月初二日离开京城启驾，行程半个多月，于九月十九日抵达盛京城，并在此下榻五夜，其间日间的主要活动即是“观看盛京宫殿及宴赏文武百官等”，直至二十四日离开。此后康熙帝在盛京周边的铁岭、开原、叶赫等地视察历时十天，于十月十一日复返盛京，停留两日后率王公大臣赴福、昭二陵行辞别礼，然后观赏盛京宫殿，还饶有兴致地在大清门前召集扈从官员及盛京将军阿穆尔图等步射，康熙帝本人“亲射数矢”，以示弘扬满族“骑射”的传统。十月十四日，康熙帝启驾前还接见了专程赶来朝见皇帝的宁古塔将军巴海并予以褒奖和勉励，之后“奏乐起程”，盛京将军阿穆尔图率文武官员连同宁古塔将军巴海等离城十里跪送。

《清圣祖实录》记载了康熙帝东巡的行程。九月二十三日，康熙帝首次进入盛京皇宫参观，清宁宫、大清门均设仪仗并奏乐。虽然史籍没有记述康熙首次莅临盛京皇宫时更多的故事，但我们可以想象，此时已经年近六旬的太皇太后孝庄重回二十七年前居住的永福宫时，一定是触景生情，抚今追昔，感慨万千。孝庄是虚龄十三岁嫁到盛京成为皇太极侧福晋的，次年被封为西侧妃，在盛京皇宫里生活了八年之久。受宠、宫斗、荣耀……可以说，盛京皇宫承载着孝庄太多太多的青春记忆。雕栏玉砌犹在，朱颜亦未改，大清朝已经定鼎中原，今非昔比。

康熙帝在平定三藩之乱后的第二年即康熙二十一年（1682）和平定漠西蒙古噶尔丹叛乱后的第二年即康熙三十七年（1698），又进行了第二次和第三次东巡。其中第三次东巡还特别“巡行塞北，经理军务”，即利用东巡之际巡查边防。纵观康熙帝三次东巡，有两个明显的特点：一是都是在国家遇有重大事件完成后，到先帝的陵寝祭告，既完成了“展孝思”的愿望，又有感谢祖先在天之灵保佑成功之意；二是东巡虽然直接目的是祭祖，但有强烈的政治意义，康熙皇帝开创了东巡过程中体察民情、督查当地官员、巡视边防等制度，为以后几位皇帝东巡时效仿。

应该说，康熙帝“不忘根本”，很注重反哺这座为大清帝国输血过多的旧都，当他第一次视察盛京内外城池时下旨：“凡年老鳏寡孤独皆赐银两。”康熙帝还亲自操持重修、改建福、昭二陵，使二陵有了后来的气势和规模。康熙十九年（1680），在皇帝的重视下，盛京城再开八个边门，由大南边门对大南门，由小南边门对大南边门……由于外城八门与内城八门两两相对，因此又有“八门八关”之说，外城与内城之间又称“关厢”。昔日沈阳城“十六座城门”按照史志资料的记载即于此时形成。

承上启下的雍正皇帝在位十三年期间，由于政务繁忙等原因，未能亲临盛京祭祖，但祖陵对他并不陌生。在身为皇子、多罗贝勒时，爱新觉罗·胤禛曾随行参加了康熙第三次东巡祭祖。康熙六十年（1721），因康熙帝年迈，已是雍亲王的胤禛代父来盛京祭祖，据说祭典当天赶上暴雨，寓意“水冲龙王”，后来有人据此说胤禛有天子命，当然，这是有点牵强附会了。

乾隆皇帝把清朝东巡祭祖制度推向顶峰。到乾隆帝在位期间，不仅政权稳定，而且经济繁荣、文化昌盛，被称为“康乾盛世”，为东巡盛京提供了更为有利的条件。乾隆帝作为盛世帝王，先后四次东巡盛京祭祖，分别于乾隆八年（1743）、乾隆十九年（1754）、乾隆四十三年（1778）和乾隆四十八年（1783），从年龄上看跨越乾隆皇帝三十三岁到七十三岁，前后整整四十年光景。乾隆帝四次东巡，每次都是按辈分先祭拜位于兴京（今辽宁省新宾满族自治县）的永陵，然后再莅临盛京城祭拜福、昭二陵。与康熙帝不同的是，乾隆帝在盛京城没有什么“岳父家”，为体现盛世之君的气势，他每次东巡都在盛京皇宫驻跸，要实践生活在先辈创业时宫殿的体验。但是，乾隆帝第一次东巡时并不是入驻皇太极的寝宫，而是在皇宫内搭设蒙古包驻跸，这种蒙古包也被称为“御帐”。乾隆临时在其中居住和处理政务。乾隆帝曾经感慨地写道：“崇政殿为盛京宫正中临朝之所，其后为凤凰楼，又后为清宁宫祭神之处，皆不可居。”正是出于解决皇帝驻跸需求，盛京皇宫在清朝入关百年后开始进行大规模增、扩建，真正具备皇帝东巡行宫的功能。从乾隆十一年（1746）开始，朝廷拨出专款，历时两年多，实施了盛京皇宫自清朝入关后第一次大规模增、扩建，改造的基本设想和思路是乾隆皇帝自己形成的，换言之，乾隆帝本人就是这次大修工程的幕后“总指挥”。这次增、扩建盛京皇宫工程实际包括两大部分：一是新建东巡行宫“东所”“西所”，解决了皇帝、太后、后妃、皇子等在宫殿内驻地问题；二是对崇政殿前后建筑的改建与增饰。众所周知，乾隆帝很孝顺自己的母亲，此次新建的“东所”自南至北有四进院落，主要建筑有颐和殿、介祉宫、敬典阁，均供皇太后使用。西所位于崇政殿至清宁宫间早期建筑的西侧，是东巡时供皇帝、后妃使用的行宫，也是四进院落，主要建筑自南至北为迪光殿、保极宫、继思斋、崇谟阁。经过这次大规模的增建与扩建，皇太极时期形成的大内宫阙面貌有了明显的变化，既保留了“先皇宫殿”的特点，更增添了皇宫气氛。

乾隆四十三年（1778），在乾隆皇帝第三次东巡盛京前，盛京皇宫西所增添了一些附属建筑。此次在盛京期间，六十七岁的乾隆帝“命重修盛京天坛、地坛，移建太庙于大清门东”。乾隆帝还决定在盛京皇宫的西部修建文溯阁以储存《四库全书》，增加宫廷典藏的场所。文溯阁建筑风格仿浙江宁波明代范氏著名藏书楼天一阁所建，建成后成为举世闻名的皇家图书馆。此后，嘉庆帝两次东巡、道光帝一次东巡都来到盛京皇宫驻跸，但未再有新的增、改、扩建工程。道光皇帝以后，清朝国力衰弱、割地赔款，最后四位皇帝大概也深感愧对列祖列宗，在位期间都没有再东巡祭祖。

乾隆皇帝对盛京城以及盛京皇宫爱得深沉。喜欢吟诗的乾隆帝留下的东巡赋诗多达三百余首，其中不乏与盛京皇宫有关联的作品。值得一提的是，乾隆帝第一次东巡盛京拜祭祖陵时就即兴而作《盛京赋》，文风大气豪迈：“於铄盛京，维沈之阳。大山广川，作观万方。虎踞龙盘，紫县浩穰。爰浚周池，爰筑长墉……”最后一次东巡回銮三年以后，七十岁的乾隆皇帝有感于康乾盛世的荣光源于盛京祖德，这位酷爱书法的皇帝精心运笔写出“紫气东来”四个大字，并下旨将此“御笔”制匾送至盛京，悬于盛京皇宫凤凰楼上，以证“龙兴之地”为国运之源。此后一百余年间，作为这座城市中最高建筑“凤凰楼”上高悬的“紫气东来”四个大字被百姓赋予了吉祥、安康、兴旺等寓意，伴随着盛京皇城的朝朝暮暮。

如今，沈阳故宫每天都迎来八方来客，熙熙攘攘的人流，尽情地驻足在昔日的皇家“圣地”，感受着清文化和满族民俗的魅力。很多参观者都不会留意到，这座早已列入世界文化遗产的中国首都以外保存最完好的古代宫殿建筑竟然是经历了前后长达一百五十多年的建设才最终形成今天的格局的。中国历史上最后一个大一统的封建王朝从这座宫殿里走出，并影响了中国历史走向和文化传统二百余年。沈阳，也由于这个王朝的兴盛而实现了她在古代史上最繁荣的阶段。

2022年，著名作家老藤的小说力作《铜行里》正式出版面世，很快即畅销、再版。为了创作这部取材于沈阳铜行胡同百年风云的文学作品，老藤在担任辽宁省作家协会主席的行政职务之余，时常用步履感受沈阳城厚重的历史积淀。铜行胡同仅仅是当年盛京城四百余条胡同之一，因地处城市最繁华的商业街四平街（近代改称中街）以南，遍布铜器铺而得名。据《盛京内务府档案》记载，乾隆帝最后一次东巡时，闻听盛京皇宫周围铜铁作坊“俱有声响”，负责接待的内务府赶紧下令“各铺户”在一个月之内搬挪别处，从而形成了铜行胡同，此事有档案可据，并非传说。康乾盛世期间，盛京城“商铺众多，商号林立”，各行各业形成规模，有银市、柴草市、估衣市、工夫市、缸市、灯市、果市、煤炭市、肉市、木市、石头市、皮行、铜行、鱼行、菜行、瓜行、牛马行、劈柴市、车行、钱庄、粮栈、貂皮局、书铺、烟袋铺、古董店、鸟市、鸡市等，仅帽行就有三十余家，足可见盛京城百业兴隆，“商贾云屯”，很多商家经营从中原乃至南方运来的商品。四平街成为清代关外最繁华的商业街区，即使从晚

今日铜行胡同　张庆东摄

清时期成书的《陪都纪略》和《陪京杂述》等著作中，也不难管窥盛京城的市井繁华。

不仅如此，清代盛京城对于中国文化之贡献，同样是可书可彰。函可、郝浴、左懋泰、陈梦雷、戴梓等一大批在中国文学史上卓有建树的清代文人曾流寓此城，激发了他们的创作灵感。清帝东巡，为盛京城输入了丰富的高端文化资源。始建于康熙年间的萃升书院汇聚了王尔烈、程伟元、刘春烺等一大批文化名人，书声琅琅，名气远播。当代著名作家老藤曾经对我说："作为文艺工作者，生活在沈阳这样一座饱受文学滋养的城市里，有责任创作出无愧于历史和时代的作品，以文化人、以文育人、以文培元！"

| 始建于清代康熙年间的萃升书院 |

康熙三十七年（1698）十月，康熙帝第三次东巡盛京时，流放盛京已经十六年的"奇才"陈梦雷"匍伏道左"，用这种方式得到康熙帝发现和召见，梦雷以才学打动皇帝，被释归京师。此后十余年时间，陈梦雷卧薪尝胆，历尽辛苦，主持编辑成一万卷的大型类书《古今图书集成》，筑就了中国文化史上一座丰碑。"江山代有才人出，各领风骚数百年"，相信在未来的岁月里，沈阳这座承载着厚重的历史文化底蕴、充满朝气和活力的城市，一定能涌现出更多的文化名家大家，不断续写沈阳文化的新辉煌，为传承中华文明做出新的更大贡献！

梦里依稀柳条边

“若使春风别知苦，不应吹到柳条边”，这是清代著名诗人纳兰性德所作七律《柳条边》中的末两句。作为康熙皇帝亲信侍从和权臣明珠之子，纳兰性德的这首诗可谓“尺度”颇大。该诗是康熙二十一年（1682）春，纳兰性德扈从康熙东巡到东北目睹柳条边时所作。而透过诗句，你能发现此诗的意境绝非是夸赞皇帝修筑柳条边的圣明举措，相反倒有几分哀怨民

| 清柳条边新民段遗址 谢东昊摄 |

生疾苦的边塞诗意境。

在三百多年前的一些日子里，一群群因为种种原因“获罪”的流放者，在官兵的押解下来到盛京将军辖区的边缘地带，而他们此行的目的竟然是来“种树”，这种“植柳”行为是在修筑一道藩篱。而他们的许多后代，却永远留在了这道屏障内侧，世代守护着这道延续三百多年的柳条边。

柳条边作为成规模的分界设施，在中国历史上只出现在清朝，而且并不是行政区划的界限。与其存废相伴随的，是清代极其特殊的“封禁”与“弛禁”政策。

清朝入关后，将山海关外视为“龙兴之地”“祖宗肇迹兴王之所”，为了维护满洲八旗在这一地区的特殊利益，清廷在盛京、吉林将军辖区内划定了一个特殊地带，严禁汉族群众入内耕种和蒙古族游牧狩猎损害所谓“龙脉”。正如乾隆皇帝在《老边诗》中所说：“征战纵图进，根本亦须防。”在军事上和政治上，清朝统治者加强了对辽河流域和吉林部分地区的防御和统治，为了防止满人汉化并保证八旗军在东北的驻防生活之地不受干扰、东北的“三宝”和特产尽可由王公贵族享用，清朝顺治初年，便开始着手修筑柳条边，划定这一特殊统治区域的范围。

《奉天通志》在记述柳条边的作用时称，“清地东北，蒙古内附，修边示限，使畜牧游猎之民，知所止境，设门值守，以资震慑”，可谓恰如其分。

东北地区的柳条边于清顺治五年（1648）开始修筑，称为皇边。柳条边虽官称“边墙”，其实并没有真正意义上的“墙”，其主要用黄土堆筑，高者三四尺，低者一二尺不等。土堆隆起处外挖壕，上插柳条，以绳系之，状如篱笆，故被人们形象地称为柳条边，后来，很多官方文书也认可了这一称谓，称盛京（指今天辽宁省大部）、吉林地区的边墙为柳条边，简称柳边，也有俗称为条子边。之所以栽种柳树，主要是由于柳树插栽成活率高，繁殖快，不出几年就能长成密密匝匝的屏障，人畜无法逾越，更何况还有又深又宽的边壕和昼夜巡边的守边兵丁。

最初修筑的东北地区柳条边，南起今辽宁省凤城市境内，经新宾转而至开原北，再折向西南到山海关与长城相接，这段边墙称为“盛京边墙”。因为修筑时间远早于康熙九年（1670）开始修筑的吉林边墙，因此相对于吉林边墙称为“老边”，而吉林边墙自康熙二十年（1681）修竣，新建边墙从辽宁开原起，沿吉林省的梨树、伊通、长春、九台到舒兰县法特乡的松花江边，俗称“新边”。

客观地说，柳条边是清朝统治者为实现对东北部分地区实施封禁措施而修筑的屏障，是清政府操纵的东北地区经济特权利益的鲜明体现。据史志资料记载，清代盛京的柳条边的主要结构是用土堆成的宽、高各三尺的土堤，堤上每隔五尺插柳条三株，柳条粗四寸，高六尺，埋入土内二尺，外剩四尺，各柳条之间再用绳联结，称之为“插柳结绳”，再在土堤的外侧，挖掘口宽八尺、底宽五尺、深八尺的边壕。有很多壕沟里注水，以阻挡行人越界。为加强对柳条边的管控，从顺治八年（1651）开始，清朝统治者在柳条边沿线要点上陆续设置边门，每处边门均设官兵常驻。至顺治末年，盛京边墙已设置了平川营边门、黑山口边门、水口边门、芹菜沟边门、碾盘沟边门、长岭山边门、松岭子边门、清河边门、白土厂边门、彰武台边门、法库边门等 11 个边门，后又有所增设。

今天的沈阳市法库县得名即源于清代柳条边的法库边门，简称“法库门”，也有谐音成“八户门”“八虎门”的说法。其实，法库是满语音译，意为“鱼梁”，即捕鱼的矮堰，与八户人家、八只老虎并不搭界。作为清代距离盛京城最近的边门，你能从清代柳条边走势图上清晰感觉到，法库门就位于清代“人字形”柳条边那一撇的中间部位，其东北方向不到百公里就是“人字形”接合点的威远堡（今辽宁省开原市威远堡镇），地理位置十分重要。法库门从清顺治五年（1648）开始修筑，到顺治十一年（1654）

建成，位置就在今天的法库县法库镇北大街的显要位置。一处柳条边的边门能修建六年之久，除了能说明在没有战争的岁月里工程施工进展缓慢外，似乎找不到诸如“资金匮乏”之类的合理解释。当然，在一片平地上拔起一座防务设施是肯定的。

柳条边除设边门外，还有数百座边台和封堆，以供兵丁巡逻、瞭望之用。今天法库县境内的九处被称作为“台”的村庄，如叶茂台、双台子、东头台子、三台子等，昔日都属于法库门的附属设施。在春暖花开的三月某日，我特地来到了法库县，当地的文史爱好者对我讲，“一门九台”构成了法库独特的柳条边文化，然而当我想寻觅这“一门九台”的建筑遗迹时则颇感失望，原来，它们都已经消逝在历史的变迁中，仅有地名作为一种文化遗存延续下来。而法库门的门楼是在1952年因为城市发展交通设施时才最后拆除。

法库门在历史上的主要任务是稽查过往行人。平常，柳条边门的驻防士兵披甲值勤，分班守备，每天掌管关门的启闭，“稽察行人出入”，过往行人都得从门洞内通过，就连在边门附近的农民出边耕种，也得有地方保甲发的印票，并在规定的时间、地点登记后方可通过。对于普通百姓而言，柳条边犹如一道红线，不经边门穿越就是犯法，会受到严惩。

清朝末年，有位来自沙俄的画家绘制了一幅盛京边门景象图，门楼房檐上一蓬衰草，门前是一位扛着两担柴火的老农和一架颇具关东风情的马拉大车。乍看上去，倒有几分“古道西风瘦马”的荒凉之感。事实上，法库门的主体建筑在奉系军阀统治时期还进行过重修并有照片为证，门楼内侧就是清代所建的防御衙门，衙内设武官防御一员，还设文官笔帖式一员，驻军有满洲八旗兵三名，汉军三十名，盛京移驻兵六名，官兵共计四十名，负责边门开闭和盘查出入行人等事务。近代有目睹过法库门的文人记述称：“边门有门洞一间，起脊硬山式建筑上覆灰瓦，正脊饰有鸱吻走兽，门洞较宽阔，木制油漆大门，门额上悬挂一块竖额，上书‘法库边门’四字，蓝地金字，花纹镶边，古色古香，非常醒目。边门一侧建有四合院一处，有正房三间，硬山式，灰瓦顶，前有廊柱。东西配房各三间，青砖灰瓦，卷棚式，亦有前廊。院落四周砌有青砖围墙。衙门前立有一块牌子，上写‘衙门重地，国课攸关，有人故违，定行究边’字样。”足可见法库门在历史上的庄严程度。

法库门曾被称为“盛京锁钥”，是盛京城北部的重要关卡。在清代，法库门处在盛京城前往蒙古牧区、吉林、黑龙江的必经之路上，是盛京北部重要的商业中心，因其接近科尔沁蒙古牧区，形成了满汉蒙等民族的交易市场，当年有“牛车马车骆驼队，骑马坐轿过边门”“敲蹬齐吟出塞曲，鞭丝轻度关门柳”的诗句，还流传着“一进法库门，一半牲口一半人，出了法库门，只见牲口不见人”“拉不败的法库门，填不满的新民屯”等顺口溜。商民往来使法库门附近成为繁华的贸易集散地，故而后来盛京将军在此设立车捐局，专事征收过往车辆、牲畜和粮食税捐，凡经过边门的车马都要纳税，否则就犯“爬边越口”之罪，会遭到重罚。通常经过边门的马车都要纳税，出边门的缴纳二百文钱，进边门的缴纳四百文钱，连死者出殡经过边门也要纳税。由于贸易兴旺，在法库门周边定居的常住人口逐渐增多，连咸丰年间编撰的《开原县志》都记载法库门一带“商民稠集，人烟辐辏”，最初促成了1913年法库设县。可以说，法库是一座柳条边边门催生出的县城。

| 民国时期的法库边门 |

在顺治皇帝统治后期和康熙年间一定程度的官方鼓励关内汉民移民辽东

耕种以后，随着迁徙到辽东的关内汉民增多，清政府为维护关外旗人利益，于乾隆五年（1740）四月颁布封禁令，严禁关内民人移居关外，“奉天空闲地亩，宜专令旗人垦种”。然而，封禁令连同那道人为修筑的柳条边，却没有阻挡住关内汉民想尽各种方式“闯关东”的步伐，尽管乾隆二十七年（1762）、乾隆四十一年（1776），皇帝又两次下旨严格封禁令，甚至提出“永行禁止流民，勿许入境”，但单靠这种行政命令，也不能完全禁止关内移民进入东北。有一个数据很能说明问题：奉天府人口总数在乾隆六年（1741）是十三万一千九百人，到嘉庆末年已达到一百三十一万四千九百七十一人，八十年间增长了近九倍，刨除人口自然增长的因素，移民涌入是不可忽视的。到嘉庆八年（1803），清廷也只能顺应形势，为了兼顾东北开发，在部分地区废弛禁令。到道光年间，由于内忧外患，为解决财政上的困难，不得不求助于民垦收入，遂对东北“弛禁”，这样，柳条边上二十处边门除法库门、彰武台门等少数作为商贸关卡继续发挥作用外，大多被拆毁，柳条边也遭到荒废，大多湮没在农田之中。

如今，隶属沈阳的新民市境内也分布有一些清代柳条边遗迹。一位研究清代柳条边的文史学者为我提供了一份数据：“清代修筑的柳条边横跨今辽宁、吉林两省，全长1320公里，今天沈阳境内的柳条边属清代柳条边的西段，跨新民、法库两个市县，其中新民境内长约33公里，法库境内长约90公里，途经20余个乡镇及柳河、养息牧河、辽河、秀水河。”新民市境内姚堡乡、周坨子镇、于家窝堡镇仍存有清晰可见的清代柳条边遗址，先后被列入市级和省级文物保护单位。虽然这些柳条边遗迹如今只剩下依稀可见的壕沟、土堤甚至土堆，纵使有一些迎风而立的柳树，树龄最多也不足百年，我们可以浮想她们是清代柳条边所植柳树的后裔，昭示出这里曾有过历史上一道特殊的屏障。

对清代柳条边，现今沈阳市博物馆的主题展览中有一句很中肯的评价：

“清统治者意图以此限制汉、满、蒙人民之间的交流融合，但限制不住闯关东的人潮。”柳条边废弃后，东北腹地迅速迎来了新一轮“闯关东”大潮，超过百万关内移民不再受封禁政策所限而迁居东北。在晚清天灾人祸中挣扎求生的直隶、山东、河南等省的贫苦农民纷纷举家带口、扶老携幼地加入移民东北的大军。屏障盛京城的柳条边消失了，作为商旅重镇和工业城市的奉天城却强势崛起，在清朝晚期又出现了人口的翻倍，大量迁入的人口为这座城市带来了生机与活力，让这里不断孕育出新的希望。从这点来看，沈阳近代城市的发展，在一定程度上得益于挣脱开柳条边的束缚。

“雨过高天霁晚虹，关山迢递月明中。春风寂寂吹杨柳，摇曳寒光度远空。”当康熙皇帝东巡盛京途中欣然写下这首《柳条边望月》时，绝对不会想到这道并不能称为真正意义边墙的柳条屏障却导致其祖源的“龙兴之地”经济发展较东南沿海乃至中原地区落后了很多年。

写完此篇文字之际，恰逢我去参加一个辽宁地方史研讨会，在会议小组讨论发言中我比喻道：“柳条边在清代犹如老婆娘的裹脚布，束缚住了东北的经济发展，现在看来，封禁必不可取，弛禁大势所趋。”史学圈内一位同仁很赞同我的观点，随即补充说：“看起来，柳条边正能量很少，也难怪研究清代柳条边的专著这么多年只出版过一部。”话虽如此，柳条边作为一种文化，还是给后人留下很多反思和借鉴历史的空间。

| 沈阳清柳条边遗址文保标志碑 谢东昊摄 |

锡伯从此向西迁（上）

清乾隆二十九年（1764）四月十八日，位于盛京城西的太平寺及周边人流涌动，在这个又被称为锡伯家庙的并不十分宽敞的庙宇内外，此时正举行着一场生离死别的悲壮仪式。众多锡伯族同胞聚集到这里，杀牲祭祀祖先，焚香祈祷平安，同桌共饮离别酒，聚餐话别泪涟涟。族人们洒泪相拥，依依不舍，因为他们知道，这次别离后今生很难再相见，骨肉间彼此亦是永诀。

锡伯官兵告别父老（浮雕） 刘卓摄

最后亲吻一下家乡的土地吧！据说在送行仪式过后，很多锡伯同胞彻夜难眠，那种对故土、对亲人的深情眷恋、难舍难分，那种“一去将是万里远，何时方能再相见”的悲悯情怀，即使是我们今天联想起来也仍能感同身受。

因为，第二天一大早，这个民族中的五百余名壮丁连同随行家属就要从盛京启程出发，踏上前往遥远的新疆伊犁戍边的万里行程。太平寺锡伯家庙中的壮别场景，就是为了给这些即将西迁的锡伯同胞们饯行。然而，四月十八日的这一幕，随着此后锡伯民族长期分居祖国东北和西北边陲两地，竟成为这个民族特有的文化记忆，熔铸在锡伯族同胞的血脉深处，甚至衍生出一个既传统又具有深刻内涵的民族节日——西迁节，亦称怀亲节。

在锡伯人的精神世界里，这次西迁戍边很明显是悲情多于豪迈。当时盛京及周边的锡伯人彼此沾亲，抽调戍边的锡伯兵丁和亲人们别离的场景，在锡伯族流传至今的《西迁之歌》中通篇体现。实话说，这首少数民族民间文学作品，但凡亲情未泯的读者，每读一次，必落泪一次：“……姑父姑姑哀哀来送行，呼唤着侄儿依依共幽咽，万般悲痛也救不了苦命，别了，挥泪行礼从此辞。舅舅舅母幽幽来送行，一腔怨嗟簌簌泪沾衣，哭干了眼泪行人难久留，别了，今后相见只能在梦里……满怀忧愤到祖先的寝地，追念父辈的恩泽捶胸号泣，此行一去跪拜在万里之遥，荆棘丛生的陵园谁来扫祭……”

无论如何伤感，忠贞勇毅的锡伯兵丁们还是以国为重，按时踏上西征之路，一路上历尽艰难困苦。此行二百多年后，首位锡伯族历史学教授、大连民族学院原副院长关捷这样评价锡伯西迁的壮举：“尽忠报国，舍家为国，这是锡伯族民族精神的重要内涵，当国家需要时，宁可舍弃小家，万里离别，群英西戍，尽显锡伯人的家国情怀！”

不得不说，锡伯族是一个懂大义、识大体、顾大局、有担当的民族。说这个民族勤劳勇敢、能征善战、为国分忧，并非是有意褒扬，当你了解锡伯族的历史和迁戍盛京的经过后，你一定会对这个民族肃然起敬。

锡伯族的历史十分悠久。学界比较普遍的认定是，锡伯族是古代鲜卑人的后裔，其先民发源于大兴安岭北段嘎仙洞一带，“锡伯”即为“鲜卑”的转音。说起鲜卑族就知者甚众了，从西汉初年鲜卑族在历史舞台上就留下了诸多印记，在匈奴人称霸草原的时代，鲜卑人居住在草原的东部特别是大兴安岭一带，到东汉末年鲜卑各部统一并迅速崛起，三国时期更是有大量鲜卑人远迁至河西走廊定居。鲜卑人在中国历史上一共建立过前燕、后燕、西燕、南燕、南凉、西秦、北魏、东魏、西魏、北周等10个像样的王朝，著名的北魏王朝称雄中国北方，由于孝文帝拓跋宏改革闻名于世，“慕容鲜卑”更是由于金庸笔下武侠人物慕容复而深入人心。唐朝的开国皇帝李渊有一半的鲜卑血统，李世民的长孙皇后也是鲜卑人。也正因为孝文帝改革和在大唐盛世高度汉化，唐朝灭亡后，鲜卑族作为一个民族整体不复存在，大多融入汉族之中。但是，让民族学家、人类学家和历史学家都感到惊讶的是，作为古代鲜卑人一支的锡伯族却在嫩江中游附近顽强地延续下来，并且经历了辽、金、元、明、清的改朝换代，还延续和保留着一些鲜卑人的文化传统和生活习俗。这其中到底经历了多少苦难，恐怕只有锡伯先民自己才能知晓。一直到明朝晚期，锡伯族之名才重新见于史籍。尽管史料对锡伯族源流记述有模糊之处，但前些年吉林大学古DNA实验室已经通过现代锡伯族人群和古代鲜卑人遗骨的DNA对比，得出科学结论，

| 嘎仙洞 |

让如今锡伯族同胞对民族源流有了更多的文化自信。

锡伯族有骁勇善战的传统，这应当与遗传古鲜卑人的基因有关。历史上鲜卑人建立的政权，大多凭借征伐，而每个政权又都注重整饬军旅。“锡伯”以一个民族之名见于史料，也是因为一场战争。《满洲实录》记载，明万历二十一年（1593），锡伯和叶赫、哈达、乌喇、辉发等八个部落与蒙古科尔沁部组成九部联军，共同抗击努尔哈赤率领的建州女真军队，结果被努尔哈赤击败。努尔哈赤认为，为了进一步巩固今后在东北的统治，必须将这些善于战斗的东北各部落全部征服。到后金天聪三年（1629），蒙古科尔沁部正式归顺后金政权，此时的锡伯部被编入科尔沁蒙古十旗，也随之纳入了后金暨后来的大清政权管辖范围。但由于是附属于蒙古科尔沁部管理，锡伯人一般只能担任参领、佐领、骁骑校等中下级军职，这种状况一直到康熙年间才有所改变。

康熙三十年（1691），康熙帝下旨将蒙古科尔沁十旗属下的锡伯人改编入满洲八旗，分归黑龙江将军和吉林将军管理，使之置于朝廷的直接管辖之下，这在锡伯族历史上是一个有重大影响的事件。当时，脱离蒙古科尔沁十旗管辖的锡伯人被编为 74 牛录，其中驻齐齐哈尔城 24 牛录，驻伯都讷城（今吉林省松原市）30 牛录，驻乌拉吉林城（今吉林省吉林市）20 牛录，这 74 牛录的锡伯武装力量的任务是：驻防城池、坐卡巡边、保护台站、防范盗贼，家属则开垦种田，以备供养锡伯兵丁和交纳官粮。按照八旗军队编制，300 人左右为一牛录，相当于今天的一个营，这就意味着，康熙帝将绝大部分锡伯人编成八旗军的 74 个“营”用以戍守边关。

其实有一段历史背景至今鲜为人知。康熙帝之所以急切地改编锡伯兵丁加入八旗军中，与当时沙俄侵扰带来的国防压力有很大关系。尽管在雅克萨之战后清政权与沙俄签订了《尼布楚条约》，但沙俄仍支持和怂恿厄鲁特蒙古准噶尔部首领噶尔丹等势力妄图与清政权为敌。康熙在迎击噶尔丹的同时加强了东北防务，并准许黑龙江将军萨布素在齐齐哈尔等松花江、嫩江流域择选战略要地增加驻军。此时由于全国驻防需要，东北的兵源严重不足，而清朝的军事制度又不允许中原和南方籍士兵整建制调戍黑龙江，几经考虑之后，康熙帝把目光投向了锡伯部，让锡伯民族开始了戍守边疆的历程。

我的好友吴世旭博士任教于沈阳师范大学社会学院，他曾著有《锡伯族西迁》，对锡伯族历史文化有一定的深入研究。在探讨锡伯族历史时，吴教授对我说："锡伯族编入满洲八旗后，进入了一个经济、社会与文化发生重大改变的过渡期，农耕在经济生活中的比重快速增加，在齐齐哈尔等三城各自相对集中地居住。由于成为满洲民族整体的一部分，锡伯人开始熟练使用满文，今天的锡伯语和锡伯文字与满语、满文十分相似，原因就在于此。"作为满族人的我对吴教授的观点很是认同，对于在现实中濒临消失的满语和绝少使用的满文来说，锡伯语言和文字堪称满语、满文的"活化石"。我曾身临新疆察布查尔锡伯自治县新华书店中实地翻阅了一些锡伯文书籍，切实感受到锡伯文和满文的高度相似。

| 锡伯族弓箭 刘卓摄 |

锡伯人定居齐齐哈尔等三城仅仅九年之后，又由于这个民族的勇武品质而受到朝廷的高度关注。这并非我们为了拔高锡伯人的臆测，而是有当时的《黑龙江将军衙门满文档案》内容为证。康熙帝第三次东巡盛京时，在检阅东北

驻防八旗兵时对官兵的表现十分不满，感慨“盛京官兵，不知法度，不象围猎之兵……风气极坏”。康熙帝认为，盛京一带的驻防八旗军已经是军纪涣散、衰败不堪，这显然会危及东北的防务安全。于是，康熙在对部分满洲军官停俸、治罪的同时，对锡伯官兵却寄予厚望，决定“伯都讷所有锡伯人等，著迁至盛京，免除盛京八旗兵内懦弱之辈、家奴披甲，由锡伯人内选其身强力壮者披甲”。当时康熙帝还下令齐齐哈尔城的锡伯人迁至归化城（今齐齐哈尔），乌拉城的锡伯人“来京师当差”，连京城都让锡伯人戍卫，足见康熙对锡伯官兵的认可程度。

就这样，在一声声高喊“谢主隆恩”的接旨场面发生后，锡伯人开始举家南迁，从此远离了松花江、嫩江流域。值得一提的是，康熙帝后来根据实际情况改变了主意，以“锡伯人口甚众，若迁至归化城，归化城之米不足”为由，重新下旨令齐齐哈尔城的锡伯人也南迁至盛京将军辖区。锡伯人南迁盛京历经两年多时间，除迁往京师的原驻吉林乌拉城的 20 牛录锡伯人外，其余 54 牛录锡伯官兵和随军家属分三批全部迁至盛京。据专家学者考证，南迁时的 74 牛录锡伯人总数为 66637 人，南迁至盛京将军辖区的锡伯人总数超过 4 万人，其中有十分之一是披甲从军的锡伯官兵，他们除驻守在盛京城内及城郊外，还驻防盛京将军辖区内的开原、铁岭、抚顺、兴京、辽阳、牛庄、盖州、熊岳、复州、金州、岫岩、凤凰城、广宁、锦州、宁远、义州、巨流河、小凌河、白旗堡、小黑山、闾阳驿、中前所、中后所等二十三城。这次分遣锡伯族官兵，改变了先前锡伯民族长期聚居的局面，也促使今天辽宁很多城市都有锡伯族人口。在我的人生历程中，曾经因为工作关系接触过多位锡伯族人士，给我的直观感觉是，他们豪爽、大气，性格直率，重感情，还有就是对自己的民族充满敬畏之情。这也难怪，从这段史实不难看出，锡伯人正是因为渗透出鲜明的骑射传统和勇毅精神，才受到中央政府的重视。锡伯人的迁徙演变史，与尚武、从军有着密不可分的关联！

锡伯人南迁盛京六十余年后，又一个舍家报国的机遇垂青于这个英勇无畏的民族。南下披甲效力的锡伯官兵，到乾隆年间已经颇受重用，有的锡伯军官“委用至副都统、总管、一等侍卫”，甚至有官居二品者。乾隆帝评价锡伯人“于一切差使均极奋勉”。南迁之后，广大锡伯人一边镇守地方，一边勤于农耕，生产方式和生活方式已经发生很多改变。但由于驻防的锡伯官兵给外界的印象是“未甚弃旧习，技艺尚可”，意即骑马射箭等“技艺”仍十分擅长，因此进入了时任新疆将军明瑞的视野。当时清廷已经彻底平定了准噶尔叛乱和大小和卓叛乱，确立了对新疆的稳固统治。乾隆帝很重视对新疆的防守和治理，设立伊犁将军管理新疆的驻军、屯田、财政等事务，并选派富察皇后侄子明瑞为首任伊犁将军。明瑞到职后，用了半年多的时间进行详细勘察，于乾隆二十八年（1763）十月上书乾隆帝，就筑城、设卡与移驻官兵等事宜提出了自己的构想。明瑞的这份奏书如今完好保存在中国第一历史档案馆内，虽所议之事甚多，看来是对其皇帝姑父知无不言，但驻防是其中最重要的主题。在明瑞看来，保卫边界是治理新疆的重中之重，不管是筑城、设卡伦（哨所）还是遣兵、巡查都是围绕着边界的保护而展开的，因此必须选派忠勇可靠的官兵前来戍边。明瑞在奏书中直言：“闻得盛京驻兵共一万六七千名，其中有锡伯兵四五千名，伊等未甚弃旧习，狩猎为生，技艺尚可。”建议乾隆帝批准“于此项锡伯兵内，拣其优良者一同派来”。无疑，锡伯人西迁戍边的动议最初出自明瑞将军。

考察明瑞将军的生平履历，自幼贵为国戚的他应该是没有来过盛京，作为乾隆皇帝的亲妻侄，重臣傅恒的亲侄，明瑞地位显赫，在平定准噶尔和回部的战斗中多有战功，因此一路升迁，出任伊犁将军前就被授以领侍卫内大臣这个正一品职位。由此可见，明瑞奏议中的请求，乾隆帝基本不会反对。就这样，一部分盛京地区的锡伯官兵开始准备踏上奉旨西迁戍边之路。只不过，未来过盛京实地考察的明瑞在奏书中有一处明显谬误，那就是锡伯人在南迁盛京后，已经不再“狩猎为生”，而是以农耕为主，当时盛京的自然环境也不再允许锡伯人狩猎，但锡伯人普遍保留骑马、射箭等“技艺”确是情况属实。

在经过军机处复议、乾隆帝恩准、兵部和盛京将军筹办等一系列程序后，西迁戍边的锡伯兵丁遴选事宜提上了日程。按照最初的计划，从盛京城抽调官兵 407 名，此外从盛京将军辖区的凤凰城、辽阳、开原、牛庄、广宁、熊岳、复州、岫岩、金州、盖州、锦州、兴京、抚顺等城抽调官兵 613 名，共计 1020 名官兵，分两队启程。在农历四月十八日盛京太平寺锡伯家庙送行仪式前，第一队近半数官兵及随行家属已经在协领阿穆呼郎率领下于四月初十日从盛京城出发。为了勉励锡伯官兵西行并考虑到长途跋涉的艰险，朝廷下旨发给兵丁两个月盐菜银，每户发一顶帐篷、一口锅、一辆车、三头牛和两

| 西迁之路（局部） 刘卓摄 |

匹马。西迁的具体人数，按照史料记载，官兵共 1020 人，在册随军家属 3275 人，出发时尾随和途中追赶上队伍的“计划外”随军家属 405 人，西迁途中相继出生婴儿 350 余人，总人数在 5050 人以上，如果将途中逃亡和因罪处死、因伤病自然死亡等人数刨除，最后到达新疆的锡伯人亦有近五千之众，这在清朝历史上当属规模较大的少数民族人口集体迁徙行动了。

告别了扎根六十余年的盛京，锡伯人踏上西行的历程。遥远的伊犁河畔，对这些祖辈从大兴安岭、嫩江流域走出的锡伯人来说完全是陌生的天地。尽管如此，心怀为国舍身之志的锡伯人一路上克服重重困难，历时一年零三个月的长途行进到达伊犁。沿途，他们经受住暴雪、瘟疫、洪水和给养缺乏等诸多困难，以坚强的意志到达目的地。经专家学者考证，锡伯西迁的大体路线是：出彰武台边门，经克鲁克伦路和蒙古路，然后在外蒙古的乌里雅苏台停驻，再经科布多、阿勒坦额莫、沙喇乌苏、额敏、巴图鲁克等地，最后抵达伊犁，行程超过万里。单是这条突破艰难险阻的西迁路上，就凝结着锡伯人数不清的血泪记忆。这种“西迁精神”赋予了锡伯人乃至中华民族奋发有为、砥砺前行的动力。

数以千计的锡伯人就这样离开了盛京，沈阳这块土地成为这些西迁锡伯人及其后裔们无法抹去的印记。从此，锡伯族族胞大体上分居于东北和西北边陲，天各一方。就在我提笔撰写此文前不久，我意外收集到一则史料：在锡伯人告别盛京之际，适逢入清朝贡的朝鲜使臣金祖正客居盛京，在他的行程记录中记述道：“闻沈阳将有点兵送边之事，要到新疆极西之地，距北京一万多里。驻军集会西门外，亲戚送别，男女涕哭、惨不忍睹，俄而，三次炮响，哭声顿止。”这是锡伯人万里西迁的生动见证，足可印证锡伯族文化记忆中“四一八”家庙送行的感人场景绝非虚构，锡伯家庙太平寺距离盛京城外攘门（小西门）确是三里多，只不过，“三次炮响”这个说法着实不见于锡伯族保存下来的任何史料，更增强了这次别离的慷慨氛围……

锡伯从此向西迁（下）

2011年9月，生动再现锡伯族西迁壮举的6集文献纪录片《大西迁》在央视热播。酷爱研究清史和民族文化的我通过电视和网络完整看过这部纪录

| 锡伯族家庙 |

片已经不下五次，每看一次，总能泪流满面。一部取材于少数民族历史的纪录片之所以能如此感人飙泪，很大程度源于其总编导是颇有锡伯族情怀的央视资深编导、主持人焦建成。作为一名西迁锡伯人的后裔，拍摄一部反映自己民族历史的纪录片，是焦建成多年的夙愿。据说，为了再现锡伯人西迁战天斗地的情景，摄制组曾经在零下 30 摄氏度的雪原上坚持拍摄 3 个多小时。军旅出身的焦建成早在 1990 年就参与拍摄央视纪录片《望长城》，那时纪录片在国内还未得到充分推广，《望长城》摄制完成后曾经在央视反复播出，记得我最初观看此片时还在读初中，从那部片子里焦建成的讲述中，我生平第一次了解到锡伯族，第一次知晓锡伯人西迁的历史。后来年纪渐长，在没有电脑网络的年代，我又看过两遍纪录片《望长城》的重播，方知焦建成当年为了宣传锡伯西迁历史，特意将“长城两边是故乡”的拍摄场景延伸到自己祖辈生活的新疆察布查尔，这个与万里长城似乎相距较远的边陲小城。前几年，我在网络上再次观看了纪录片《望长城》中焦建成赴新疆察布查尔寻亲的视频，方才领悟到：当年锡伯人从盛京踏上西迁之路，屯垦戍边，行进之地经过长城外围的“塞外”之地，最终到达祖国的新疆边陲，这不正是象征着中华民族坚强不屈、众志成城精神的万里长城内涵的充分延伸吗？我由衷地为锡伯族出了焦建成这样的优秀电视人而点赞。

也正是从焦建成领衔主创的纪录片《大西迁》中，我读懂了锡伯人西迁新疆后的忠勇、坚毅、荣耀与乡愁。锡伯官兵抵达伊犁后，参赞大臣爱隆阿亲临察看，看到锡伯兵丁士气旺盛，他下令锡伯兵丁演习马、步箭，结果其中“谙练者很多，不谙练的稍加训练，也均可称为强兵”。此后，爱隆阿担负起亲自操练锡伯兵丁的重任。新疆的军政“一把手”明瑞将军更是为安置锡伯人亲自操劳，他发现锡伯官兵的家属以务农为主，必须给他们寻找一个既能耕种又能放牧的地方，才有助于他们安心驻守。为此，明瑞精心选定了伊犁河以南的一片广袤土地，那里临近水脉，适合务农，同时伊犁河在军事上不能据为天险，正好派骁勇能战的锡伯兵丁驻防沿岸，以便驻军兼屯垦。于是，西迁的锡伯人开始过上真正的定居生活，今天世上唯一的锡伯族自治县——新疆察布查尔锡伯自治县由此肇基。

那么，“察布查尔”的本意究竟为何呢？原来，当地本没有这个地名，是锡伯族民众赋予了这里美好的寓意，“察布查尔”竟然是锡伯语“粮仓”之意！足见已经习惯农耕生活的锡伯人对粮食丰收的热切期盼。

今天的新疆察布查尔锡伯自治县的“县情简介”里，称察布查尔是伊犁河谷一颗璀璨的明珠。而当你触摸锡伯开发边疆的历史就会感悟到，这个“明珠”不是天然具备的，而是经过勤劳勇敢的锡伯人民数代人的不懈努力，用汗水和智慧耕耘培育的。他们徙居到伊犁河南岸后，面对这里当时荒凉的景况，将一座大山命名为“察布查尔山”，祈愿山下能五谷丰登。有感于需要扩大耕地面积，但缺乏河水灌溉，遂决定“于察布查尔山口引水，自岸凿渠”，引伊犁河水垦荒种田。嘉庆七年（1802），锡伯营总管图伯特亲率锡伯军民，破土动工，采取边挖渠边引水种田的方法，经过七年的辛勤劳动，至嘉庆十三年（1808），终于挖成了一条深一丈、宽一丈一尺、长二百余里的大渠，图伯特亲自为之命名“察布查尔大渠”。要知道，在没有现代化机械设备的年月，完全凭借人工、在新疆的土质条件下能用短短七年时间挖掘出如此壮观的水渠，这其中凝结着锡伯人多少辛苦付出啊！据说，图伯特修渠需要动用戍边官兵，他的副手对此表示反对，甚至到伊犁将军松筠那里告状，图伯特最后以身家性命担保，保证工程七年完工，伊犁将军才同意

| 保持原貌的察布查尔大渠 |

并奏请朝廷批准了这个修渠计划。史载，图伯特在开凿水渠期间，经常是日夜不离工地，测量地势，画线引导，指挥施工，真可谓夙夜在公。察布查尔大渠建成之后，锡伯营很快就开垦了七万八千七百多亩耕地，原先在伊犁河岸边居住的几个锡伯牛录先后迁到大渠两岸，使大渠周边出现了村落相望、阡陌相连的景象，锡伯军民的生活得到了很大改善，大渠至今仍然在当地农业生产中发挥着重要作用。“察布查尔”这个在锡伯族民众心中蕴含生机与希望的名字，于 1954 年成为当地的县名。引水润田，功垂后世，在察布查尔锡伯自治县近二十万各族群众中，察布查尔大渠就是他们的生命之渠，是他们祖辈告别贫瘠、开垦荒地的力量之源。如今，在察布查尔大渠旁矗立着高大的图伯特塑像，附近还有图伯特纪念馆，在察布查尔锡伯族民众的心中，图伯特早已不仅是一名军官，而是他们安居乐业的引路人。

更为传奇的是，当伊犁将军松筠将图伯特主持修建察布查尔大渠的功绩奏报朝廷后，嘉庆帝赞赏有加，特意下旨令图伯特进京朝觐，并令画师在中南海紫光阁为图伯特画像，这是何等的荣耀啊！还不止如此，嘉庆皇帝在接见图伯特时，深感国家有这样一位戍边英才，遂龙颜大悦，准许图伯特请假专程前往盛京老家探亲。于是，嘉庆十四年（1809）的一天，图伯特带着全体戍守新疆的锡伯人对故土的思念之情，从京城出发，风尘仆仆赶回盛京，在锡伯西迁四十五年之后，首次有新疆的锡伯人重返故里，据说

| 图伯特雕像　刘卓摄 |

当时盛京城及城郊的锡伯民众们闻讯后夹道迎送图伯特，图伯特与故乡人共叙两地族人的离愁别绪和血脉亲情。离开盛京西迁那年，图伯特还是虚龄十岁的少年，如今已年逾五旬，真可谓少小离家，老大始归。我相信，图伯特此行回乡一定是百感交集、老泪纵横，是他的此次回归让盛京的锡伯民众知晓新疆的族胞们正安居兴业于祖国的西部边陲、伊犁河畔戍边兼屯垦，从而少了些许牵挂。

|“稻梦空间”水稻画 刘卓摄|

2023 年 6 月 24 日，纪念锡伯族民族英雄图伯特诞辰 268 周年专题座谈会在沈阳市沈北新区稻梦小镇城市书屋举行。据考证，图伯特的出生地位于今沈北新区辉山街道新岗社区。可以说，图伯特是生在沈阳的历史名人，是“辽疆一家亲”的一张文化名片。沈阳“稻梦空间”已经成为国家 4A 级旅游景区，这个以稻米文化为主题的景区发展壮大令我不禁想到，图伯特的家乡素有水稻种植传统，锡伯人于清朝康熙年间迁入后很快就熟练掌握了水稻栽培技术。

至今，沈阳锡伯族聚居的沈北新区产出的水稻仍远近闻名。那部深刻感染我的电视纪录片《大西迁》有这样一句推介词：“这些锡伯族人带着火种和稻种告别东北故土，辗转漠北草原，行程上万里……”我相信，图伯特和他的父辈们当年一定是携带着家乡泥土芬芳的水稻种子一路西行，并把这象征着生命的稻种播撒到伊犁河畔。现今，察布查尔锡伯自治县常年种植水稻 17 万多亩，2023 年更是创造了新疆水稻千亩方高产纪录——平均亩产 790.28 公斤。察布查尔地区水稻生长环境光热充足，无霜期长，出产的大米颗粒饱满、晶莹透亮，做出的米饭油光发亮、松散清爽，入口绵润筋道、爽口馨香，“察布查尔大米”远近闻名，早已获得全国农产品地理标志认证。“察布查尔大米”能有今天的美誉，奠基人就是包括图伯特在内的锡伯族西迁先辈们，而察布查尔水稻的真正源头就是远在万里之外的沈阳！

行文至此，我本想再饱含深情，写出一些新疆锡伯人近些年回沈阳寻根祭祖的感人故事，但我又觉得已经无须多述，因为当年西迁壮别的泪水早已化作辽疆合作的欢颜。我还是希望借本文提议，喜欢关注锡伯族历史文化的人们一定要在网络上搜索纪录片《大西迁》好好一看，里面有太多太多能让你热泪盈眶的情节。割舍不断的血脉亲情，把辽宁、新疆两地聚居的锡伯族同胞凝聚在一起。在锡伯西迁 192 年之后，曾在新疆担任过毛泽民同志秘书的何玉英转业后被分配到沈阳市第三十一中学任俄语教员，成为第一位从新疆回沈阳定居的锡伯族同胞。何玉英老人在她 101 岁时还对前来采访的人感慨地说：“锡伯族的历史本身就是一部壮丽的诗篇！”

作为一名有着浓厚锡伯情结的锡伯族知识分子，何玉英深感自己生长在一个大家族中，但在那个特殊的年月里家谱被烧毁掉，成为她终身憾事。何老曾说：“从来国不能没史，家不能没谱。”在她 94 岁那年，给散居在国外、国内各地的亲人们写信，她再一字一句地抄写整理，最终编写了一部近六代的家谱。其实，锡伯族有着深厚的祖宗观念、根源意识，几乎沈阳的每个锡伯族家族历史上都有翔实的家谱，正是这些保存至今的家谱帮助很多从新疆来沈寻根觅亲的锡伯族同胞找到了族亲，真正有了归属感。沈阳的锡伯族同胞还保存着祭祀“喜利妈妈”的特殊习俗，我曾经就此写过一篇名为《锡伯人最尊贵的绳索》的文章在杂志上发表。其实，“喜利妈妈”的实际面貌是一条两丈九尺长（约合 9.67 米）的麻绳，名为“天地绳”或“长命绳”，上面相间悬挂多种长约三寸的象征物，如嘎拉哈（猪、羊、狍等动物的后腿膝盖骨）的数量表示辈数；小弓箭代表男孩，寓意他长大后成为能骑善射的英雄；彩色布条表示女孩，希望她将来精通女红，成为贤妻良母；挂上一个小吊篮，代表娶进一个儿媳，盼望她早生贵子；吊篮旁边悬挂小靴小鞋，则说明这一代子孙众多，香火鼎盛；挂上木锨，记录着一年的风调雨顺、五谷丰登……“喜利妈妈”源于古代锡伯人结绳记事的方式，还是锡伯族没有文字时代的一种特殊“家谱”，每逢农历除夕，按照锡伯族习俗，家中德高望重的长辈带着儿孙开始每天敬祭“喜利妈妈”，直到二月初二。崇拜和祭祀“喜利妈妈”是锡伯人朴素的民间习俗，已被列入国家级非物质文化遗产项目。“喜

| 锡伯族家庭中的“喜利妈妈” |

利妈妈”在沈阳、新疆察布查尔等地的锡伯族民众心中就是保佑子孙繁衍和家宅平安的女神，看到“喜利妈妈”，仿佛锡伯人从远古穿越历史的烟尘向我们走来，又向充满希望的未来一路行进……

| 沈阳锡伯族群众的传统游戏“嘎拉哈” |

我写的这篇有关锡伯族“喜利妈妈”信俗的文章后来被“知网”收录，是我正式发表的第一篇有关锡伯族文化的文章，文中我充满激情地写道：“我钦佩锡伯人融入血脉的尚武之风，钦佩锡伯人顽强生存的民族性格，也感慨锡伯族传承不息的特色民俗。”也正是怀着浓厚的锡伯情结，带着实地感受锡伯族西迁后定居地今朝面貌的渴望，2017 年 8 月，我自费乘坐绿皮火车专程长途旅行前往新疆察布查尔采风，我在微信朋友圈里写道：“在察布查尔，我的眼里常常含有泪水，我回味着锡伯人西迁的血泪史，感慨锡伯族是一个坚强不屈的民族。”我的一位好友当时看到我发的文字和图片后立即给我打来电话，他激动得有点哽咽：“老兄，察布查尔的锡伯族同胞可算作咱东北人的后代啊！”我告诉他，察布查尔的锡伯后裔至今仍保留着射箭的传统习俗，这里经常举行射箭比赛，还走出了多位射箭项目全国冠军，“锡伯族射箭”早已列入国家级非物质文化遗产名录！

有太多太多的锡伯族同胞都深深眷恋着本民族。著名歌唱家关牧村出生在河南新乡，她的祖辈并不属于西迁的锡伯部众，但她有着浓厚的锡伯情结，一次在接受采访时，关牧村激动地说：“我虽然生在河南，但我的根在千里之外的辽宁，我的父亲关绍甄就出生在沈阳北郊的二台子村！”著名收藏家詹洪阁曾向我提供其夫人的家族前辈、沈阳籍英烈张占元的事迹。张占元从小继承先辈忠勇爱国精神，后矢志考入东北讲武堂，九一八事变后，身为东北军上尉连长的锡伯族军官张占元挺身抗日，身中三弹血洒沈阳近郊。热衷于锡伯族历史文化研究的离休干部那启明是新中国第一代喷气式战斗机飞行员，在抗美援朝战场上曾击落敌机三架，后成为空军部队正师职干部。据他统计，锡伯族已走出了武警部队原政委安兆庆上将等二十余位共和国将军和大校军官，他们传承着锡伯人血脉深处的勇敢无畏、坚韧不拔、忠诚祖国精神，在共和国史册上书写出当代锡伯人以身报国的新篇章！

回望康熙四十六年（1707），驻防盛京的一些锡伯人筹集白银六十两，在盛京城外攘门外三里多的地点择址兴建锡伯家庙并取名太平寺。当年从松花江、嫩江流域南迁盛京的锡伯人将祖宗牌位供奉寺中，祈佑锡伯后人平安吉祥。锡伯家庙对过就是皇太极赐建的藏传佛教寺院实胜寺即黄寺，足见当时盛京城满族统治者对锡伯族军民的重视。时光荏苒，这座承载着锡伯西迁始发记忆的寺庙在近代逐渐荒废，但它已成为改革开放后由新疆不断回沈阳寻根的锡伯民众的精神家园，2006 年被公布为全国重点文物保护单位。欣逢盛世，沈阳市投资数百万元，对锡伯家庙暨太平寺进行大规模修复，再现了往昔风采，重修和扩建后的家庙总面积达到 4000 多平方米，收藏锡伯族相关物件 2000 余件，常设“锡伯族文化”专题展览，让参观者能够近距离直观感受锡伯族历史和文化。两百多年来，太平寺陪伴着沈阳锡伯人迎接日落日升，见证过沈阳城的风雨沧桑，如今又成为沈阳“老北市”文旅圈的重要人文景点，也昭示出锡伯人“把根留住”的根源情怀。每逢农历四月十八日，远近周边的锡伯民众便会举家聚首在此，感怀历史，寄予乡愁，祈福未来，共度一个已经不仅只属于这个民族的“四一八怀亲节”，他们用这种别具特色的节俗告诉世人：锡伯由此向西迁！

落日陪都

清道光十七年（1837），盛京将军宝兴上奏朝廷称：“今则吸烟土，几遍天下。”当年秋天，清军在山东荣成俚岛海面查出商船所运烟土 13400 余两，经讯问，“欲往奉天售卖”。在鸦片战争爆发前的几年间，鸦片以“烟土”之名迅速扩散与蔓延于奉天一带，盛京将军辖域内的多处海口都成为鸦片船走私猖獗之地，盛京城内出现专门的烟馆、烟行，甚至茶馆、妓院也有鸦片售卖。短短几年间，盛京城的官场、商场、军队和广大市民阶层中吸食鸦片者剧增，鸦片吸食者意志消沉、萎靡不振，清王朝的陪都被烟云笼罩。连《清宣宗实录》都记载了盛京烟土泛滥的情形。

鸦片的大量输入，毒害着中国人的身心，让开设东印度公司的英国殖民者牟取暴利，危害了中国的社会经济，动摇着清政府的统治根基，更促使英国侵略者发动鸦片战争，用坚船利炮打开中国封闭的国门。

提起鸦片战争，人们从历史普及教育和影视剧中知晓的情节大多发生在东南沿海，如关天培虎门抗敌、清军攻陷广州城、三元里人民抗英等。盛京将军辖域看似距离广州很遥远，但在真实的历史中，侵华英军的舰船曾在鸦片战争期间闯入渤海湾，窥探大清王朝的“龙兴之地”。

1840 年 8 月，侵华英军总司令、海军少将乔治·懿律率窝拉疑号等三艘英国舰船闯入渤海湾，在辽东半岛等地窥探各处海口出入路径。英国军舰摩底士底号、布朗底号等几艘军舰在复州所辖的常兴岛（今长兴岛）、塔山以南洋面非法航行、抛锚和抢掠。摩底士底号舰长后来在其所写《英军在华作战》中甚至大言不惭地记述了英军侵扰辽东百姓的具体细节："20 日，抵达辽东海岸——我们希望得到大量的牛，因为我们看到一群一群的牛正在附近吃草……8 月 23 日……布朗底号的小船在该船的晚餐时间以后，在南边的一个岛上进行了一次最成功的抢劫。他们一共抢到 68 头，赶快载运，又以类似的方式得到了鸭和鸡。"读到此段史料时，我真是油然想到了当下流行的一首歌曲中所表达的善恶不分、美丑颠倒的内涵。

得知英军的嚣张行为，盛京将军耆英不敢怠慢，迅速上报朝廷。不得不说，"龙兴之地"遭到异国侵扰，道光皇帝确实是高度重视，于 8 月 30 日给耆英发谕旨，指示面对英军不可在海上交战，因"该夷之所长在船炮，至舍舟登陆，则一无所能，正不如偃旗息鼓，诱之登岸，奋击痛剿，使聚而歼旋，乃为上策"。看来，愚昧的清朝决策中枢认为英军以舰船优势前来进犯，一旦陆战，英军即可被聚而歼之。实际上，真正在英军登岸时，清军早已逃之夭夭了。尽管如此，耆英还是亲率官兵四百余人从盛京城出发，前往复州、金州一带察看防务，实地研究了布防方案，但此时的英军出于战略考虑已经离开渤海湾。耐人寻味的是，时隔两年之后，耆英这位清朝宗室以钦差大臣身份领衔和英国代表谈判后签订了中国近代史上第一个不平等条约——中英《南京条约》，而后又与英国签订中英《五口通商章程》。一向闭关锁国的大清王朝终于被侵略者轰开国门，而签订卖国条约的耆英永远把自己钉在了历史耻辱柱上，最终在他 72 岁那年被咸丰皇帝因赐自尽。

2012 年 9 月 25 日，中国第一艘航空母舰正式命名为辽宁号，此时距屈辱的《南京条约》签订整整过去170年。回首170年前，英军以47艘舰船、4000余士兵入侵中国，最终以中国割地赔款而结束第一次鸦片战争。回首往事，列强第一次从海上侵华即与辽宁有关，如今中国海军自立自强，中华崛起、民族复兴，辽宁亦勇挑重担！而辽宁，也是从近代饱含屈辱的历史风云中走出。

英国侵略者觊觎辽东沿海已久，渤海湾在第二次鸦片战争中也没有免遭兵燹。在1860年的第二次鸦片战争中，英国军舰从试探水势、侦探军情、骚扰百姓、劫掠粮食，到5月份出兵抢占大连湾，又把清朝“龙兴之地”狠狠蹂躏了一回。此次染指渤海湾的英军人数过万，更让人惊悚的是，英军竟一度宣布在大连湾建立“必克特里贝市”，大有要长期占领的势头。面对英军的肆意妄行，告急文书不断从辽东半岛发往盛京城，时任盛京将军玉明竟然仅从盛京城、辽阳、熊岳调动1000人入驻金州湾布防，且武器装备大大落后于英军。如若不是后来英国出于战略考虑在和清政府签订《北京条约》后将英军撤离渤海湾，一旦中英军队在辽东半岛真的开火，真不知道清军在交战中会出现多少笑柄。

尽管是列强入侵，盛京仍然保持着“龙兴之地”的“尊严”，毕竟这片土地是大清皇帝崛起之地，还生存着很多流淌着爱新觉罗家族血液的皇亲贵胄，比如那个签订丧权辱国条约的近代首位盛京将军爱新觉罗·耆英。鸦片战争之后，早已落后于时代的盛京驻防八旗制度仍然没有改变，继续“以城为纲”，即军兵驻防的城堡成为镇守各地的中心据点，盛京将军掌控的兵力较鸦片战争前又有增加，但这种防御体系在应对外来侵略时形同虚设，其弱点在后来的甲午中日战争陆战中暴露无遗。其他方面，如盛京五部制、旗民分治体系等都没有因两次鸦片战争冲击而变化。虽然盛京城依然是东北最大的中心城市，然而随着近代化浪潮的到来，特别是东南沿海开放港口后，这里的工商经济远逊于江浙沪宁，甚至落后于京津地区，贸易发展和广州等港口城市拉开了很大差距。真正的民族经济用今天的话语而言基本都是“中小微企业”，如在光绪元年（1875）于盛京城北关开业的兴隆园油坊，年产量不过 30 万斤，资本才 5000 元，就已经是当地榨油行业最先实施工厂化生产的“行业龙头”了；盛京城金融业的“领头羊”义泰长钱铺也地处大北关，其创办之初资本仅 4 万两白银而已，这在当时广州也就是一个小型钱铺的家底。不得不说，从城市经济角度来审视，盛京陪都已经大大落后了，甚至已经和历史上所有“陪都”的应有价值大相径庭。

国门打开后，陪都盛京再也未迎来一位皇帝。道光皇帝于道光九年（1829）第一次也是他最后一次到盛京谒陵，这是清朝入关后第十次也是最后一次皇帝东巡盛京，由于此时清王朝已处于江河日下之势，国内弊端丛生，道光皇帝东巡往返仅用了 66 天，而且不再行围狩猎，只能说是勉强应付装扮升平气象。这以后，由于国力衰败和身体羸弱，清朝最后的四位皇帝都没有东巡盛京，或许他们也意识到江山破败无颜见列祖列宗。近代以降，盛京城没能等到一位皇帝来寻根溯源，却在同治四年（1865）的冬日里迎来了浩浩荡荡的农民起义军，不能不说

| 道光帝画像 |

此乃大清陪都一个绝妙的讽刺。

随着鸦片战争后社会矛盾的激化，到同治年间，连“龙兴之地”都爆发了大规模农民起义：在吉林宽城子靠山屯聚众起义的贫苦农民马傻子本名马振隆，他响亮地喊出“杀恩合，坐盛京”的斗争口号，很快将队伍壮大到万余人，并袭击了清兴京永陵，杀死守陵官兵，夺获大量祭品，清军屡次试图剿灭都无济于事。马傻子作战灵活，率部不断在盛京城周边活动，打乱盛京将军恩合的部署。特别有意思的是，这年十月马傻子部在盛京城南二十五里处的汪大人屯（今沈抚示范区汪家街道）与清军作战时，有意安排500余人诈降清军，恩合竟然信以为真，还以此作为剿灭义军的重大战果。一个多月后，这些诈降清军的起义军官兵从盛京城内发出信号，称已做好内应准备。于是乎，马傻子亲率起义军马队兵临盛京城下。十二月七日，对大清陪都盛京来说是个很不一般的日子：盛京城内发生暴动，事先诈降被“招安”的起义军打开城内所有监狱，将其中的600多名囚徒全部释放并发给他们武器，紧接着，满街的起义军与越狱囚徒汇合起来杀向官府，一时间盛京城内火光冲天，一片混乱，盛京将军恩合带官兵们仓促迎战，惊慌失措，很多官吏绅商纷纷出逃。起义军与越狱囚徒放火烧毁了监狱和部分官署衙门后从天佑门（小南门）杀出，与城外接应的部队会合，然后乘势攻克并一度占领铁岭城。

此次农民起义军冲击陪都盛京一时间震动朝野，因为此前清政府已经拨巨资令盛京将军采办军火，招勇筹兵，加强戒备，没想到还是出现这种意想不到的后果。结果，上任仅四个月的恩合被革职问罪，清廷派内务府大臣文祥率兵出关统一指挥盛京地区各部清军进剿起义军。不久，起义军发生内讧，内部分裂导致势力减弱，于次年四月被剿灭，马振隆被清军杀害。据说文祥之所以如此愤恨马傻子部起义军，有很大程度是因为文祥本人就是盛京城南汪大人屯人，农民起义军攻占该地后将其家族财产收缴，引起文祥极度不满，故发誓要彻底绞杀起义军。文祥后来奉调回京转任吏部尚书、体仁阁大学士，他在盛京大东关的宅邸被时人称为“文中堂府”，其所在地被称为文中堂胡同沿用很多年，如今演变为文中堂街，文化内涵犹存。

马傻子起义虽然悲壮地失败了，但这是清朝建立政权以来首次有起义军“攻入”陪都并焚毁皇家祖陵。此后，清政府对盛京不得不实施一些缓和社会矛盾的举措。到光绪六年（1880），由于私垦荒地屡禁不止，基于增加税赋收入的预想，清政府公布东北放荒、免税、补助等法令，鼓励开垦关外荒地，此项政策极大激励了大量山东、直隶、山西等省民众“闯关东”，奉天府当年就新增外来人口 10 万多人。光绪元年（1875）到任的盛京将军崇实致力整顿吏制，请示朝廷进行官制改革，主张旗、民地方官员明确职责划分。经过这次改革，盛京地区州县官员一律改为满汉兼用，对一些不作为、民愤极大的官员进行了参劾裁汰。崇实的改革方案几次受到阻力而被清廷驳回，他屡次上奏，强调奉天“今非昔比，势随时迁”，为此争取了半年多终获朝廷批准。在加强军备方面，崇实重用回族将领左宝贵，令其统带奉天军队，禁止民间私买枪炮、弹药。历史上最早简称奉军的军队就是左宝贵督率的“奉”字练军。

1860 年《北京条约》签订后，营口（条约中为牛庄）于次年开埠，英国在此设立领事馆。接着，外国的商品在不平等条约的保护下直接进入东北地区，盛京城成为洋货大量冲击的目标。19 世纪末的盛京城里出现了很

左宝贵（1837—1894）

多外国的独资商行，如英国老晋隆洋行、瑞记洋行、太古洋行都在这里设有分号，或经营杂货机械，或经营其他贸易业务；美国的美孚、德孚洋行则以石油、杂货等为其主营商品；沙俄的秋林洋行主要以经销杂货为主。这样外来资本的输入，使盛京城的民族工业遭受了严重的打击，虽然官府也出台了一些繁荣工商的举措，但收效甚微。列强还向盛京城输入大量鸦片麻痹当地民众意志，城内中街及小北门、小西门等地烟馆林立。面对大清陪都的病态，左宝贵等有识之士忧心忡忡，为“保民济生”，左宝贵主持创办牛痘局，这是东北历史上第一家防疫机构，通过种牛痘预防民众遭天花病侵害，左宝贵还在盛京城创办了义学、赈灾粥厂、栖流留所、济良所、育婴堂等慈善机构，深得民心。

光绪二十年（1894）九月十五日，一代名将左宝贵率部在甲午战争中与日军作战壮烈殉国。临出征前，这位镇守奉天二十年的总兵嘱咐家人把八十四间私宅全部捐给慈善事业。左宝贵殉国后，盛京将军依克唐阿将其生前创建的各种慈善机构统归一处，合称为“奉天同善堂”，一直存在了半个多世纪。在动乱不堪的年代里，同善堂为社会稳定、疗民疾苦做出了一定贡献。

奉天同善堂“救生门”历史照片

辛亥革命后主政奉天省的张锡銮曾因悲悯左宝贵而写下：“大同江上中秋月，常照英雄白骨寒。”无疑，左宝贵挺起了晚清陪都盛京落日下的风骨，为残阳下的盛京城增添了一笔浓重。

从『满铁附属地』说开去

|20 世纪 20 年代的奉天驿火车站|

在一个冬日的寒风中，我陪同新华网、人民网等国内知名网络媒体的记者们来到沈阳站历史建筑前，向这些前来沈阳采访的年轻记者讲述这幢建筑的历史。由于沈阳站东广场是开放的，立即围拢了一大批旅客也来驻足聆听，于是我用手指向沈阳站周边，用着重语气强调说：“昔日沈阳站前就是日本控制的满铁附属地，这些棕红色外表的近代建筑，都是日本殖民统治的历史见证。”

“满铁附属地？”说起这个名词，即使是一些“老沈阳”也感到有些陌生。的确，日本投降后，随着那段血泪史的终结，饱受殖民侵略的沈阳人极力把那些屈辱记忆从脑海中洗刷，以至于当我们今天沉浸式地端详沈阳站前那些近代风貌的历史建筑时，甚至很多人都忘记了这些建筑承载的日本殖民统治印记。

说起“满铁附属地”，先得交代一下什么是“满铁”。这里说的“满铁”是指南满洲铁道株式会社，是日本侵略中国东北的重要工具，被称为“不穿军装的日本侵略军”。日本在日俄战争打败沙俄后，正式攫取了南满铁路的经营权，获得了很多侵略权益。1906 年 8 月日本政府批准成立南满洲铁道株式会社具体管理南满铁路事务，奉天“铁路用地”也随即改称“南满铁路附属地”，成立了所谓的“军政署”进行管理，还俨然称之为“新市区”。圈定附属地之后，日本还通过种种借口强行侵占民地，并在这里设立警察署和守备队驻军，经过几年间的发展，这里遍布日本建设的工厂、住宅、街路、商店、学校、邮局、宾馆、影院、剧场、医院、妓院、公园，可以说，日本把“满铁附属地”当成海外天堂，享受着殖民者的美梦。而这一切侵略罪恶，竟然还打着“满铁”企业的幌子，难怪时人称“满铁”为中国东北的“东印度公司”。有关“满铁”的本质，连“满铁”首任总裁后藤新平自己都说“是举王道之旗，行霸道之实”。

| 日本南满洲铁道株式会社奉天公所旧址 |

沈阳的“满铁附属地”，具体位于今沈阳市和平区的中部西侧及铁西兴工街以东地区，其实连日本人自己都承认，这里真正的“铁路用地”只占 20%，其余 80% 为商业和住宅区，后来还规划了工业区、公园用地和陆军用地。东洋式的城市规划和建设构成了所谓“满铁附属地”的基本格局，时至今日，在沈阳市和平区辖域内，你仍能发现很多当年留下的日式建筑。

"满铁附属地"内大街统称"通"，小街和巷称为"町"，这是仿效日本国内的市政制度。日本侵略者别有用心地把住宅区和商业区放在铁路以东，以今沈阳站所在位置为中心，开辟了"三通、三十八町、十一条"。"三通"是以火车站为原点向东敷设的放射形街道，分别为由车站东南行至今省委一带，称为"平安通"，今称民主路，即南一马路；由车站东行至今马路湾，初称沈阳大街，后改称具有日本特色的"千代田通"，今称中华路；由车站东北行至今新华社辽宁分社为主干道，初名"昭德大街"，后改称"浪速通"，今称中山路。而三十八町就是三十八条小街巷，著名的如"春日町"和"青叶町"，如今合称太原街；"富士町"和"加茂町"合称南京街。"满铁附属地"的行政司法也不受中国当局管辖，真可谓是日本在沈阳的"国中之国"。

这里不得不交代一下，沈阳站最初是由沙俄侵略者营建，趁着清政府腐朽没落，最早觊觎这片土地的外来侵略者也是沙俄。日本之所以得以猖狂殖民统治沈阳，与日俄战争俄军兵败有重要关联。我曾经看到一张历史照片：一名沙俄将军在盛京皇宫大政殿前颐指气使地检阅部下，气焰十分嚣张。这便是1900年沙俄侵略奉天城时的真实景象。吞并东北，是沙皇俄国"黄俄罗斯"计划的重要内容。甲午中日战争后，清政府派李鸿章出使沙俄，与沙俄签订《中俄密约》，沙俄由此获得了在东北筑路、开矿、设银行的特权，沙俄规划的东清铁路（即中东铁路）南满支线，甚至不顾清廷的反对，强行从盛京福陵和昭陵之间通过，将清廷标榜的满洲"龙脉"拦腰斩断。于是乎，在清光绪二十五年（1899），距离今天沈阳站北1.2公里的位置出现了一座俄式青砖平方房作为站舍的火车站，这就是沈阳最早的火车站，当时称为茅古甸站，就是满语"天眷盛京"的音译。据说，沙俄侵略者为了羞辱清政府，甚至"别出心裁"在站牌上写成"茅枯甸"，仿佛这里是一片荒凉枯萎的草甸子。

沙俄修建的茅古甸站早已在历史变迁中踪迹难寻。近年来有许多文物保护志愿者怀着寻踪老沈阳遗迹的执着，认为今天沈阳站东货场北道口一带就是当年的茅古甸站所在地，并拍摄了一些短视频发布到自媒体上。而当年沙俄侵略者拍摄的几张照片还能再现茅古甸站的大体面貌。在茅古甸站修建时，站前仍是一片荒野，十分简陋。沙俄侵略者将火车站前及周围大约一平方公里的地方划为“铁路用地”，站前逐渐出现俄式建筑的商业街区，这实际上就是后来的“南满铁路附属地”的最初雏形。沙俄在东北修铁路有一个习惯，即先建火车站，后修通并运营铁路线，这的确有悖常理，也反映出沙俄对东北的侵略迫不及待。1900年初夏，在铁路还没正式运营时，沙俄就在奉天城收购大批粮食、黄豆及土特产品准备运回国，于是，火车站竟然成了掠夺物资的存储库，也因此入驻了第一批沙俄军队39人。不久，义和团运动波及东北，修建铁路线的很多山东、直隶（河北）籍的民工，家里有人参加义和团，本身就饱受沙俄的欺骗和盘剥，于是，他们酝酿武装反抗沙俄侵略者，也带动了奉天当地的贫苦工农参加到斗争中。6月23日，奉天城的义和团以西塔延寿寺为“设坛”地，在破坏了沙俄修建的电报线路后，准备向茅古甸站发起攻击。当天深夜，俄军开始撤退，并放火烧毁车站。随后，奉天城及周边的义和团运动如火如荼。7月1日，义和团团民烧毁了俄国铁路公司、道胜银行、东正教堂，还挖断铁道，驱逐俄国人，他们对英国传教士开设的盛京施医院、小南关外的法国天主教堂也进行了焚烧。同情与支持义和团的清军副都统晋昌出于爱国义愤，亲率清兵数百

| 沙俄修建的茅古甸车站站舍 |

人携炮助阵，协力烧毁教堂。

此时，适逢清政府向列强宣战，沙俄以镇压暴乱、保护铁路为借口，调集了17万大军，编成5个军，于1900年7月下旬大举入侵东北地区，这是当时进攻京津八国联军数量的八倍。其中沙俄第五军经海路从旅顺登岸后一路北上，所到之处遭到民众英勇阻击。然而，正当广大民众以血肉之躯保卫家园的时候，软弱无能的清政府竟然谋求取得沙俄的所谓“谅解”，并与沙俄联合剿灭义和团。盛京将军增祺下令逮捕杀害了义和团首领刘喜禄、张海等人，同时致函各国驻营口领事和沙俄将军，要求停战求和。沙俄并不理会增祺的求和要求，继续加紧攻势。当沙俄军队打到奉天城附近时，贪生怕死的增祺竟然携带金银财宝和眷属逃之夭夭。9月30日傍晚，一支由300名哥萨克骑兵组成的先头部队首先进入奉天城。第二天，沙俄大部队陆续进城，俄军南路军总司令苏鲍季奇中将把自己的住处直接安排在盛京皇宫。俄军占领奉天城后进行了大肆洗劫，连城郊农民都纷纷逃离家园。

此次沙俄军队侵略东北，在奉天城内驻扎长达两年时间，逼迫盛京将军增祺签订《奉天交地暂且章程》和《交收东三省条约》，大清王朝蒙受了巨大的屈辱。仅就盛京皇宫的损失而言，据沈阳故宫博物院的相关资料记载：“在俄军占领期间，宫内丢失和损坏的藏品多达一万件以上。仅翔凤阁就缺失大小银锭八千个，共重六千两；各种金器、金锭、金条等总计达万两以上。东七间楼缺失各项瓷器共六千三百多件，西七间楼缺失书籍墨刻等项共五百四十多件。宫内供奉、尊藏的历朝帝后玉册、玉宝、《玉牒》、《实录》等亦有丢失。”这实在是一场浩劫。

然而，一波未平，一波又起。世纪之交的奉天城真是命运多舛。此次沙俄军队撤出奉天尚不到一年时间，又爆发了日俄战争，就是那场促使在日本仙台学医的鲁迅弃医从文的“两个强盗的战争”。面对日俄两个强盗争锋，被侵略者打怕了的清政府竟然宣布“局外中立”，允许两个强盗将辽东作为战场。日俄战争从 1904 年 2 月正式打响，5 月初战场从朝鲜蔓延到中国东北地区，甲午战争后气势汹汹的日军登陆貔子窝后，很快就切断了旅顺俄军与辽阳、奉天城俄军主力的联系。9 月初，日军占领辽阳。日军在乃木希典指挥下，对沙俄军队盘踞的旅顺口要塞发起了五个月的进攻，直至 1905 年 1 月攻占旅顺口。旅顺口失陷后，沙俄方面极力想挽回败局。沙皇尼古拉二世决定开展“奉天大会战”，与日军展开战略决战。而此时在军事上处于主动地位的日军，也企图利用已掌握制海权这一优势，在奉天围歼俄军，尽快取得战争的最后胜利。于是乎，奉天会战成为日俄战争开战以来规模最大的陆军大会战，日俄双方总计有一百万士兵投入了战斗，伤亡占总数的四分之一，投入火炮两千余门。战争在奉天城及其周边二百里的范围内展开，战火遍及沈阳四周农村和城镇，无数发炮弹、枪弹落在沈阳城周围，有的村庄被夷为平地，有的山头被炮火削平。“城镇乡村人民房屋财产无不波及损失”，侵略军所到之处，“抢掠奸淫，无恶不作，妇女因此丧命的不知多少”“奉天府、辽中等州县，竟至死亡山积，十室九空”。可见百姓之惨状。由于战争导致的建筑损毁更是不计其数，奉天城墙多处被日军炮火毁坏，南塔广慈寺因被俄军作为据点而被日军炮轰后烧毁，甚至连努尔哈赤福陵的贵妃园寝都被炸平，对清朝统治者来说真是奇耻大辱。不仅如此，此战连奉天周边的生态环境都被改变了，据目击此变化的英国人在《奉天三十年》中记述：“由于战争，大地上的景观也发生了很大的变化，最明显的是树木消失了。从前，每隔数百码就会看到的白杨、松柏和柳树丛。现在都不见了，举目四望，都是光秃秃的大地。”真是骇人听闻。

“百万大军会攻奉天”，其性质竟然是两支侵略军在中国的土地上互相撕咬而导致生灵涂炭，这实在是一段不堪回首的屈辱记忆。最终的结果是甲午战争后军力强盛的日军战胜了骄横的俄军，于 1905 年 3 月 10 日进占奉天城，俄军在城郊二台子向日军投降。

记得我读高中的时候，第一次从历史教科书中知道《朴茨茅斯条约》，当时我的历史老师语气凝重地强调了这个条约的历史教训："你们要记住，《朴茨茅斯条约》是中国人永远的痛！"这个条约就是日、俄在这场20世纪初战争后的媾和条约，其第五、六条规定："大连、旅顺的租界权和长春（宽城子）至旅顺口间的铁路及其所有支线以及该地区所属的一切权利、特权财产，所属煤矿等全部无偿地转让给日本。"这就是日本接收南满铁路的所谓"依据"。

还是把视角回到沈阳站前吧。沙俄军队在1900年侵占奉天城后，重建了被义和团攻击过的站房，新站房一字形五开间，青砖硬山双坡顶，虽然规模不是很大，但售票、候车、购物、调度、管理等功能一应俱全，车站附近开始出现很多沙俄居民住所，沙俄圈建的所谓"铁路用地"竟然被清政府同意合法化并称为沙俄殖民者的乐园。沙俄还修建了铁路大街（今胜利北街和市府大路的一部分）。1905年日军占领沈阳后，张开血口，强迫清政府签订了《中日会议东三省事宜》，重新划定了"南满铁路附属地"，甚至连原先沙俄修建的车站都觉得碍眼，于1910年建成奉天驿站即今天的沈阳站建筑，兼有日式和欧式建筑风格，反映出日本在一战前急于"脱亚入欧"的思想，至此，沙俄在奉天铁路沿线的印记荡然无存。

1905年日本侵占奉天城以前，奉天城常住日本人只有30多人，到1906年末增加到1645人，到一战后的1919年增至6192人，1931年达到22536人，1937年增至70061人。更恶毒的后果是，日本背信弃义地未遵守相关协约，悍然将临时的护路兵变更为在中国的永久驻军，而这点直至清朝灭亡也未取得清政府同意！1906年2月25日，奉天独立守备队成立，规模从最初的600多人不断扩大，并成为1919年组建的日本关东军的重要组成部分，九一八事变中充当侵华急先锋的就是日军独立守备队第二大队。好一个"守备"铁路的幌子，其实就是赤裸裸的武装侵略！

奉天开埠

说起“开埠”一词，今天的人们可能会觉得有些陌生。在历史普及教育中也很少提到这个词汇，它伴随着近代帝国主义对中国的殖民侵略色彩。

对于大多数近代开放的中国大中城市来说，“开埠”这两个字包含着屈辱印记。“开埠”其实就是指开辟为商埠，也可以理解成开辟给予列强特权的通商口岸或近代商业区域。其实从城市发展的角度来看，“开埠”对清朝末年的很多城市加速近代化以及同国际接轨颇有好处，这是需要后人直面的。

历史就是历史。奉天近代开埠事件影响深远，《沈阳城市史》作者、辽宁省社会科学院研究员张志强先生多年潜心研究奉天开埠，他认为，清末民初奉天自开商埠，建立商埠地，这个事件对于之后沈阳城市发展格局、走向的影响巨大，是沈阳城市发展史上的一个亮点。

当我们触摸沈阳这座城市发展史的时候，我们不仅要感叹燕国名将秦开筑候城的英武，回味努尔哈赤、皇太极两代经营帝都的开拓，也不应该回避近代那段“睁眼看世界”的开埠，更何况，奉天当时不是被列强条约所逼被迫开埠，而是清政府“自开商埠”，反映出当时执政当局对自强的追求。

晚清时期，清朝“龙兴之地”的东北面临内外交困的重重危机。这片沃土幅员辽阔、物产丰富，且地处远东战略要地，西方列强和沙俄、日本都想攫取这块肥肉。在经历甲午中日战争、庚子沙俄侵略和日俄战争三场战事后，奉天生灵涂炭、民不聊生，清政府统治岌岌可危。为挽救东北困局，清政府实施“东北新政”：对内改革官制、发展经济、振兴军事、兴办教育、传播文化，力图使东北强大起来；对外采取“以夷制夷”的均势外交政策，实施开埠通商，试图通过引入欧美势力来牵制日俄势力在东北的扩张。

好一个“以夷制夷”的“新政”，流露出一个没落帝国的多少无奈！但好在是清政府主动想开埠，可以少受一些列强施加的窝囊气。尽管如此，为了尽快“引进外商”，清政府还是就奉天开辟商埠地事宜同美国、日本订立条约。

奉天开埠一波三折。动议始于日俄战争前，但由于日俄争锋打了一年多，因此到 1905 年赵尔巽出任盛京将军后才重新将开埠一事提上议程，并成立了奉天开埠总局筹备相关事宜。由于办事人员效率低下，再加上列强的干扰，一直到 1907 年，奉天开埠总局才正式划定奉天省城商埠地的地界，并将开埠用地购置完毕。商埠地是位于奉天老城区与“满铁附属地”之间的空隙地，即地处奉天省城西郭外，最初划定在北孤家子和皇寺一带，即东自小西边门及边墙，西与“满铁附属地”相接，南从今市府大路，北到皇寺北面的铁路线。后来商埠地又向南孤家子扩展，一直到今天的十纬路，东到边墙即今天的北一经街，西与“满铁附属地”相接，总面积 1 万余亩。出于有序开发商埠地的考虑，奉天开埠总局将其规划分为正界、北正界、副界和预备界，由北向南按阶段分期开发。这颇有些可持续发展的意境。

自然，奉天商埠地划分的“正界”由于交通便利、地理条件优越而被率先开发建设，这可是商埠地的“黄金地段”，必然要优先发展。至于商埠地的“北正界”和“副界”则是张作霖成为东三省巡阅使后于 1919 年下

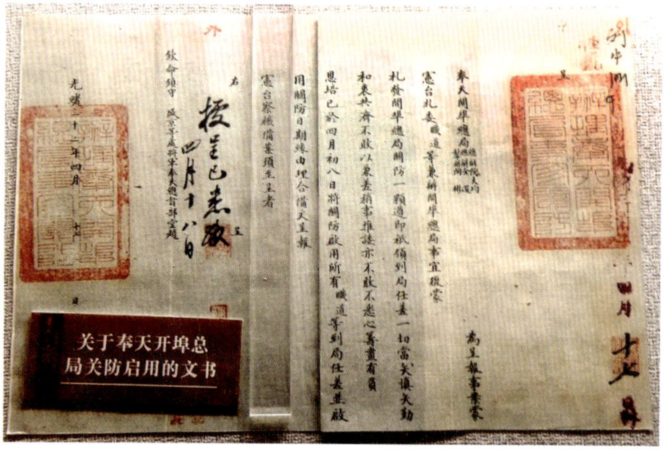

| 关于奉天开埠总局关防启用的文书 |

令建设南市场和北市场时才得以开发的。

奉天开埠时，全国很多沿海大中城市已经开辟为口岸，于是有了很多成型的经验可学。商埠土地出租方式分为年租和永租（永租以 40 年为限），地块按好坏划分为三等九级，允许中外商人在此租地建房和经商，通过减税、让利等优惠手段使之繁荣和发展。与一些被列强条约逼迫开放的通商口岸不同，奉天商埠地是官府自行开放城市部分土地并按近代城市发展要求进行规划建设。商埠地的主权归属中国，商埠地的大小和位置以及地内管理、警务、税收、土地出租和建筑活动等完全由中方确定。

沈阳城市史研究权威专家张志强认为，近代奉天开埠通商，是中国政府的主动作为，是有主权的自开商埠。“从城市发展的角度讲，它意味着沈阳这个城市开始眼睛向外，要进行和世界的商务交流了，这是一件大事情，也是一件好事情。”由于钻研沈阳地方史的缘故，我曾经请教过曲晓范、胡玉海、焦润明等很多史学界名家，他们皆认为，奉天开埠，开启了沈阳城市近代化进程。

曲晓范教授是东北师范大学历史学院博士生导师，也是我的硕士学位论文答辩老师，他曾经对清末奉天开埠进行过专题研究并发表了论文《奉天开埠与城市自主性近代化的启动》，在他的学术专著《近代东北城市的历史变迁》中，也有一些有关奉天开埠的论述。在他看来，奉天从一个封建色彩浓郁的传统城市演变成一个近代意义的城市，是以 1907 年 4 月奉天开埠为标志。

张志强研究员曾经这样形象论述奉天开埠前后的奉天城变化：“20 世纪初，奉天古城是一座用城墙围起来的城市，是清朝的陪都、掌管东北三省的盛京将军行署所在地，是一座由陵户、匠户、包衣、民户、佣工供养着满族贵族、各级官僚的典型的消费型城市，比较封闭保守，社会变革缓慢。随着东北新政的推行和奉天开埠通商，新的机器设备、时尚消费品和新兴文化涌入，商埠地作为新城区，许多近代化的城市元素率先在这里出现——发达的工商业、近代化的城市管理模式、与国际接轨的城市规划、日益完善的城市功能，引领着沈阳城市走向近代化蜕变。”

专家学者有他们的研究视角，作为普通老百姓，了解这段历史，更愿意在脑海中涌现出一幕幕“情景再现”——

遥想 20 世纪 20 年代，经过十几年的发展，奉天商埠地已经是“商埠云集，百货辐辏，列尾连云，渐臻繁盛”，此时的商埠地内道路整齐宽阔并留有人行道，路面多铺石子或柏油，路旁种植绿树、铺设花坛，安装有路灯。奉天商埠地市政设施齐全，统一供电，有警察局、卫生队、消防队、邮局、学校、花

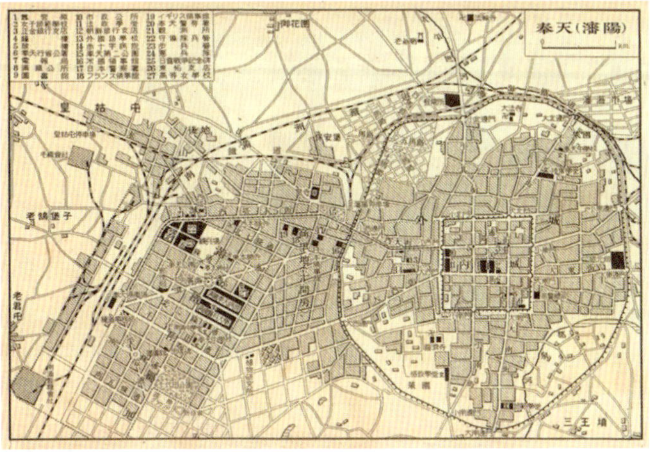

民国时期的奉天地图上标注有商埠地

| 德国驻奉天领事馆旧址 |

| 奉天省城商埠局正门 |

园等公用设施，其管理已具有近代水准。不少达官贵人纷纷到这里建公馆、别墅。受西风东渐的影响，人们的衣食住行也在改变，穿西装、喝咖啡、住洋房、坐电车、点电灯、逛公园开始流行。由于有许多外商来此设厂、开店，各国侨民陆续增多，美国、德国、法国、意大利等国领事馆相继迁入，汇丰银行、花旗银行、中法实业银行等许多外资银行也来此开设支行。美孚洋行、美资德士古洋行、英美烟草公司、俄资亚细亚石油公司、俄资老巴夺烟草公司、日资大安烟草公司等外国企业相继入驻奉天商埠地。凯宁饭店、六国会馆等餐饮住宿场所人员穿梭。当然，不少中国的民族资本也在奉天商埠地开办公司。

当我们听到取材老上海题材的歌曲《夜上海》时，

是否也会浮想联翩：当年的老奉天商埠地夜色下的笙歌繁华虽无法达到上海滩那般，却足以堪称在东北地区首屈一指。可以毫不夸张地说，奉天商埠地，引领东北新时尚！

随着商埠地的兴盛，沈阳古城向西扩展出一个面积不小的新城区，而这个新城区东与老城连成一片，没有明显的界线。当时你如果从奉天老城区走出，仿佛穿越时空，迅速融入新的近代都市的氛围。这个新城区从规划、设计到设施、服务，都是按照近代城市的理念实施的，并有奉天商埠局这样的专门机构管理。

或许是奉天商埠地的基因里就带有中国自强的意境，奉天由清政府自开商埠后，极大地刺激了当地近代民族工商业的发展。从清末到九一八事变前，中国民族资本家在商埠地创办了很多企业，比较有影响的有奉天纺纱厂、惠临火柴公司、兴奉铁工厂等工业企业，辽宁民生银行、奉天储蓄会等金融机构，以及北市、民生、中原、公和等百货商场。奉天纺纱厂、惠临火柴公司投产后迅速成为行业的翘楚，原先由洋行经营、垄断奉天市场的进口洋布、洋火，逐渐被物美价廉的国产棉布、火柴取代，这些民族企业生产的国产货去掉了这类商品上的“洋”字，不仅满足了当地民众自用，而且还可以行销国内并出口到海外。

商埠地推动了奉天的城市化进程，1923 年 8 月，奉天省城实行市制，称奉天市，成立相当于市政府的市政公所，曾有翼出任首任奉天市长。商埠地随之成为商埠地第六区。东北易帜后，1929 年 2 月，奉天市改称沈阳市。奉天建市，这是中国近代继广州之后第二个实行市制管理的城市，也是沈阳历史的一个重要节点，标志着沈阳实行了真正意义上的近代城市制度。

工厂化、市场化、国际化，奉天开埠给沈阳这座古城带来了巨大变化，加速了沈阳城市近代化进程。

暗夜中的策划

这段历史至今鲜为人知，主要缘于这是一次失败的推翻清王朝陪都统治的系列暴动。起事时，清王朝出于遮羞不愿扩大宣传，极力掩饰个中内幕。失利后，由于中国传统文化观念中的“成王败寇”思想影响，无论是当事人还是见证者，谁也不愿把这段历史当作英雄壮举过多提及，以至于很多鲜活的相关史实竟然被尘封了一百年。

然而尘封不等于泯灭。2011 年，在纪念辛亥革命 100 周年之际，辽宁省档案馆影印并公开出版了珍藏的辛亥革命相关档案，三大厚本，用第一手资料再现了辛亥革命在奉天的史实，其中很多文告、奏折、电文都是那段历史珍贵的见证。我和这套史料的影印本主编孙成德老馆长是忘年交，他告诉我：“当时影印这部分馆藏档案，就是要解密历史，还原历史的真相。”

爬梳这批档案，奉天辛亥志士的反清义举跃然眼前，您不但能近距离触摸这段历史，还能感受到那股勇于挑战、敢于斗争的英雄气。

1905 年 8 月，孙中山先生领导的中国同盟会在日本东京成立时，提出“驱除鞑虏，恢复中华，创立民国，平均地权”的政治纲领。奉天城是清朝的陪都，又是东北地区的中心城市，聚集着大量致力于救国救民的有识有为之士，他们普遍认为，中国的贫穷和软弱，不在于列强之强，而在于清政府之弱，为了挽救民族危亡，必须推翻清政府统治。

| 宋教仁（1882—1913）|

说起宋教仁，熟悉中国近代历史的读者都不会陌生。1907 年 4 月，受孙中山委派，宋教仁作为同盟会领导人专程来奉天传播民主革命思想、筹建同盟会组织，并大力发展武装力量，经过辛苦动员，建立了同盟会辽东支部。支部的主要骨干有奉天省实业学校教员、日本归国留学生徐镜心和清朝新军军官吴禄贞、蓝天蔚、张绍曾等，还有奉天营务处提调、后升任东三省总督府军事参赞的张榕。同盟会辽东支部发展的革命力量主要是教育界、联庄会和军界人士。值得一提的是，1908 年 4 月，同盟会机关报《民报》发表的《辽东义勇军檄文》是奉天革命党人强有力的呐喊声，其中列出清政府统治东北三省的十三条罪状，提出“创立民国”的口号，号召东北人民参加推翻清王朝的革命斗争。

此时的清王朝已经病入膏肓。这一年初冬，光绪皇帝和慈禧太后相隔一天离世，末代皇帝溥仪登上了历史舞台。这个腐朽没落的政权还幻想加强对关外的掌控，迎接他们的却是奉天城内的革命党人活动更加积极活跃。

翻查奉天辛亥革命的史料你会发现，对革命力量提及最多的称谓是“革命党人”而不是“同盟会会员”，就此，我曾经请教过我的恩师、辽宁大学历史学院胡玉海教授，他说：“由于当时的外部形势，同盟会在关外发展组织大多是秘密进行的，而且为了最大限度地团结支持者，有些参与策划革命的人士实际上都不是同盟会会员，所以统称为革命党人。”

谈及辛亥奉天“革命党人”，在当时最有影响者莫过于为革命献身的

| 张榕（1884—1912）|

张榕。张榕短暂的一生颇为传奇，这个甘作清王朝掘墓人的志士竟然是个八旗子弟，出生在一个富裕家庭，祖先是清昭陵守陵官，父亲曾任广宁府仓官，曾主管辽西田粮，晚年定居奉天城，家里拥有许多土地和商号。或许是为皇太极守陵有功，张榕祖先被“抬旗”为汉军镶黄旗，比同为汉军旗人的东三省末任总督赵尔巽在汉军旗中的地位还要略高，赵尔巽不过是汉军正蓝旗。之所以赘述这些，无非是想说明，这个祖辈饱“皇恩”的富庶人家子弟，按常理是不应该誓死投入到反清斗争中的。

然而命运却让张榕接触了民主革命思想。张榕 19 岁到北京就读于京师大学堂译学馆，修习俄语，在北京他结识了候补道黄中慧等朋友，在国家积贫积弱、备受列强欺凌的苦境中，张榕探索民主革命之路，认识到必须推翻腐朽的清王朝统治，国家才有希望。1904 年日俄战争让张榕的家乡饱受蹂躏，第二年，年仅 21 岁的张榕从京城回到兴京府（今辽宁省新宾满族自治县），同丁开璋等反清志士组织起关东独立自卫军，这应该是东北地区第一支正式组建的带有民主革命色彩的反清武装力量，组建时间甚至比同盟会成立还早。但史学界对这支武装的真实性质还存在争议，因为张榕当时利用自己的汉军旗人身份找到清政府兴京府官员，请求官府予以备案，作为一支类似团练的地方武装，结果被清廷严令解散队伍。张榕并没气馁，回到北京后他创办地下刊物宣传反清思想，其间他结识了光复会成员吴樾等志同道合的好友。

1905 年农历八月二十六日，张榕和吴樾干了一件“大事”。这一天，清政府派出的载泽、戴鸿慈、端方、绍英、徐世昌等五大臣动身起程出使外国考察政治，这便是中学历史课本中提到的“五大臣出洋考察事件”。然而，张榕和吴樾等革命青年暗中策划炸死五大臣，原因是他们反对清朝推行“新政”，这种走近乎立宪化的改良之路是张榕等致力于推翻皇权的革命派无法接受的。这天，清朝宗室载泽等五大臣在北京正阳门东车站登上列车后，吴樾怀揣炸弹化装成随行仆人登上专车，结果在点燃炸弹导火线的瞬间由于车厢震动，加上投掷仓促，炸弹被震落在车厢地板上引起爆炸，结果离炸弹最近的吴樾当场身亡，五大臣中至少有三人受轻伤，站在火车站进口处准备接应吴樾的张榕当时迅速撤离，但由于北洋大臣袁世凯下令严查严办，经过十天的稽查，张榕被逮捕押至天津，由袁世凯亲自审讯。史家评论：“这次刺杀义举是革命志士向清政府投出的第一枚炸弹，唤醒了昏睡的国人。”值得一提的是，参与策划这次暗杀的张榕在清政府的腐败环境下竟然被捕后免于一死，据说是家人层层贿赂，请大内总管太监李莲英说情，再之后，张榕被关押三年多以后，由于其姐姐花钱疏通了天津监狱的典狱长，使得其帮助张榕越狱前往日本。在日本东京，张榕见到了孙中山，并加入同盟会，还考入日本陆军士官学校，1910 年毕业后回到奉天担任清军军官。或许是末任东三省总督赵尔巽爱惜人才，或许是赵总督被张家富庶所“围猎”，对于这样一个曾经刺杀当权五大臣的

行刺五大臣地点北京正阳门东站旧照

越狱要犯，在“漂白”身份后竟然被调任东三省总督府军事参赞，直接到总督身边任职！可以说，奉天的革命党力量已经直接打入清朝东北当局的“心脏”，这怎能不催化奉天的辛亥革命形势？

而且，张榕回到奉天策划举义，绝不是无源之水。宣统皇帝即位后，奉天的革命变局已经蓄势待发。毕业于日本陆军士官学校的清朝新军军官张绍曾、蓝天蔚、吴禄贞号称“士官三杰”，他们都是张榕的校友，都在日本留学期间接触民主革命思想，此时都已经加入同盟会，最重要的是他们都担任着相当于师、旅长级别的军队主官，掌握着各自的武装力量，如张绍曾被清廷任命为新军第二十镇统制（师长）。在旧军队下级对上级通常都是要绝对服从的情势下，可想而知如果奉天武装起义成功会有多大的影响力。其中，担任新军第二混成协统领（相当于旅长）的蓝天蔚，所部七千余人就驻在后来由于九一八事变而举世闻名的奉天北大营，是奉天城最重要的军事力量，也是革命党人在奉天新军中传播反清民主革命思想的重要阵地。

| 张绍曾（1879—1928）|

奉天的革命党人原本是酝酿过武装起义的。驻在新民府（今沈阳新民市）的新军第二十镇军官中有很多革命党人，他们组建了新民武学研究会作为革命活动的组织，这个镇（师）的一个营管带（营长）就是后来赫赫有名的冯玉祥，他后来回忆：“我们所知道的，只是清廷的昏庸，政治的腐败与日本侵略的可恨……我们欲用现成的武力，以为推翻的工具。”他们当时有热情、有干劲，这个组织由最初成立时的 6 个人后来发展到百余人的规模。革命党人还在奉天清军中组织随营学堂，在军队中传播革命思想，发

动下层军官和士兵，甚至在赵尔巽创办的奉天讲武堂中公开宣传革命思想，发展革命力量。

那么问题来了：有这么好的基础，为何被孙中山、宋教仁寄予厚望的奉天辛亥反清武装起义最终没能真正发动起来，连奉天辛亥革命都从整体上被清廷镇压而失败了呢？这还得追溯到奉天辛亥革命“灵魂”人物张榕的战略思想。

不得不说，张榕在早年曾沉浸于暗杀清廷要员的流血式革命斗争中，这种推翻清廷的方式是后来陶成章为代表的光复会和主张武装斗争的同盟会的最大分歧。和张榕曾经并肩作战的反清志士吴樾不但深谙此道，而且还发起组织“北方暗杀团”，主张以“五步流血”的暗杀手段对抗清政府，还著有《暗杀时代》的小册子。而张榕在暗杀五大臣失败后经历了近三年的牢狱之灾后，特别是到日本结识孙中山以后，思想发生了一定变化，也决心回国执掌军权并适时发动武装起义。张榕回到奉天后能很快进入奉天清军核心部门任职，得益于立宪派官员吴景濂的举荐。吴景濂此时是奉天谘议局（省议会）议长，他主张以“不流血”的方式改革政治体制，张榕作为地主家庭出身的青年军官，有过战友吴樾暗杀失败的惨痛教训，加上总督赵尔巽着实对张榕很是器重，渐渐地，张榕对赵尔巽抱有的幻想与日俱增，也赞同吴景濂的“不流血”方式，但与吴的分歧是主张民主共和制政体而不是君主立宪。在张榕看来，赵尔巽虽然身为总督，但终究是可以争取的力量。

此时的奉天城，真可谓山雨欲来风满楼。

奉天1911：夭折的举义

1911年10月10日，这在中国历史上是一个值得纪念的日子，武昌起义一声炮响，长期蕴藏在亿万中国人民心中的推翻君主专制的革命热情像火山一样喷发而出。一时间全国各地纷纷响应，不到一个月的时间，全国就有十三个省区先后宣告独立，脱离清政府的统治。武昌起义胜利的消息传到奉天城，很快也引起震动，市民们预感到大清王朝的末日即将到来，纷纷拒绝使用清朝发行的货币。各商铺极力“收回银货”，民众纷纷持银币向银行挤兑现洋，新民府更是出现“银粮行情忽涨忽落，人心未能安稳”，市场秩序一片混乱。奉天官府为安抚人心，一方面封锁起义的消息，一方面不断以各种方式“辟谣”，但此时信息传播早已不像古代那样闭塞。为避免关外“龙兴之地”动荡不稳，清廷在武昌起义后第三天即向赵尔巽下达了密令，让赵尔巽在东北三省“严密侦防，免生事端，以顾大局”。正在黑龙江省巡察的赵尔巽遵旨立即从齐齐哈尔返回奉天城。

回到奉天的赵尔巽惊魂未定地在总督府连续召开各司、道头目会议，“磋商维持治安一切事宜”，另一方面，为了掌握形势的变化和摸清奉天革命党活动的情况，赵尔巽不断派出密探进行严查。10月17日，赵尔巽在总督

东三省总督府旧址

府召集驻奉天新军、巡防营的将领们开会。赵尔巽在会上痛哭流涕地说：“我们拿皇上的俸禄，吃皇上的饭，我们连骨头都是皇上的，朝廷的深恩厚泽，为臣子的不应一刻忘记。我们要鞠躬尽瘁，以死相报，这是我们军人的天职……”他主张以“保境安民”为出发点，以延续清政府在东北的统治。当夜，赵尔巽在总督府举行宴会，和将领们痛饮而散。赵尔巽还秘密会见了日本驻奉天总领事小池张造，请求日本方面帮助稳定奉天局势，然而狡猾的日本人觉得此时中国时局不定，胜败谁属很难预料，遂不愿涉足太深，甚至在北京的中国海关总税务司、英国人安格联也致函赵尔巽，希望他能识时务，顺着革命运动的潮流走。

武昌起义胜利的消息传到奉天，在奉天的同盟会骨干张榕、徐镜心、左雨农、陈干、商震等人群情振奋，聚集在一起开会商讨在奉天各地迅速举义。大家推举蓝天蔚为关外革命军“讨虏大都督”，张榕为奉天省都督兼总司令。按计划，同盟会会员顾人宜、祁秉寰、宁武等分赴奉天省各地筹建民军酝酿武装起义以配合省城的行动。他们还在奉天城“南满铁路附属地”设置秘密机关，开始了紧张的起义准备工作。

然而，考虑到日军在南满一带驻有军队过万，以张榕为首的革命党人又对赵尔巽存有幻想，遂又决定不采取武装暴动方式，约定进行“和平”夺权，即在11月中旬由蓝天蔚指挥所部新军第二混成协，以维持治安的名义把守主要衙署及军械局，迫使总督赵尔巽离开奉天，再成立奉天革命保安公会宣告奉天省独立，而后由吴景濂为首的省谘议局（议会）会同地方各团体议举蓝天蔚为大都督。而革命派和吴景濂交换的条件是推举吴景濂为奉天省民政长（省长）。不得不说，当时在南方宣布独立的省份中，的确有按这种模式操作的，以不流血的微小代价让全省脱离清王朝而“独立”。但是，奉天城革命党人和立宪派人士的这种妥协，直接断送了奉天辛亥革命的前程。

| 蓝天蔚（1878—1921）|

很快，张榕、蓝天蔚等人“和平举义”的计划被蓝天蔚部下营管带（营长）李鹤祥告密给赵尔巽。赵尔巽得到密报十分惊惧，深感形势紧迫，他立即找到奉天省谘议局副议长、保守派分子袁金铠商讨对策，赵尔巽表示自己想出走入关，袁金铠声泪俱下地劝说，并提议调回正在洮南府剿匪的奉天前路巡防营统领张作霖回奉天镇压革命力量。得到这个消息，张作霖喜出望外，认为这是一个能让自己更上层楼的天赐良机，于是当机立断亲率所辖的步骑兵七个营的全部人马，日夜兼程赶往奉天城。后来，因为镇压奉天辛亥革命受益的张作霖始终对袁金铠心存感激，给了袁金铠很高的待遇和丰厚赏赐。

赵尔巽看到张作霖带兵前来给自己解围，心中无比欣喜。11月11日晚，他们商定立即解除蓝天蔚的兵权，并电报在京的内阁总理大臣袁世凯批准，为了应付局面，稳住各界精英，久历宦海的“老狐狸”赵尔巽决定利用议会的力量。他拉拢省谘议局副议长袁金铠，准备在 12 日成立一个徒有其名的“奉天国民保安公会”。而对此，张榕、蓝天蔚等革命党人竟然毫无察觉，他们原本计划在 12 日通过省谘议局成立奉天革命保安会以便随时宣布独立。结果，赵尔巽以总督之威先入为主，在张作霖的武力护卫下，他们逼走了联合革命派的议长吴景濂，由副议长袁金铠主持，强行在谘议局成立奉天国民保安公会，并决定不发表独立宣言。会场上，议员中的革命党人也曾要求赵尔巽宣布独立，哪想张作霖走近讲台掏出手枪威吓说：“我张某身为军人，唯知服从，如有不轨举动，决以手枪对待。”在场的革命党人和支持拥护民主革命的人士被迫退场。就这样，张榕等革命党人酝酿成立的“革命保安会”被赵尔巽等忠于清廷的旧官僚所操持的“国民保安公会”所代替。

按照事先的计划，蓝天蔚所部七千余人于是日从北大营进入奉天城接管，以稳定秩序，但由于很多军官被赵尔巽方面收买，蓝天蔚等革命党人进入奉天城后许久也不见部队跟进。蓝天蔚心知有变，此时其参谋前来报告称北京来电撤销蓝天蔚协统职务，蓝天蔚才明白为何第二混成协已经不听他调动，只好离开奉天撤往上海。张榕等人苦心策划成立的保安会不但没有领导起奉天辛亥革命，反而被赵尔巽篡夺其领导权，成了镇压革命力量的工具。张榕等人试图通过“和平夺权”的手段实现奉天独立的幻梦至此破灭。

据说，张榕在识破赵尔巽的险恶用心后，利用自己仍是赵尔巽下属的身份，亲自面见赵尔巽并严词诘问，痛斥赵尔巽的做法实属虚伪。赵尔巽毕竟是老迈之躯，加上当时形势复杂，一开始并未决定除掉张榕。此后，张榕仍不气馁，在奉天城秘密成立“奉天联合急进会”，一改原先的“不流血革命”思想，开始坐镇指挥革命党人分赴庄河、宁远、辽阳、安东、凤凰城等地组织民军，发动武装起义。张榕认为，只有在奉天省各地举行武装起义，才能引诱省城的清军分赴各地“讨伐”，以造成省城兵力空虚，再乘虚控制省城。遗憾的是，革命党人当时在奉天省各地举行的武装起义，虽然有的一度攻占城市，有的炸毁铁路路轨，但由于清军已接到命令严密防守和镇压，最终都悲壮地失败了。

赵尔巽、袁金铠等守旧官员十分仇视张榕，但由于辛亥革命后的形势，特别是一度南北议和，所以才没有立即对张榕下毒手。到了 1912 年 1 月中旬，老谋深算的袁世凯觉得，必须对奉天的革命党魁首斩草除根，他密令赵尔巽采取屠杀行动。1912 年 1 月 23 日，张榕的生命走到了尽头。这天傍晚，他被“邀请”到奉天城大西关平康里“德义楼”赴宴，据说同席者有张作霖。酒过三巡后，张榕和张作霖一同步行，突然，埋伏在平康里胡同内的张作霖手下于文甲等枪手跃出截住张榕开枪射击，张榕身中数弹而亡，时年仅 29 岁，张作霖则在旁边冷笑。时人目睹道，张榕这位辛亥志士“露尸一昼夜，目未瞑也”。而后，奉天城全城戒严，开始大搜捕行动，革命党人宝琨、田亚赟和张榕的老师张振声等一百多名革命志士都惨遭捕杀。张振声被捕后怒骂不屈，后被杀害于万泉河畔暴尸。

奉天辛亥革命就这样在清廷顽固派制造的腥风血雨中落下帷幕，革命党人精心酝酿和准备的清朝“陪都”起义很遗憾没能成功。张作霖却从镇压革命中攫取了巨大的政治资本，获得了袁世凯等当权派的赏识。悲情英雄张榕死后二十余日，清帝退位，赵尔巽、张作霖又秉承袁世凯意愿，摇身一变为民国的高官，辛亥革命果实最终被袁世凯篡取。奉天城最终还是以兵未血刃的方式进入到北洋军阀统治时代。

这里需要特别提到两个人：那位和张榕颇有交情的吴景濂，原本是个主张君主立宪的奉天省议长，却被赵尔巽逼出奉天城被迫南下而加入革命派阵营，转而支持孙中山，经上海到南京后，作为唯一的东三省代表，吴景濂以 17 名各省代表之一的身份选举孙中山为中华民国临时大总统，此人后来四次出任民国议长，算是奉天辛亥革命参加者中后来成就较大者。

曾和张榕酝酿辛亥革命但在武昌起义前夕被调离奉天的新军第二十镇统制张绍曾，是冯玉祥的老长官，后来在北洋乱世中一度出任国务总理，试想如果他不是被清廷发现有异动倾向紧急调离奉天，说不定也会成为张作霖枪下之鬼。

奉天辛亥革命虽早已成往事，但还是锻炼和造就了一批近现代英才，他们在革命实践中得到历练，为后来投身民主革命积累了经验教训。参加奉天辛亥革命的宁武，通过参与组织义军，实现了由热血青年到职业革命者的转变，后成为张学良顾问、中国国民党党史委委员、东北“民革”组织负责人、辽宁省副省长和省政协副主席。1949 年 10 月 1 日，宁武作为第一届全国政协会议特邀代表参加了开国大典，见证了新中国的诞生，望着天安门前欢呼喜悦的民众，宁武百感交集，辛亥志士们流血牺牲所为之奋斗的重要梦想，不正是国家的独立自由和人民民主吗？ 1951 年，重回沈阳工作的宁武特意来到昔日的东三省总督府和奉天谘议局旧址参观，抚今追昔的他写下《辛亥革命后东北地区的革命活动》等回忆史料，以告慰那段值得铭记的历史。

| 宁武（1885—1975）|

老北市的精气神

一座城市都是在不断的历史变迁中经历无数次整合、演变而逐渐凝固，我们脚下看似平常的土地，其前世可能演绎过万千精彩。

在老沈阳的记忆里，奉系军阀统治时代兴起了一个远近闻名的闹市区，

| 沈阳北市场夜景 |

起初有一个十分朴素的名字叫“十间房”，后来称为北市场，但凡对沈阳的市井民情有所了解的人们，对“老北市”都不陌生。

20 世纪末我在沈阳读大学的时候，去到北站会经常路经北市场，在我的记忆中，那时的北市场一带还有着很多棚户区，再就是一些日伪时期历史建筑，已经没有了鼎盛时期的喧嚣热闹的烟火气。“老北市”曾经的辉煌已随着时代的变迁，淹没在城市的喧嚣中。此后的十几年间，经过对这块富有内涵的历史文化街区的复古改造，曾经的“老北市”一定程度地再现在世人面前。如今的“老北市”仍旧是富有地方特色的文化街区，在这里你能感受到近代风和现实感的完美融合，能饱览传承百余年的奉天皮影戏、大鼓书，品尝马家烧麦、李连贵熏肉大饼等各种地方特色美食，还能领略抚顺大官窑、辽宁非遗体验馆、辽宁老字号品鉴馆等各种历史文化艺术展馆，如果赶上节日前后的皇寺庙会那就更是热闹非凡。

2023 年五一假期的一个晚上，我独自徜徉在“老北市”之中，看着熙

| 沈阳老北市的繁华得以再现 |

熙攘攘的人流，特别是很多外地游客慕名至此，真是别有一番文化自信。时至今日，老北市的复古改造仍在继续，在近期规划中有恢复“老奉天”当铺一条街以及兴建古玩文化博物馆等设想。有一位民俗学者曾说：“重塑北市场，是一个庞大的民族文化工程。”的确，毕竟当年的老北市的市井喧嚣是在那个时代背景下催生的，在倡导文化旅游融合发展的今天，如何找回老北市的魂，寻觅老北市文化的根，这是十分必要的。

历史上，在沈阳北市场鼎盛时期，曾经与南京夫子庙、上海城隍庙、北京天桥、天津劝业场等齐名，是旧中国“十大闹市区”之一，当然也有说法称名列“四大闹市区”其中，总之就是热闹繁华名扬全国。

让我们一起来探寻老北市的缘起吧。应该说，这片土地开发利用较晚，到明代晚期这里还是一片荒原，荆棘丛生、沼池片片。沈阳成为帝都后，这里修建了西塔、皇寺（实胜寺），到康熙年间渐渐又修建了太平寺（锡伯家庙）、关帝庙、保灵寺和当时盛京城边最有名的酿酒坊永诚烧锅。有了庙宇、工场，渐渐才有了民房，最早在北市场的西南角有十间低矮的趴趴房，后来便被人们称为“十间房”。

“十间房”不像很多地名只存在模糊且缺乏佐证的传说，在老沈阳的地方志里曾有记载，“十间房”位于小西边门和皇寺之间的土道旁，最早有位王姓的木匠和马姓的瓦匠，他们从外地搬迁到这里，先是给西塔、皇寺、永诚烧锅扛活，后来他们从附近的窑地拣来砖头，盖了两间里生外熟的砖房安居下来。他们每天除了给人做工外，还在附近的一片荒地上铲除杂草，填平洼地，开辟菜园子种菜。其后，又从外地搬来几户人家，有姓齐的、姓白的，有的是木匠，有的是瓦匠，都是贫苦劳动者，他们有的当窑工烧砖，有的做小生意，渐渐地住着十来户人家，成了一个小堡子，因王姓人口多而得名王家堡，但毕竟老王家也不是什么地主大户，再加上“王家堡”这个地名重名的太多，故而外界称这里为“十间房”。

不得不说，“十间房”真正出名是源于日俄侵略。清朝末年，十间房还是邻近奉天城的一处贫民聚居区。清光绪二十四年（1898），沙俄政府强迫清政府修建东清铁路南满支线，强行在省城西部划出一块6平方公里的土地作为“铁路用地”，十间房因邻近这个所谓“铁路用地”也就是后来日本人所划“满铁附属地”，价值凸显。日俄战争以后，日本在十间房地区修筑了一条从火车站（今沈阳站）到小西边门的马路即今市府大路，由于这里交通便利，且靠近火车站，便有一些日本侨民来此开设水产店、杂货店、小餐馆。正是看到日本侵略者觊觎这片土地的苗头，1906年清政府宣布奉天开埠时，将十间房地区划入商埠地界，而由于此时当地工商业已经兴起，且邻近“满铁附属地”，所以日本人多次试图蚕食和侵占“十间房”，后来的奉天省当局多次与日本驻奉天总领事馆、满铁等往来交涉，历时二十余年，直至1931年九一八事变日本武装侵占沈阳。在1909年十间房一带大量土地被日本强租后，日本侵略者擅自在这里建造房屋，开设商店、妓院、电影院等，竟发展到日本商人所建饭馆、妓院等130多家，艺妓和娼妓600余人，日本人把这里称为“新欢乐境”。

到了1920年，奉系军阀为与日本势力竞争，在广义上十间房地区一片荒凉地带圈定了3.6平方公里的土地，给出政策，允许平坟辟地，修建茶社、剧场、妓馆。因当时沈阳的南市场已经形成规模，这里就规划为北市场。为发展民族工业，奉系军阀筹资450万元，在北市场西侧建成了官商合营的奉天纺纱厂，后又在北市场开办了老华北机械厂，而奉系军阀建造的奉天新站（后称辽宁总站，即沈阳老北站）也选址在北市场附近，意图就是与日本所建的奉天驿车站（今沈阳站）相抗衡。

北市场兴建后，迅速成为奉天城外人口聚集地，日、美、英、法、俄等国商人也在市场中开设商铺、洋行，也激发了民族工业入驻这一带，1922年，实业家张惠霖（张志良）有感于外国商品充斥市场，联合沈阳的一些富

| 民国时期的奉天北市场杂巴地 |

商合股集资奉票60万元，于北市场北部的皇寺后身创办了惠临火柴厂，很快就挤垮了占据沈阳市场多年的日资火柴厂并将其兼并，不久又挤倒了当时称霸世界的瑞典火柴厂，名噪一时。1923年，奉天省当局在北市场附近建立惠工工业区，工业区的街路中心就是至今仍用此名的惠工广场，其放射出六条街道，当年沈阳民族工业的代表肇新窑业公司就位于惠工工业区。

看到这里，你是否能感受北市场蕴含的民族自立自强的风骨？你是否改变了以往认为老奉天北市场充斥酒馆茶楼戏园子杂巴地的传统印象？我认为，与外来资本竞争角逐、振兴民族工商业、活跃市民文化生活这三点构成沈阳老北市真正的魂魄。

当然，市井繁华也是老北市不可或缺的主打，就像天津劝业场一样，资本聚集之地必然拉动消费。沈阳北市场经过十年建设发展，到1931年九一八事变前，已建成3座百货商场，8家丝房，5家金店，大小饭店120多家，3家浴池，大型理发店4家，照相馆4家，钟表店4家，药店17家，大旅店3家，小旅店10余家，成为老沈阳著名的商业区。除去购物，北市场还成为餐饮娱乐休闲的绝佳去处，剧场、戏园、饭店、赌场、当铺、烟馆、妓院、茶社、浴池、摔跤场、电影院……茶社不仅仅能喝茶，还有说书、变戏法、唱大鼓、说相声、二人转（当时通称蹦蹦戏）等文艺表演，很是热闹。

北市场在短短几年间声名鹊起，成为富有浓郁东北传统民俗文化特色的繁华商业区。我的好朋友、研究民俗学、社会学的沈阳师范大学吴世旭教授曾对我说：“像沈阳北市场这样在全无商业根脉的荒芜之地如此快速崛起并骤然繁华，堪称近代商业街区发展史上的奇迹。”

吴教授对我说，学界研究一个课题常用的语境有“以某某为中心”，研究沈阳老北市，如果以大观茶园为中心，便是一部大有文章可做的文化产业变迁史。1922 年建成的大观茶园实际上就是一个中型剧场，可容纳 800 多名观众，主要以说唱落子戏（即评剧前身）为主，当年国内的评剧名角几乎都来过大观茶园唱戏，大观茶园老员工张九后来回忆：“伪满时期名角李兰芳、金灵芝、筱桂花、刘红霞等都在大观茶园唱过，在大观茶园，我什么好角都见过。”张先生还回忆说，1932 年评剧名角李金顺在大观茶园演过《爱国娇》这部反对投敌卖国的戏，尺度之大让人不禁捏了一把汗。大观茶园一直延续到沈阳解放，后来发展成为辽宁青年剧场。如今在老北市景区内，“大观茶园”复生。除了大观茶园，北市场当年还有新新大戏院、共益舞台、中央大戏院等文艺演出场所，场内场外上演着一幕幕悲喜剧。京津一带的很多梨园名宿和戏曲演员都曾来此登台献艺，梅兰芳、马三立、侯宝林、杨小楼等名家，还有韩敬文、蔡少武等杂技演员在这里都曾引起过轰动，在北市场还举办过全国武

奉天北市场交易情景

术擂台赛，武术名家辛健侯、刘宝瑞等都曾在此登台比武打擂，真可谓你方唱罢我登台。

在那个年代，沈阳北市场聚集着大量冒险者、闯荡者、淘金者、逐梦者和享乐者。当然，除了登台的名角之外，还有大量“接地气”的三教九流、五行八作各色人等也聚在北市场这块并不庞大的地界，演绎着那个年代属于他们的故事。在北市场的杂巴地上，耍枪弄棒、耍猴、叫卖小吃、卖大碗茶、摆摊设赌、算命占卦、拉洋片、捏糖人、卖狗皮膏药、点痦子、镶牙拔牙，真可谓五花八门不一而足，活生生一个市井江湖。

由此，你真能管窥当年老奉天的鲜活。而实际上，在1923年奉天建市后，这里的商业繁华绝不仅仅局限于北市场，四平街（今中街）、南市场、小河沿、西顺城街……演绎着各自的闹市精彩。南市场往南不足百米就是著名的老奉天“八卦街”，沿街密集着商家、妓院、烟馆和各色各样的店铺。南市场的餐饮场所如鹿鸣春饭店、商埠大酒楼等都十分著名。

|《二子乘舟》演出照 常东提供|

2018年3月，京剧唐派经典剧目《二子乘舟》经过精心复排后在辽宁大剧院上演。《二子乘舟》是京剧大师唐韵笙于1935年创作，首演于沈阳北市场共益舞台，时隔八十三年后，唐派传人、沈阳京剧院著名武生演员常东在舞台上再现了当年唐先生的艺术魅力。在京剧

界素有“南麟北马关外唐”的雅称，沈阳京剧（唐派）已列入首批国家级非物质文化遗产保护名录项目。梅花奖得主常东先生和我同为一个民主党派成员，他曾对我说，“京剧唐派是沈阳戏曲艺术的瑰宝”，并和我讲起了唐韵笙老先生与北市场的一个真实故事。

那是在1932年，已经在国内京剧界享有盛誉的唐韵笙带领戏班回到祖籍地沈阳演出，由于戏班人员较多，分水、陆两路赶赴沈阳，结果走水路的成员在营口登陆后在海关遇到严查，日本人在戏箱子里发现了名为《扫除日害》的剧本，剧本上还留有“唐韵笙编剧”的字样，戏班人员随即被扣留。此时走陆路的唐韵笙已经抵达沈阳北市场并在共益舞台演出，剧院经理何玉莽得知营口方面传来的消息，深为唐先生的安全担忧，唐韵笙却毅然决然地说：“但凡有良心的中国人，哪有不恨日本鬼子的？不除日害，老百姓还能活吗？”当晚，唐韵笙照常住进北市场里不起眼的天成旅社，并从这天开始，满怀爱国义愤，在天成旅社客房内的简易木桌上写出了痛斥日本侵略者罪行的爱国京剧《闹朝扑犬》，成为唐韵笙编创的代表性剧目。1954年春节，唐韵笙率演出小组从上海来沈阳演出，在位于北市场的人民剧场演出《插翅虎雷横》等剧目，并慰问了当地驻军。此时，北京、上海、天津的国营剧团都盛情邀请唐先生去工作，唐韵笙最终审慎决定后却说，“沈阳是我多年活动的老基地，沈阳观众和我有深厚感情，我同意参加沈阳京剧团”，直到1971年终老沈城。

唐韵笙作出落户沈阳决定的那一刻，脑海中一定闪回出当年在北市场与日本侵略者斗智斗勇的那一幕幕。爱国、抗日、自强，撑起了沈阳老北市的精气神。

透过历史看易帜

1928 年 12 月 29 日，在距离新一年元旦还不到三天之际，奉天省会奉天城几乎是一夜之间降下北洋政府的红黄蓝白黑五色旗，升起了国民政府的青天白日旗。当天上午，奉天省政府礼堂举行易帜典礼，在南京国民政府特派的监誓委员方本仁恭读“总理遗嘱”后，已经被国民政府任命为东北边防军司令长官的张学良身穿深黄色中山服，带领奉、吉、黑、热等四省政府主席举右手恭诵誓词。欧美各国领事应邀出席典礼，唯日本领事故意未到场以示不满。

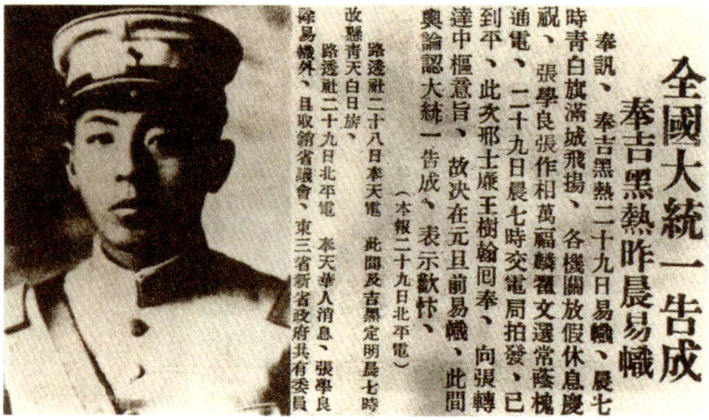
全國大統一告成
奉吉黑熱昨晨易幟
奉訊、奉吉黑熱二十九日易幟、晨七時青白旗滿城飛揚、各機關放假休息慶祝、張學良張作相萬福麟翟文選常蔭槐通電、二十九日晨七時交電局拍發、已到平、此次邢士廉王樹翰回奉、向張轉達中樞意旨、故决在元旦前易幟、此間輿論認大統一告成、表示歡忭、（本報二十九日北平電）
路透社二十八日奉天電　此間及吉黑定明晨七時改懸青天白日旗、
路透社二十九日北平電　奉天華人消息、張學良除易幟外、且取銷省議會、東三省新省政府共有委員

| 当时报纸对东北易帜的报道 |

仪式上，到场监誓的方本仁致词说：“今日实为革命成功、全国统一大可纪念之日。”张学良随后致答词并即席演讲。仪式结束后，张学良向

全国发布易帜通电，电文中称：“力谋统一，贯彻和平，已于即日起宣布，遵守三民主义，服从国民政府，改易旗帜。”

以上史实梗概，我们在中学历史课本中都学习过，只不过我这里描述得更具体些。还需要补充一个细节就是，这次易帜准备得比较充分，12 月 24 日张学良即密电奉天省长翟文选，电文中说明了改悬旗帜的样式和尺寸，相关制旗厂家无须加班加点也能在四五天时间里赶制出足够奉天省城悬挂的新旗帜，故而易帜当日，奉天城旗帜变换得非常迅疾，甚至出乎日本人预料的快速。

东北易帜，结束了清朝灭亡后的北洋政府十六年的统治，使得南京国民政府从形式上统一了全国，最大受益者无疑是掌控国民政府实权的蒋介石。从这点上看，张学良给足了蒋介石面子，成就了蒋介石统一全国之美名。蒋介石也没有食言，给予东北三省和热河省很大的特权，财权、人事权甚至兵权都任由张学良支配，甚至张学良以上将之身枪毙上将杨宇霆，蒋介石都毫不追究，仅当成东北军的内部事件，事后由东北军自己的军法机构补行了一个《判决书》而已。可以说，蒋介石赋予了张学良足够的权力，此后张学良开展的东北新建设各项举措，也不必请示中央。

有关东北易帜的背景和细节，相关史料纷繁。易帜的意义，学界也早有定论，这里都不再过多赘述。说起来，从 2001 年到张学良旧居陈列馆实习算起，

张学良旧居大青楼　王莉摄

我关注和研究张学良已有二十几个寒暑，也发表过有关东北易帜的学术论文，但时至今日，我发现仍有很多公众没有站在一定高度上去理解东北易帜，甚至有各种曲解的声音，加上坊间有些评书、影视作品的影响，杨宇霆阻挠东北易帜似乎已经“做实”。

史家的职责，在于最大限度地还原历史真相，并引导人们用正确的价值观客观地了解历史。历史没有假设，现今有很多媒介都在议论张学良当时不易帜会怎样，其实，在当时的形势下，张学良顺应历史潮流，不卖国，不媚日，不当傀儡，易帜是他的必然选择。关于这点，张学良晚年在口述历史的时候，自己已经做出了回答：“有人说我不易帜，自己独立的话，东北可能可以保下来，那我就变成日本的傀儡了。”虽然当时张学良拥兵三十余万，有着陆海空军兵种齐全的武装力量，武器装备在国内算比较先进且还拥有亚洲第一大兵工厂作后盾，但凭借东三省之力对抗中央，应该说还是很难做到的，除非彻底投靠日本人，被日本势力所操纵。有人可能会说，当时国民政府内部也并没有形成有效的核心，冯、阎、桂系等新军阀不断在挑战着蒋介石的权威，张学良完全可以偏安一隅，但应该看到，冯玉祥也好，阎锡山也罢，包括后崛起的李宗仁、白崇禧为首的新桂系，他们表面上都奉行中山先生理念，他们欲争夺的是谁来做国民政府的主宰而并非割地称王，也就是说，这种纷争是在认同统一的基础之上进行的，是大统一下的内部分裂，这与皇姑屯事件后半年多仍然举着北洋政府“五色旗”旗帜的东北三省有很大不同。张学良若不想成为受日本摆布的附庸，又无心无力去争夺国民政府领导权，那易帜自然成为他最佳的选择。应该说，国民政府给予张学良自主权，是在张学良拥护统一的前提下的，是不出卖国家权益、维护国家利益的自主权，这与受日本操纵摆布下东北以牺牲主权和国家利益为代价来换取的半独立式“自主权”内涵是完全不相同的，极有可能导致东北从中国版图中分裂出去或者以某种方式彻底成为日本的殖民地，毕竟日本觊觎东北已经数十年，从日俄战争后算起也已有二十几年，日本欲侵吞东北的狼子野心真可谓世人皆知，一点儿都没有隐晦。

我读大学的时候，有幸拜读恩师胡玉海教授的论文《张学良的国家统一观》。胡玉海教授认为，张学良生在军阀家庭，但不想当军阀，更反对军阀干政，他在其父生前就多次反对内战，劝张作霖尽快罢兵息争，促成国家统一。但对于一心想称雄全国的张作霖来说，这种规劝毫无意义。诚然，清朝灭亡后，国内军阀割据，各行其政，中央政府形同虚设，后来又形成南北两个政权，如果领土不能统一，就面临着被列强继续瓜分的现实，故张学良认为，只有实现国家统一，才能实现民族独立，他曾说："东北地处边陲，日本窥伺已久，如欲抵制外侮，必须国家统一。"同时，他还认为"只有国家统一，才有希望转弱为强"，统一告成后，"建设方兴"。东北易帜后，面对国民党内部争斗特别是新军阀混战，张学良也忧心忡忡，他曾公开通电劝告蒋介石和阎锡山和平息争，甚至公开呼吁全国各派军事力量，"愿我袍泽，务各开诚布公，拥护中央，以固国家之统一"。

写到这里，我不禁想起张学良晚年口述历史时所说的一句话："不是因为我父亲被日本人杀死才易帜，我主张国家统一和富强，父亲不死我也会这样做。"还是那句话，历史无法假设，如果张作霖不死，张学良虽然没有足够的权力来实施东北易帜这样大的举动，但他也会尽全力推动。以他的性格，甚至有可能会在某个时间节点用某种方式迫使其父归附中央，实现统一。

因此，从张学良从少年时代即形成的国家统一观来看，当他子承父业、主政东北后，为其实现国家统一的愿望提供了机遇，易帜也就成为必然。换言之，如果张学良不想彻底投靠日本，又不想执掌全国军政大权，那东北易帜在当时就顺理成章成为必然。如今当你遍览各种相关史料，会发现东北地方当局和南京国民政府围绕东北易帜的谈判，虽然"磨牙"了半年多，但大都是因为日本方面从中干扰破坏，以及考虑易帜后给予东北具体哪些特权的事宜，还有就是来自东北军少数老派将领的担忧，张学良这边基本没有什么犹豫，而且在这个过程中，张学良还联手北伐军白崇禧部一同摧毁了隶属奉系但军纪很坏的张宗昌、褚玉璞所率直鲁联军。张宗昌、褚玉璞在1927年曾和张作霖拜把为兄弟，也都是张作霖曾经信任的将领，他们并没有反叛张学良，只是在滦河一带拥兵自重，张学良认为有必要清除他们，也借此表明与国民政府合作的决心，就采取和北伐军东西夹击的方式逼直鲁联军缴械。再就是热河易帜，当时张学良统治区域不仅是东北三省，还有省会在承德的热河省，在张学良的要求下，热河省于7月19日先行易帜，按照原先与国民政府商定，东北三省计划于7月22日易帜，但此时日本方面强行阻挠，使得易帜一再延期，日本首相特使林权助甚至威胁张学良："而与暴乱的南方达成妥协之类情事，为维护我国既得权利，则将不得不采取必要的行动。"日本驻奉天总领事林久治郎则更加傲慢地喊叫："我就是不准你挂旗！"日军竟然还在奉天驿火车站陈兵示威。然而，张学良最终毅然冲破重重阻力，实现了东北易帜。因此说，如果站在国家统一的大历史观看待这段历史，更能彰显出东北易帜的意义。

东北易帜，使穷兵黩武扩张思想主导下的奉系军阀武装成为维护国家统一和领土完整的国民政府东北边防军，东北地区迎来了相对和平的环境，民族经济发展充满新的希望。

此举不仅有利于东北，也大大有利于国家。当然，如果说东北易帜加速了日本武装侵略东北的步伐，也并非没有道理。东北易帜后，张学良倡导下的"东北新建设"如火如荼，辽宁国民外交协会等反日团体陆续出现并频繁发动民众参加活动，类似"小河沿销烟"这样抵制日本势力渗透的行动在东北此起彼伏，东北民众拥护国家统一、反对日本殖民入侵的爱国热情空前高涨，一系列激怒日本的举动，必然导致日本方面想方设法寻找机会武装侵略东北。

1929年2月5日，奉天省改称辽宁省；4月2日，奉天市改称沈阳市。带有封建皇权印记的“奉天”地名暂时退出了历史舞台，直到九一八事变后第三天，日本侵略者将沈阳市复改为奉天市。伴随东北易帜出现的“东北新建设”给沈阳带来了新的生机，城市规模继续扩大，市政设施不断完善，金融业进一步发展，到九一八事变前，沈阳市人口已达56万，在当时的中国北方堪称是与平津相媲美的大都市。更让国人扬眉吐气感到自豪的是，是中国第一台载重汽车“民生”牌汽车于1931年6月在沈阳诞生。

中国第一辆“民生”牌汽车

就在本文即将收笔之际，凤凰卫视“凤凰大视野”栏目组来沈阳采访，我应邀在张学良旧居陈列馆内为他们讲张学良与杨宇霆的关联。栏目编导孙嘉问我，在很多文艺作品中都展现杨宇霆极力阻挠东北易帜，是否是历史事实？我回答说，确有张学良旧部回忆录为证，但要看到，这些回忆都是在几十年后所写，且杨宇霆在东北易帜后不到半个月就被处决，当时对外公布的杨宇霆重要“罪

杨宇霆（1885—1929）

证”之一就是阻挠易帜、反对统一，但其实这绝不是张学良枪毙杨宇霆的主要原因，毕竟杨宇霆在当时的东北军政界已经无法左右局势，更无法影响东北易帜的大局。对此，最好的例证就是张学良晚年打开话匣子口述历史时，回忆东北军的人和事时已基本毫无顾忌，即使在这种语境下，张学良也没有刻意强调当年杨宇霆阻挠易帜，只是提及杨宇霆对易帜有不同意见，而且并未将此归结到枪毙杨宇霆的直接动因中。况且当时反对易帜的东北军老派将领远非杨宇霆一人，他们有的是出于比较保守的心态，认为和南方合作会丧失东北的主动权，有的则认为蒋介石缺乏真正统一全国的能力，当然也有人觉得东北还应该结合自身地理位置继续“联省自治”式的半独立状态，张学良非常信任的“老把叔”张作相都曾经直言过：“我们吃高粱米的，哪能斗得过‘南蛮子’，最好离他们远远的。”如果说阻挠易帜，那张作相也堪入其列。况且张学良晚年也认同杨宇霆“无应杀之罪，有取死之道”，如果杨宇霆真对东北易帜产生极大的副作用，那岂不是“应杀之罪”坐得实实的了？

杨宇霆反对易帜，有其自身的看法和见解，他认为此举风险太大，莫不如继续与日本虚与周旋。从历史深处我发掘到杨宇霆当时所说的一段话：“到那时候，恐怕中央亦爱莫能助，届时恐不能出一兵一饷来支援东北，况且因此而引起中日全面战争，又绝非中国之福。”这是从战略角度所作的分析。而从其后事态的发展来看，杨宇霆的话并非荒谬，这也难怪张学良后来对枪毙杨宇霆产生悔意时叹息道：“如果杨邻葛还在，日本人或许不会发动九一八事变。”

历史就是这样，经常会在激流的漩涡中迫使当局者做出选择，而又往往通过几十年甚至更漫长的周期去沉淀，促使后人去解读、咀嚼和评说这种选择的功和过。

小河沿烈火

民族英雄林则徐“虎门销烟”震惊中外，捍卫了中华民族的尊严。1840年6月30日爆发了鸦片战争，中国近代史由此开端。

值得一提的是，在鸦片战争九十年以后，虎门销烟式的反毒壮举在沈阳再次上演，成为当时颇有影响力的事件。由于这次反毒品事件发生在日本侵略东北前夕，在日寇入侵后，关于这场“销烟”的很多证据被故意损毁，以致后来这场反毒反侵略壮举的史实多有湮没。好在近些年，通过历史学者们的努力，“小河沿焚烟”事件真相终究得以还原，真可谓爱国义举、可歌可泣！

日本军国主义在侵略东北的过程中，利用毒品是其侵略方式之一。日本在东北地区贩毒由来已久，最初只是秘密、分散、小范围内进行。日俄战争以后，日本取得了在东北地区的一些特权，实行了鸦片专卖制度，开始有计划有组织的贩毒活动，贩毒网也逐渐扩大。后来，由于中国政府开展第二次禁烟运动，鸦片专卖制度于1915年被迫取消。于是，日本侵略者另辟蹊径，特许中国人开设所谓慈善团体——宏济善堂，其下设的禁烟部实际上是日本关东都督府特别指定的鸦片专卖部门，负责鸦片输入，并把鸦片贩卖到南满及其他地区，当时日本在辽东半岛设置的关东都督府每年可从中获得的利润约400万—500万日元。

日本统治下的大连成为当时毒品贩运的集散地，满铁沈阳南站、十间房一带由很多日本浪人开设的大烟馆、吗啡馆，也是毒品走私比较猖獗的地方。1919年日本关东军司令部成立后，司令部第四课公然提出：要在中国大力发展鸦片资源，不仅要鼓动中国民众吸毒，而且要尽力使中国上层人物染上吸毒习惯，这样将来征服中国便轻而易举。在这种理念的驱使下，日本从朝鲜等地运进中国的毒品数量惊人，从1918年到1931年这十三年间，日本主导下的东北地区鸦片进口共达6210担。据统计，到九一八事变前，东北地区的吸毒者已有20万人，日本从中牟取暴利，增强经济实力，为发动侵华战争积蓄力量。图谋策划日本侵略东北的战争狂人土肥原贤二曾经说过他在东北的成功只依靠了三件武器：女人、大炮和鸦片。

清朝灭亡后，东北的统治者虽然倡导禁烟，但长期未采取切实有效的手段。奉系军阀集团的很多成员都有吸食毒品的习惯，张作霖的拜把兄弟汤玉麟以及阚朝玺等军阀甚至在热河大肆种植鸦片。张学良子承父业主政东北后，认识到毒品的危害及日本施行毒品侵略的歹毒用心。为了防止鸦片“戕身败家、弱种病国”，1928年12月5日，东三省保安总司令部发布禁止军人吸食鸦片的训令，限定到当年年底，主管官长具保戒除。为实施更为严格的禁烟举措，1928年12月，张学良提议召开东北三省禁烟会议，颁布了《暂行禁烟条例》，采取“严厉主义”禁烟办法，即实行禁种、禁运、禁吸、禁售，以达到清本塞源的目的。《条例》中特别提出：“破获私售烟土，无论其多寡，悉付当众焚毁，并加以严重惩处。”即便如此，由于当时贪官污吏更新，贩毒吸毒猖獗，又有一些军政要员撑腰，特别是日本商人与一些官员相勾结，仍大量贩烟以牟取暴利。因此，警方处理起来颇为棘手。有些贩运鸦片、烟土的罪犯手眼通天，警方刚发现线索，消息便有可能走漏，随之是赃物、证据被转移得无影无踪。

1929年春，张学良任命曾做过自己卫队团长的东北军少将旅长黄显声为辽宁省政府警务处处长兼沈阳市公安局局长。黄显声爱国正义，有胆有识，他决心惩办几个违令贩烟的典型人物，以表明警方禁烟的决心，以儆效尤。

在反日爱国形势的推动下，1929年6月至8月，沈阳相继成立了3个反日爱国群众团体，分别是辽宁省拒毒联合会、辽宁省国民外交协会和辽宁省国民常识促进会，这三个群众团体都进行过禁烟拒毒工作。其中，辽宁省拒毒联合会会长是毕业于英国爱丁堡大学的爱国进步人士阎宝航。阎宝航是辽宁海城人，是张学良早年还未开启军旅生涯时的好友，他联络进步人士车向忱、黄宇宙等发起成立辽宁省拒毒联合会，经常利用板报、标语、漫画、图片和组织宣传队等形式扩大宣传。一时间，沈阳市区及周边县城的大街和热闹场所都成为“拒毒会”宣传禁烟拒毒的阵地。一场以反侵略、拒毒、爱国图强为呼声的群众性拒毒运动席卷东北各地。阎宝航、车向忱等进步人士站在组织、宣传拒毒第一线，到处奔走呼吁，联络各界共同禁烟，得到了各界人士的广泛支持。

阎宝航等人十分重视对群众的拒毒宣传工作。他们编排了一批快板词在沈阳街头传唱，其中有“鸦片是杀人的毒品，吸食成瘾后，不论什么样的英雄好汉，都会变成废人。日本为了侵略中国，贩卖鸦片、吗啡、白面来毒害中国人民，使中国无可用之兵，大有亡国灭种的危险！”，还有一幕街头剧，描写的是一个日本浪人，从德国购进大批海洛因，然后通过中国

| 阎宝航（1895—1968）|

的劣绅、奸商来进行销售以牟取暴利，毒害良民。这些群众喜闻乐见的拒毒宣传载体起到一定的教育效果。经过张学良的同意，辽宁省拒毒联合会将5月9日作为“拒毒日”，又称“禁烟日”，6月14日至20日为拒毒运动周。这一切都使得禁烟拒毒有了群众基础。

身兼沈阳市公安局局长的黄显声和阎宝航十分熟悉，他对拒毒联合会的工作十分认可。当拒毒联合会侦知热河省主席汤玉麟有大宗鸦片烟土即将运经沈阳时，立即向沈阳市公安局报告，并要求警方出面查禁。事实上，汤玉麟不仅自身吸毒成瘾，还带头在热河大肆种植鸦片。黄显声不畏权势，决心从汤玉麟这个“太岁”头上动土。确认线索后，黄显声派沈阳市公安局公安督察长熊飞带人赶到火车站，把汤玉麟的烟土全部收缴。汤玉麟恼羞成怒，打电话给张学良，要张学良惩治黄显声，张学良一面好言相劝，一面晓之以焚烟强国的道理，令汤玉麟无话可说，不得不对黄显声的禁烟行动给予全力支持。

在收缴汤玉麟贩运的大批烟土后，以阎宝航为首的拒毒联合会十分振奋，他们积极配合警方继续打击贩毒者。此后，黄显声带领沈阳警方相继侦破多起重大贩毒案。其中在1929年11月，查获了由德国汉堡寄到沈阳的148包海洛因，收件人为日本商人饭沼。阎宝航与拒毒会骨干联合上书辽

| 奉天小河沿莲池旧照 |

宁省政府，要求公开焚毁这些毒品。省政府决定由拒毒会提出焚毁方案，阎宝航为销烟负责人，并由省政府监督核验。公开销烟的地点，确定为沈阳小河沿公共体育场。

第一次销烟行动的日期定在1930年3月10日。之所以选在这一天，是因为1840年林则徐在3月10日到达广州开始查禁鸦片。第二次销烟行动在1930年6月16日进行，当天在现场召开了群众销烟拒毒大会，当众公开销毁毒品。

当天，小河沿公共体育场热闹非凡，人群熙攘。在观察席上就座的有政府官员及拒毒联合会会长阎宝航、车向忱等共60余人，其中还包括德国、英国、奥地利、苏联等国驻沈领事和新闻记者。黄显声下令140名警察守卫在一个临时搭建的会场四周。会场一端搭起席棚，棚内安放一长桌作主席台；另一端设有政府官员和中外来宾的观察席。只见体育场正中央平行摆放四口大铁锅，周围堆着木柴、煤油。会场四周挂满了宣传禁毒的标语、漫画。从清晨开始，通往小河沿体育场的几条马路人山人海，锣鼓喧天。上午11时，几辆卡车满载收缴来的鸦片、烟土、海洛因等缓缓驶向会场，卡车前面是全副武装的警察，后面是近万名大、中院校学生和市民组成的浩浩荡荡的游行队伍，人们边走边高呼口号。

下午1时，销烟大会正式开始。大会主席、禁烟委员会委员、拒毒联合会会长阎宝航邀请中外官员、各报馆记者共同开封验包，经大家认定后，又分别从各包内取样封存，之后将200余包海洛因悉数倒入四口大铁锅内，浇上煤油，点燃木柴。顷刻间，烈焰冲天，整个天空烟雾弥漫。围观的万余名沈阳市民大多愤怒地举着拳头，高呼“打倒日本帝国主义！”“粉碎日本纵毒祸华！”“中国人不当亡国奴！”等爱国口号。

晚清以来，沈阳民众饱受毒品侵害，日本肆意输入毒品给中国人民带来极大伤害，如今终于一定程度得以雪耻，看着收缴的毒品在烈火中消失，销烟现场竟然有很多老年人当场流下热泪。

从 1930 年 3 月到 9 月，小河沿体育场先后三次公开销烟，其中第三次发生在 9 月 21 日，销毁了日本人山田文吾的鸦片烟土 400 两、海洛因 1 包。三次销毁的毒品价值当时价值百万元左右，极大地打击了日本对华毒品侵略的嚣张气焰。日本人对主持销烟的阎宝航恨之入骨，曾几次向他发出死亡警告，但阎宝航不为所动，继续坚持销烟，被老百姓赞誉为“东北的林则徐”。

小河沿位于沈阳老城东南，很早以前是浑河故道，后来浑河改道，这里被称为“小沈水”。如今，小河沿这个地名仍在，所泛指的范围就是今天万泉公园及周边区域。当然，小河沿如今也是这里一条长度约 3000 米的道路名称，因地得名的小河沿早市每天人群熙攘，充满着勃勃生机。岁月悠悠，虽然当年有过销烟壮举的小河沿公共体育场早已在城市变迁中不复存在，但“小河沿销烟”这一爱国反毒壮举永远铭记在史册上以昭示后人。

国耻剜心『九一八』

“高粱叶子青又青，九月十八来了日本兵。先占火药库，后占北大营，杀人放火真是凶！”这首当年脍炙人口的《“九一八”小调》，控诉了日本侵略者的凶残罪恶，浓缩着一段血泪浸透的历史。

| 九一八撞钟仪式 |

1931 年 9 月 18 日，正是东北大地高粱成熟的季节，磨刀霍霍的日军张开血口，向沈阳的东北军驻地北大营发起进攻。这一天是东北沦陷的开始，也揭开了中国人民十四年抗日战争的序幕。流离失所的东北父老，把对日本侵略者的恨、对故土家园的情，赋予到东北盛产的高粱之中，著名东北流亡青年李曼霖写出了文学史上闪烁着光芒的抗日救亡组诗《高粱叶》。那首著名的《松花江上》开篇即深情唱出："我的家在东北松花江上，那里有森林煤矿，还有那满山遍野的大豆高粱。"

2011 年 9 月，在沈阳举办的一场纪念九一八事变 80 周年国际学术研讨会开幕式前，会场一遍又一遍巡回播放哀婉悲愤的《松花江上》歌曲，应邀前来与会的各地学者无不动容，抗战中以身殉国的东北军将领卢广伟之孙、全国政协委员卢晓光当场几度哽咽，不断用湿巾擦拭泪水，泪光中，卢先生一定想起了为国尽忠的东北军前辈。

九一八事变的影响，早已穿越时空；"九一八"沦陷的血泪教训，可谓深入骨髓。不忘国耻方能奋发图强。这里不想再阐述过多的理论，作为一名多年从事抗战史研究的文史工作者，此时此刻，我有一种油然而生的责任感，希望能用简洁的语言来说明一下到底是谁在"不抵抗"以及对九一八事变，中国军警到底是否事先有所防备，让更多人得以触摸真实的 1931 年"九一八"历史。

1931 年 9 月 18 日上午，日军第二师团第三十三联队长村田来到沈阳城北郊的东北军驻地北大营，要求见驻军东北军第七旅旅长王以哲。恰好王以哲回沈阳城出席水灾赈灾会议未在营区，于是村田很嚣张地对旅参谋长赵镇藩说："这些天咱们之间多事，容易发生不友好、不信任的问题。如果一旦发生事故，希望不要扩大事态。"作为职业军官的赵镇藩毕业于东北讲武堂，自然清楚村田此番话的含义。此前由于万宝山事件、中村事件等日本挑衅事件发生，中日之间在东北地区确实关系有些紧张，沈阳的日军频频举行演习，甚至演练内容有如何攻取沈阳城、如果进攻北大营，这种以中心城区和军事设施为目标的演习，危险后果不言而喻。

王以哲是张学良的忠实部下，这位松花江畔长大的保定军校高才生，曾经在短短四年中由一名上尉连长被提升为中将师长，深得张学良的器重。东北军第七旅堪称东北军的王牌旅，其最初的前身可以追溯到张作霖的卫队旅，连附属部队加在一起当时有八千余人，军官中受过专业军事教育者超过百分之九十。张学良特意留这个旅镇守沈阳，拱卫东北军“大本营”，主要就是考虑到该旅人员精干，战斗力强，整体素质高，且武器装备堪称东北军中一流。第七旅旅训是王以哲亲自拟订的：“我民族受强邻之压迫，危在目前，凡我旅官士兵夫等，务本总理遗嘱及司令长官意旨，牺牲一切，努力工作，以互助之精神结成团体，共赴国难。”这段旅训颇有气势，确实很能激励士气。

| 王以哲（1896—1937）|

但问题是，军人以服从命令为天职。按照当时东北军的体制，纵使热血沸腾的王以哲旅长想率部奋起抗日，也必须接到东北边防军司令长官张学良的命令方能对日反击，而身兼全国陆海空军副总司令的张学良又强调要服从中央。而问题恰恰就在于，张学良也好，王以哲也罢，在当时都是一个相对“规矩”的将领，蒋介石在 8 月 16 日为解决中村事件的指示精神即“铣电”成了张学良的“紧箍咒”。由于这封“铣电”不见于保存下来的各种档案中，许多年来，一直有学者怀疑这份指示的真实性。“铣电”内容是：“无论日本军队此后如何在东北寻衅，我方应予不抵抗，力避冲突，

吾兄万勿逞一时之愤，置国家民族于不顾。”这封电报文字的出处是时任张学良副司令行营秘书处机要室主任洪钫在解放后写的回忆文章，由于洪先生原文中即提到该电文为“机密”件，因此原电文没有正式公开也并不让人意外。还有人认为张学良晚年口述历史时否认了铣电存在，我认为也不足以佐证史上无这份电文，原因一是在张学良晚年，大陆出版的一些文史作品中以讹传讹地称这份“铣电”是九一八事变前两天发出的，因为“铣”作为电报的记日方法，可以指每个月的16日，所以张学良否认的应当是在事变前两天收到过这样的电报。再有，20世纪八九十年代的文艺作品中甚至虚构称这份铣电原件保存在张学良夫人于凤至手中，还有刻画成张学良一直带在身上并于西安事变后军事法庭接受审讯时公开展示等情节，张学良对此也有所耳闻，所以当然会不理睬这种被平添太多内涵的所谓“铣电”。说回来，证实铣电存在还有一个旁证，即时任东北军第七旅旅长赵镇藩在回忆文章中称自己曾接到过张学良转来的蒋介石“铣电”，主要内容是“采取不抵抗政策，竭力退让，避免冲突，千万不要‘逞一时之愤，置国家民族于不顾，希转饬遵照执行’等语”。我曾经采访过赵镇藩之子，他向我出示了赵镇藩这篇文章的手写原稿，系写于20世纪60年代初期，当时赵镇藩在太原定居，和晚年身居沈阳的洪钫没有任何联系，两人并不存在互相“通气”，因此应该是根据各自的记忆在文章中记述了这封电文，为后人留下宝贵的历史资料。

实际上，除了这封“铣电”，九一八事变前，蒋介石还有一系列言论力主对日“不抵抗”，形成了“不抵抗政策”。这些政策深深影响了维护中央权威意识浓厚的张学良，这也就不难理解在事变前“山雨欲来风满楼”的东北形势中，张学良为何一再指示留驻东北的东北军“对日不抵抗”。客观上讲，到九一八事变发生当夜，已经无须蒋介石再下达新的不抵抗命令，此时的张学良在“不抵抗”政策上和蒋介石形成高度共识。正由于有这样的"不抵抗政策"影响张学良，才有了张学良在九一八事变之夜对东北军所下的"不抵抗命令"。故而，张学良晚年口述历史时多次讲到"九一八不抵抗的命令是我下的"当属事实，后人没必要非得为尊者讳去诠释称这是张学良主动揽过、代蒋背黑锅，应该说，九一八事变当夜的"不抵抗命令"是蒋介石"不抵抗政策"的具体化，是"不抵抗政策"在具体情境下的实施方式，政策在先，命令于后，到底是谁在决定不抵抗，可以说一目了然。

前不久，我到位于沈阳中山广场的辽宁宾馆历史建筑进行考察，宾馆经理高见为我开启了一楼一间餐厅包房的门，他对我说："这间房屋见证了一段特殊的历史，震惊中外的九一八事变就是在这里策划的。"高经理这些年为收集与这栋历史建筑相关的历史做了很多功课，他说的确实没错，事变当夜，关东军驻奉天特务机关长土肥原贤二和关东军高级参谋板垣征四郎、石原莞尔等人确实聚集在当时称为大和旅馆的这栋建筑一楼临街的房屋内密谋侵华计划。这几名军官当时级别都不是很高，最多也就是团长级别，

| 大和旅馆（今辽宁宾馆）|

而且还都不实际领兵，因此这么多年来总有一种说法就是九一八事变是由几个关东军少壮派军官策划发动的，其实这也是一种对历史的误解。我的恩师、辽宁大学原历史系主任胡玉海教授曾经对九一八事变前中日两国在东北的兵力部署有过详细考证，在日俄战争后，日本以“护路”“保护侨民”等种种理由和借口不断向中国东北地区增兵，到九一八事变前已经有两万人的规模，控制了辽、吉两省的主要交通干线。1931 年，日本趁中国国内军阀混战等原因，同时也为了转嫁经济危机给日本国内带来的影响，力图加紧实现其侵略中国的“大陆政策”“满蒙积极政策”，积极进行军事准备，准备发动武装侵略。8 月下旬，日本铁路守备队即秘密向苏家屯和沈阳市区集中，同时驻朝鲜警备的日军第十九、二十师团全部开抵图们江沿岸并举行水陆联合演习；南满铁路沿线日军亦同时举行演习两周，武装示威。到 9 月初，随着“中村事件”的不断发酵，日本开始频频“大尺度”演习：9 月 2 日至 5 日，关东军在文官屯、关帝庙等处进行模拟围攻北大营、兵工厂和沈阳城的各种作战演习；9 月 8 日，日军公然逾越划定的演习区域，到沈阳大北边门外架设机枪，作攻城演习，在合堡大街进行巷战演习，随后还不

北大营部分兵舍航拍图

断地演习城市边沿战、夜战和拂晓战；9 月 14 日至 17 日，日军在北大营一带进行实战演习，甚至贴近北大营的围墙进行火力射击，还有两名日警以阻碍演习为由将北大营部分电线切断。更无耻的是，日本在东北各地的“在乡军人”于 9 月 8 日接到密令，分别集中到沈阳、长春、哈尔滨等大城市报到，沈阳日军当局于 9 月 10 日公然召开“日侨大会”，煽动日侨仇华情绪，并发给他们枪支。当然，还有很多其他的准备活动，这里不再一一举例。

看到这里，你还相信那种认为九一八事变只是日本关东军的几名少壮派军官策划的观点吗？而面对日军的厉兵秣马，此时的张学良因中原大战后接掌华北军政事务而坐镇北平，并未加强沈阳城的防务。中村事件影响加剧之际，张学良因罹患伤寒病住进了北平协和医院。听命中央、迷信“国联”的张学良于 1931 年 7 月 6 日电告东北政务委员会：“此时如与日本开战，我方必败，败则日方对我要求割地偿款，东北将万劫不复。”读到这段文字，实在就没有必要再去纠结是否有 8 月 16 日“铣电”的存在了。

那么，既然已经确定实施“不抵抗”策略，又如何保证这些驻守沈阳的东北军将士免遭劫难呢？难道要白白牺牲将士们生命以换取“国际干涉、外交解决”？九一八事变三十多年后，当年在北大营迎敌的东北军第七旅参谋长赵镇藩撰文回忆了两个重要细节。其一是在 8 月上旬，王以哲就召集第七旅上校以上军官一起研究如果万一发生事变的对策，大家一致判断必然要发生事变，于是请王以哲把日军在沈阳的新动向到北平向张学良当面报告。不久，王以哲从北平归来，向大家传达说：“张副司令已经派人将情况报告了蒋介石，蒋指示暂不抵抗，准备好了再干，一切事先从外交解决，遇事要退让，军事上要避免冲突，外交上要采取拖延方针。”外交方面的玄机不在赵镇藩这些基层军官关心的范畴，赵镇藩更纠结的是一旦发生事变，北大营的弟兄们生命安全该怎么办。于是有了第二件事，即在事变前第七旅召开的一次团以上军官会议上，赵镇藩和三位团长异口同声地说：“遭受日军攻击，采取不抵抗方针怎么能成呢？那样，全军势必遭到歼灭。”王以哲无奈地说：“这是中央的命令，有什么办法？我们要绝对服从。”结果是大家都不同意王以哲的意见，有人当场说：“中央命令固然要服从，可是也不能坐着等死。根据上峰的指示，敌军不来我们不能走，但是敌军若来了我们想走也走不成，只有起来应战，不抵抗怎么能成呢？”最后王以哲做了个“见机行事”的决定，即可以为了撤退而进行必要的抵抗，“否则也撤退不了”。就这样，第七旅的团以上军官达成共识：“衅不自我开，作有限度的退让。”具体实施方案是：“如果敌军进攻，在南、北、东三面待敌军进到营垣七八百米的距离时，在西面待敌军越过铁路时，即开枪迎击；在万不得已的情况下，全军退到东山嘴子附近结集，候命行动。”可见，东北军王牌劲旅第七旅在事变前已经做好了突围撤退的相关准备，至于有关在“九一八”当夜北大营突击战中某位团长面对情势紧急自主下达开火命令做出自卫反击举动的说法，在前述这段赵镇藩说法面前实在有些站不住脚。

由于密谋发动事变的日本方面出现了泄密的情况，原本定于 9 月 28 日发动的事变提前到 9 月 18 日夜。这天晚上，身为东北最高军政主官的张学良陪同英国驻华公使兰普逊到位于北平前门外的中和剧院看戏，东北军“二号人物”、副司令长官张作相因在锦州老家为父亲办丧事而留居锦

| 日军自爆南满铁路柳条湖路段现场 |

州，东北军参谋长荣臻这天也有家庭聚会，王以哲白天进城参加赈灾会议后直接回到城内的家中，东北军第七旅的三名团长也都不在营区。

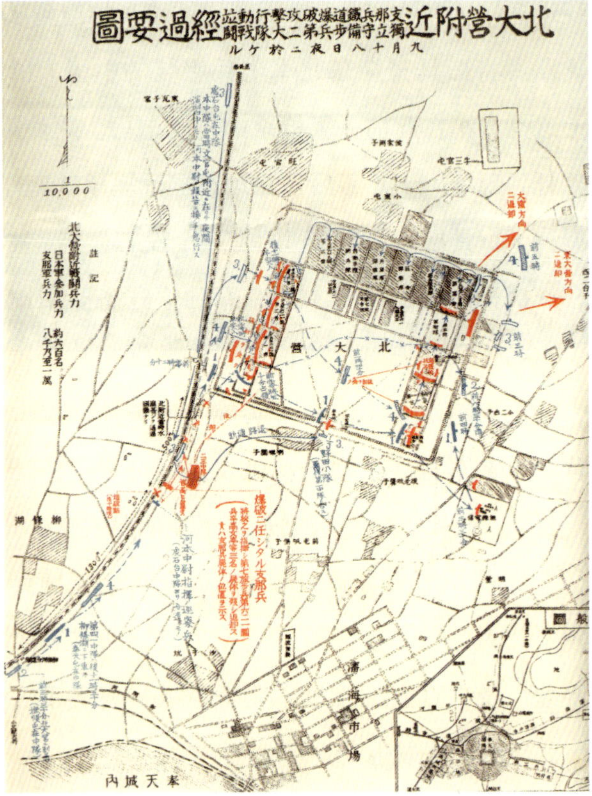

日军进攻北大营营区经过要图

沈阳城近郊柳条湖一带的高粱地里已经挂满沉重的穗子，周边的农户都早早卧床休息。连参与策划柳条湖炸车的日军特务机关少佐花谷正后来都着意刻画了一下当夜的沈阳高粱地：“一弯明月落进高粱地，天色顿时昏暗下来，疏星点点，长空欲坠，整个大地都在沉睡。他们没有人知道，要不了多久，整个大地都将完全改变。”

夜 10 时 20 分，一声巨响从柳条湖一带的南满铁路线上传出。根据满铁档案记录，当晚 10 点 40 分，从长春经南满铁路开往奉天的一趟列车竟然正点进站，此前仅仅十分钟左右，列车在断口处一阵摇晃后通过了刚刚“爆破”的铁轨。所谓的日本炸毁柳条湖一段铁路路轨，实际上炸得真不严重，侵略者要的是“借口”，而并非爆炸必须要起效果，毕竟，这条南满铁路被日本号称为“满蒙生命线”而十分看重，侵略者还等待着用铁路线运送兵员和物资，自然不希望铁路真的遭到破坏。为了把戏份演得更逼真，炸路者将三具身穿东北军士兵服装的中国人的尸体摆放在爆炸现场，实际上这是日军在此前一天枪杀的中国乞丐。爆炸第二天，美国记者乔·毕·巴鲁赶到现场，十几年后他在远东国际军事法庭作证："同行中的一个伙伴，调查了一具尸体，他见到的是一个没有血迹，被放置了相当长时间的尸体。"

执行炸路的是日本关东军独立守备队中尉河本末守，事发前，他仅带了六名士兵和三具尸体摸进了柳条湖一片茂密高粱丛中，特意选在距离北大营西南约八百米的地带实施"爆破"，本来设想在爆炸后会吸引来北大营的东北军官兵主动出动以发生"交火"，结果连河本中尉都感到意外。于是乎，日军按计划进攻东北军驻地北大营，并开始炮轰沈阳城。

日本人终于动手了。日军以七百余人的兵力、死亡两名士兵的代价占领了北大营。一夜之间，沈阳沦陷，所有军政机关和全国最大的兵工厂、制炮厂及二百余架飞机，完全沦入日寇之手。沈阳人民也从此开始了长达十四年的亡国奴生活。

1932 年，由日本人炮制的第一部美化日军侵略沈阳的图书《第一战——北大营一夜攻略纪实》由奉天印刷所印行，侵略者得意扬扬地炫耀他们的丑陋行径，中国人读之触目惊心。就在本文即将竣稿之际，我又查阅到了一份档案资料以作辅证。1931 年 8 月 25 日，沈阳市公安局接到密令："日方正在制造各种借口出兵东北。因此，不管日军采取何种行动，务望容忍自重，力避冲突。"时至今日，仍有很多人觉得这场事变是"突发""惊变"，甚至称北大营和沈阳城对突发事件毫无准备，对照史料，至少我不这样认为。落后就意味着挨打，对于一支不敢亮剑的军队和一个明知事变即将发生仍秉持"不抵抗"立场的军政集团，最终遭难受罪的是他应予"保护"的广大黎民苍生。

抵抗！抵抗！

1931年9月18日，星期五。这是个东北大地秋收季节原本平静的夜晚。黑夜静得十分可怕。距离沈阳古城墙仅七八里远的北大营里，晚上9点已经熄灯，很多官兵渐渐进入梦乡。驻守这里的东北军第七旅六二〇团三营九连上尉连长姜明文这天是营值星官，熄灯号响过，他到各连查夜，回来已过10点。正当他阅读张恨水小说《春明外史》打发困意的时候，突然间，枪炮声响起，姜明文感到大事不好，立即从铺位上翻身跃起，传令全营起床，领取枪弹，紧急集合，并指挥各连奔向已经布好的阵地。此前，为防御日军突然进攻，北大营内已经构筑好掩体、散兵壕、半永久性地堡等工事以备不测，加上士兵们每人发有200发子弹、4颗手榴弹，完全可以自卫还击。姜明文在《九一八事变亲历记》中回忆："当时群情激奋，即按照旅里事先的部署，向既设的阵地前进。"官兵们杀敌心切，只待官长下达作战命令。

当时在北大营担任军士队少校队长李树桂对当夜突发事件的很多细节永生难忘，他在《北大营突围记》中提到："当夜10点20分，从北大营营房西边传来一声霹雷似的巨响，震醒了正在酣睡的第七旅官兵。接着从铁路附近射来了机枪步枪的子弹，并有炮弹连续轰击。有一发炮弹正击中我住宿营房的屋顶，将我由床上震到地下。在灰尘弥漫中，我连忙爬起来，摸着衣服披上，拿起手枪跑出屋外，听清枪声是从西围墙传来。”

枪声响起后，北大营绝大多数官兵都从睡梦中惊醒，火速起床穿衣取武器，做好了战斗准备，他们苦苦等待的，就是“上峰”的命令。

危急时刻，六二〇团中校团副朱芝荣从团部出来命令姜明文把该营队伍带到团部，就在大家满心期待等待朱团副宣布作战命令时，朱芝荣却说：“旅长来电话了啦，叫队伍不要动，把枪交回库房里，士兵回宿舍睡觉。日本人如果进营来，由营长出来交涉，要什么给什么，不要打。”姜明文等四名连长听到这句话，都愤怒地问：“要命也给吗？”朱芝荣说：“这是旅长的命令。”

六二〇团和李树桂所在的军士队不在一个院子里。枪声响起后，李树桂果断派人去旅部请示处置办法，一面指示军士队各中队在营房东面紧急

| 东北军独立第七旅旅部 |

集合。这时枪声更加激烈，北院六二〇团的传令兵跑过来说：“旅部赵参谋长通知，军队的官兵一律不准轻举妄动，更不得还击，原地待命。”很快，派出侦察情况的中队副派人报告：“日军已越过西围墙，冲进六二一团及该团三营的营房了。”李树桂乘机到炸塌的屋子里利用颓垣为掩体，观察敌我情况，他发现“随着一阵爆豆似的枪声，有人应声倒地，有人还在拼命地奔逃。很显然这是日军在追杀我方士兵”。李树桂还回忆了这样一个细节：“沟沿的警戒兵向学兵讲述他在火光下亲眼看见日军枪杀西营房士兵的惨状，大家怒火中烧，在壕沟内潜伏的学兵们，装弹入膛，准备还击。”

此时此刻，任何一个有血性的中国军人都会在北大营怒火中烧，准备摩拳擦掌抗击日寇，然而当他们一遍又一遍请示之下，接到的命令却都是：不抵抗！

这天夜里，北大营里的最高官长东北军第七旅中将旅长王以哲不在军营中，第七旅三名团长只有王铁汉在沈阳城内听到枪炮声后骑马赶回军营，留宿营区的旅参谋长赵镇藩成为在日军入侵第一现场的最高指挥官。很显然，以王以哲、赵镇藩的级别，在这个攸关国土沦丧的重大关头，他们都无法承担“不抵抗”的后果，很显然他们也是“遵令行事”。那么，他们遵谁的令呢？赵镇藩后来回忆，当晚王以哲在家中接到北大营突发情况后，称去找荣参谋长研究。情况紧急，赵镇藩一面下令全旅进入预定阵地，一面用军用电话直接向东北边防军参谋长荣臻报告。没想到，荣臻在电话里说了句很经典的话：“不准抵抗，不准动，把枪放到库房里，挺着死，大家成仁，为国牺牲！”如果单看后面八个字，倒很像勇士的豪言壮语。赵镇藩觉得荣臻的“收枪”命令难以理喻，挂断电话后，命令各单位仍按原定计划准备迎击日军。“九一八”之夜北大营东北军官兵没有“收枪”徒手撤退，不得不说归功于临机决断的赵镇藩。

几乎与此同时，军士队少校队长李士桂派去旅部请示的军士回报说：“旅长从城里打来电话，奉总部荣臻参谋长指示，‘对进入营房的日军，任何人不准开枪还击，谁惹事，谁负责’。”学兵们听后非常愤慨，纷纷提出质问：“咱们就眼看着弟兄们活活被打死吗？为什么让日军这样欺负我们呢？”问得李树桂哑口无言。

到当晚11时许，北大营四周枪炮声更加密集，这时荣臻来电话询问情况，赵镇藩报告说：“敌人已从西、南、北三面接近营垣，情况紧急，把枪放到库内办不到。”荣臻对无法收枪没说什么，或许他也意识到在如此危乱的形势下收枪实在不现实。荣臻在这通电话中仍然强调不准抵抗，并指示北大营官兵必要时可以向东移动。

同样是在夜11时许，在北大营第七旅旅部和六二一团附近的林荫路上，突然响起了还击的枪声。李树桂回忆：“虽然稀稀落落，但在我们听起来，却是那样的清脆、有力，而且也越来越激烈了。我们初步估计，可能是处于绝境的官兵，出于愤怒不得已向日军开火了。”虽然李树桂也认为这是“微弱的抵抗火力”，但他面对身边群情激愤的学兵们也在思考，“把友军救出来再说，反正他们已经先打起来了”。

就在李树桂即将下达还击命令时，旅部王副官跑来口头传达东北军总部和王以哲旅长转达的张学良命令：“对日军绝不准抵抗，缴械任其缴械，占营房任其占营房！”对于东北军将士来说，这就是最高级命令，大家听后都寂然无声了。一个学兵说：“现在不是缴械和占我们营房的问题，而是日军想要把我们全都打死。”于是，李树桂再次派人向赵镇藩参谋长请示如何撤退。在学兵跑步撤退途中，日军的机、步枪突然扫射过来，几个没经验的徒手学兵当场中弹负伤，在后面掩护的分队，一看这种情况，眼睛都红了，在忍无可忍的情况下，有人干脆不顾一切，向日军还击。李树桂连忙制止称军人必须执行上级命令，这个分队才不得已退了下来。

接下来就是如何有效组织撤退。旅参谋长赵镇藩回忆说是在凌晨2时许，“我鉴于情况非常危急，就决定利用敌军迟滞前进的间隙，从南、北两面出击，以掩护非战部队由东面按照原定计划向东山嘴子撤退”。而李树桂回忆称赵参谋长命令以六一九团为掩护，其他团按演习计划向东大营操场转移，撤退到北大营东围墙时，东北军官兵们“向着逼近的日本兵猛烈还击；而日军方面的枪声很明显地稀疏下来，他们的攻势遭到了压制”。在时间这个细节上，李树桂回忆称撤出时看了下怀表，恰是半夜的12点半。这里需要说明的一点是，在时隔三十多年后全国政协号召各地征集亲历重大历史事件者撰写文史资料时，赵镇藩身在山西太原，李树桂在抚顺战犯监狱中，姜明文投诚后在沈阳工作，三人在撰写回忆文章时彼此并没有“通气”。

| 被日军袭击后的北大营断壁残垣 |

抵抗中撤退，撤退中抵抗，“九一八”之夜的北大营突围战是真实存在的。连日本陆军大佐佐藤庸在其所著《活机战》中，为炫耀战果，也详细描述了川岛中队与北大营六二一团官兵交锋的细节：“一敌举枪向刀响处欲射”“敌兵4人前来对抗”“敌仍以左手握住我刀，以右手欲刺”“敌3名士官举枪向我射击”。日本史料还记载，攻击六二一团的高桥第四中队遭到该团官兵“猛烈射击”，“高桥中队长以下6人负伤”。

诸多史料证实，在1931年9月18日夜，面对日军进攻北大营，一部分忍无可忍的东北军第七旅官兵奋勇还击，打响了中国军队在十四年抗日战争中抗击日本侵略的第一枪！由于日伪的宣传和当年部分媒体的误解，“东北军一枪没放撤出沈阳城”的说法实在不符合史实，连日本方面也承认当夜在北大营“战死2名，负伤22名”，还为被北大营守军击毙的两个士兵新国六三、增子正男在北大营中修建了坟墓。

新国六三被打死的地点就在原六二〇团二营西墙外。正在该团准备撤退时，约四百余名日军向他们发起攻击。面对这种紧急情况，团长王铁汉果断下令还击。于是，第二营官兵们从墙上用步枪、机枪同日军激烈对抗。由于正面只有一条约10米宽的通道，日军高桥四中队只好让部分士兵携带步枪、轻机枪攀到屋顶，然后再向下猛烈扫射，并向六二〇团投掷炸弹。日军伍长新国六三就是在这场对抗中被击毙。日军侵占北大营后，特意找人拍下一张照片，内容就是第七旅六二〇团与日军激战后留下弹痕的墙壁，亦是激战之铁证。

| 弹痕累累的北大营围墙 |

至9月19日凌晨5时许，北大营东北军官兵陆续全部撤出，自卫还击性质的北大营突围战结束。在这场英勇悲壮的突围战中，广大爱国官兵在执行“不抵抗”命令的前提下，为掩护撤退对日军发起还击。当夜，东北军遇难官兵达三百余人，始建于1907年、号称“东北第一兵营”的沈阳北大营沦为一片废墟。

2011年，在九一八事变80周年纪念日之际，电影《抵抗！抵抗！》在沈阳首映。影片用艺术形式再现了“九一八”之夜的危急时刻，辽宁省警务处处长黄显声毅然指挥沈阳警察抵抗日军侵略，尽最大力量保卫城市、

| 黄显声（1896—1949）|

保护百姓安全转移的真实历史，观后令人热血沸腾。黄显声就是小说《红岩》中帮助“小萝卜头”成长的“黄将军”的原型，是著名抗日爱国将领，后来秘密加入中国共产党。

“九一八”当晚，就在日军独立守备第二大队袭击北大营的同时，日军步兵第二十九联队集结力量兵分三路进攻沈阳城。按照日军的档案记载，战斗从19日0时40分至1时之间打响，由于此前多次演练过攻城计划和路线，日军对沈阳城的地形等特点烂熟于心。

此时，身兼辽宁省政府委员、警务处处长和沈阳市公安局局长的黄显声坐镇沈阳东关大什字街北的公安局办公地。当夜近11时，在沈阳城内的第七旅旅长王以哲匆匆赶到市公安局，与黄显声商议如何应对日军突袭。黄显声斩钉截铁地表示：“公安局各分局队将尽力支持，非到不能抵御时，绝不放弃驻地。”言语间充满了英雄豪气。当日军向沈阳市区商埠地及大小西关发起进攻时，黄显声命令所辖的三经路警察署、商埠三分局、南市场等处的警察大队及公安分队就地进行抵抗。战斗中，黄显声身先士卒，亲自指挥作战。然而，尽管沈阳的警察利用临时修筑的工事进行了英勇的抵抗，但在全副武装、来势汹汹的日本正规军面前，武器相对落后、孤军奋战的沈阳警察队伍伤亡惨重。在作为非军事力量的沈阳警察队伍面前，日军甚至动用了包括坦克、重炮在内的重武器，还对阻止日军行动的十间房公安分局警察残忍射杀。最惨烈的要数铁西工业区的公安六分局，三十多名警察与日军拼死抵抗，双方肉搏达三个小时之久，后因弹尽援绝被日军攻入。恼羞成怒的日军将这个分局的警察斩尽杀绝，“数十健儿，悉被日军杀害。

挖胸洞腹，肝脑涂地，尸体横陈于局门外者，多日无人掩埋，状极惨烈”。为了保存这支特殊的抗日力量，在沈阳城彻底沦陷前夕，黄显声指示警员尽量携带武器出城经新民向锦州集中，到锦州后又以他们为基础，编成辽宁公安骑兵三个总队，参加了年底的辽西抗战，1932 年入关后又改编为东北军骑兵第二师，黄显声任中将师长，参加了长城抗战等战役战斗。黄显声因为九一八事变中奋起抵抗而被誉为“血肉长城第一人”。

九一八事变，山河变色，在日寇铁蹄践踏下，沈阳城这座中国北方大都市遭受到空前的劫难。据西方记者调查，事变后仅三天之内，“确知沈阳华人被日军军队及浪人杀害者，至有三千人”。沈阳城笼罩在一片腥风血雨之中，大量的公私财产遭到洗劫。皇姑屯火车站挤满了想要外出逃难的沈阳市民。日军为粉饰罪行，下令封锁媒体，进行各种虚假宣传，还唆使汉奸成立所谓的“维持会”筹建伪政权。在日本的残酷统治下，沈阳城数十万百姓陷入水深火热境地。

| 九一八事变后涌入皇姑屯火车站的沈阳难民 |

就在日军满心以为炮制的种种谎言能掩饰他们的侵略暴行时，沈阳的九位爱国志士组成了爱国小组，他们冒着生命危险，秘密行动了四十余天，通过各种渠道收集日军侵略沈阳罪证，形成四百多页既有文字又配以照片、英汉双语的“真相”材料，并设法通过在法库传教的爱尔兰籍牧师倪斐德将罪证材料于 1932 年 4 月 25 日送到前来沈阳调查东北沦陷情况的“国联”调查团，对“国联”了解日本侵略真相，确定对日本侵略行径持谴责的基

| 九人爱国小组 |

调并形成《国联调查团报告书》发挥了重要作用。这九位爱国志士早已将生死置之度外，为保证材料的真实可靠性，他们在材料汇编的末尾庄严签署上自己的真实姓名。他们是：银行家巩天民、邵信普，大学教授刘仲明、张查理、毕天民、李宝实、于光元，社会教育家张韵泠，医学家刘仲宜。

1932 年 9 月，国际联盟召开大会，听取调查团的报告书，其中这样写道："本团在中国东北沈阳时，曾见到了一些大学教授、教育家、银行家、医学家等人士的明确意见及各种真凭实据的具体材料，证明九一八事变是无因而至，而'满洲国'的建立亦非出自东北人民的自由意愿，也不是民族自决。"1933 年 2 月 24 日正式表决时，在 42 票赞成、日本 1 票反对的情况下，通过了报告中"关于日本非法侵略'满洲国'"的结论。承认东北三省为中国领土的组成部分，否认日本发动九一八事变是"合法自卫"，确认伪满洲国是日本违背东北人民意愿建立的。后来，恼羞成怒的日本人大肆抓捕这几位沈阳的爱国志士，九人中有八人先后被日伪当局抓捕入狱，受尽了折磨摧残。九位爱国志士之一的刘仲明历经磨难以九十三岁高龄辞世，在他弥留之际仍叮嘱家人："期盼儿孙们能继承我的遗志，做一个真正的中国人，奉献社会，为民为国。"

九位爱国志士都不是军人，他们不会持枪操炮，但却以这种特殊的方式对日抵抗，彰显出中华民族在外来侵略面前不屈不挠、英勇斗争的民族魂！

九一八事变的第二天，中共满洲省委发表《为日本帝国主义武装占领满洲宣言》（简称“九一九宣言”），为东北民众指出了斗争的方向。在此后长达十四年间，沈阳人民通过各种方式反抗日本侵略，与穷凶极恶的日本侵略者展开不懈斗争。即使是七七事变日本全面侵华以后，沈阳工人仍通过捣毁工厂设备、破坏生产、组织罢工等方式与日本侵略者斗争；以志城银行为重要阵地的抗日隐蔽战线斗争也持续开展；由共产国际情报总部在沈阳秘密建立的地下反日电台不断收集日军情报并向外传输，日军多次监视、搜查未果，一直坚持斗争到1943年2月，为世界反法西斯战争做出了贡献。

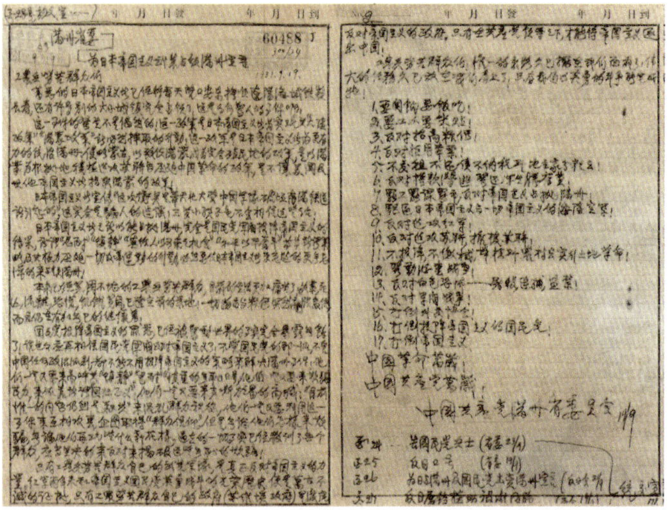

| 九一九宣言 |

“我们都是手无寸铁的人，但是我们用自己的智慧、努力，甚至用我们的鲜血和生命做代价，来赢得这一场没有硝烟的战争。”沦陷后一直留在沈阳坚持抗日地下斗争的巩天民先生这番话，代表着沦陷区所有不愿做亡国奴的爱国人士的心声。

雪冷血热 义勇魂

1932年3月10日凌晨3时许，夜幕下的枪声打破了被日军占领近半年的奉天城的宁静。此时此刻，早春的寒气伴随着肃杀气，一群抗日好汉在喊杀声中攻入了奉天城内！

| 义勇军攻入沈阳城 |

九一八事变后不久，东北迎来严冬，据气象资料记载，这年冬天东北经常下雪，异常寒冷。热血沸腾的东北抗日义勇军队伍就是在这样的严冬中诞生的。改革开放初期，沈阳居住着一位叫吴大钧的老者，得知沈阳市政协征集文史资料，遂打开记忆之闸门，提笔写下一篇题为《一张由张学良将军

签发的抗日义勇军委任状》寄给政协文史部门。在政协文史部门前往核实老人身份时，衣着朴素的吴老说道："我就是当年东北民众抗日救国会在沈阳发动组织义勇军的联络员！"

吴大钧回忆说，当时，设在北平的东北民众抗日救国会为组织抗日义勇军，出资在沈阳保安堡一带盖起三间瓦房，作为义勇军抗日联络站。"有个叫赵殿良的人，是张学良将军的旧部，经常化装出入我家，同我父亲吴经阁密谋联系人马组织抗日队伍的事，后来得知其人便是东北民众自卫义勇军第二十一路军司令，我父亲是军参谋长。"吴老还清晰地记得，张学良亲笔在一绢白绫上书写了委任状，内容是委任自己父亲吴经阁为东北民众自卫义勇军少将参谋长。

在我的学术研究经历中，曾经有很大一部分精力涉足东北抗战史，我曾经撰写并发表过论文《张学良与东北抗日义勇军》，其中的一个观点就是，张学良虽然奉行不抵抗政策，但在东北军主力撤离东北后，张学良授意以东北民众抗日救国会的名义在东北发动和组织抗日义勇军。而义勇军攻打沈阳的战斗，就与张学良支持下的义勇军发动组建有关。

3 月 10 日这次义勇军攻打奉天城的战斗，是九一八事变后抗日义勇军首次攻打沈阳城。虽然日本侵略者此时已将沈阳改名为奉天，但在中国民众心中，仍愿意称呼这座城市为没有帝制色彩的沈阳城。需要说明的是，领头组织这次攻城战斗的英雄名叫赵亚洲，原名赵殿生，是沈海铁路押车警察，本来有相对稳定的收入，但在九一八事变后，他不愿做亡国奴，愤然弃职回到家乡组织抗日武装，据说他与两名好友各携一两支枪起步，很快就在铁岭、抚顺交界一带拉扯起二三十人的抗日武装，举义后报号"亚洲"，意为中国雄踞亚洲，不容日本人践踏。

就这样，本来是铁路警察的赵亚洲竟然在短短一两个月时间里转身"变脸"为抗日好汉。他先是带领小股抗日力量收缴了三岔子伪警察分所的枪，然后又收编附近的民团、大刀会等武装，人马刀枪齐备，很快队伍就发展到三百余人。赵亚洲当乘警时受过中共党员熏陶，他规定所部官兵一律戴红袖标，袖标中间写一行“宁做战死鬼，不当亡国奴”的大字。队伍的旗杆上有“抗日总队”四个黑色大字。

赵亚洲给部队定了纪律：“不杀不抢不威胁百姓，不准强奸妇女，不准翻箱倒柜，不准强要饮食，违者枪毙。”不得不说，在赵亚洲的组织发动和号召下，由于军纪严明、不伤百姓，队伍不断扩大，势力最强盛时号称三千余众，分编成九个团，很多绿林人物，如“绿林好”“东边好”“打天下”“扫北”“五洲”等率队参加其中。他们的抗日往事颇为传奇，文史资料中多有记述，可以说是边组建边抗日杀敌，边壮大边缴获敌伪武器，他们还共同商议，在 1932 年 1 月 15 日兵分四路进攻沈阳城，以打击日本嚣张气焰。为此，他们制定了周密的攻城计划，预计当晚 12 点，由在奉天兵工厂驻扎的伪靖安军炮兵中队长发炮三响为号，各支队一起发动进攻。可一直等到金鸡报晓，还没有听到号炮，参谋长李士廉判断情况有变，可能是出了奸细，遂果断命令队伍迅速撤离沈阳城周边。此战虽然夭折，但给日伪方面带来了极大恐慌，次日清晨日军对全城实施戒严，四处搜捕抗日分子，日本控制的《盛京时报》也报道称“三千马贼窥省垣”，甚至有点夸大其词地写道，“此类匪团枪械子弹十分充足，并携有大炮及迫击炮等，闻臂章上均书有某义勇军、保安队

日军在沈阳搜捕抗日军警

等字样”，对义勇军的惶恐程度可见一斑。

赵亚洲认为，“打蛇打七寸”，越是攻打日军控制严密的城市，战略意义越大，也越能提振队伍的影响力。第一次酝酿攻打沈阳城夭折后，赵亚洲组织队伍攻打抚顺城。彼时抚顺也早已是以煤炭工业闻名的重镇，赵亚洲率部在占领抚顺城北高尔山后，轰塌抚顺城墙，突入抚顺北关，但由于日军守备队调集机枪队反击，抗日队伍不得不撤出抚顺城。攻城之战虽失败，但在北平的张学良和东北民众抗日救国会都注意到了这支抗日力量，特别是发现赵亚洲不但生性勇猛，而且特别愿意攻打大城市，“啃硬骨头”，遂委派蔡介石、王鹏飞与赵亚洲等沈阳周边的抗日队伍接洽联络，希望他们能联合会攻沈阳城，他们除传达救国会关于围攻沈阳的指示外，还颁发救国会委任赵亚洲为东北民众抗日义勇军第三十九路军司令、金山好为副司令的委任状。

张学良和救国会总部之所以号召义勇军队伍会攻沈阳，与日本侵略者准备扶植溥仪成立伪满洲国有关，这是赤裸裸对中国主权和领土完整的践踏。日本密谋在 3 月 9 日于长春举行伪满执政溥仪的“就职典礼”，时不我待，救国会发表《敬告同胞书》，公开号召东北人民“揭竿而起”“拯救我同胞于水火”。赵亚洲心潮激动，半年来心底憋着的怒火喷发，救国会派员向他传达的密令是：“率部围攻沈阳，以图光复省会，打击日军，务保民生。”

赵亚洲并非孤军作战。在救国会的发动和联络下，耿继周部抗日义勇军第四路军、于德霖部抗日义勇军第九路军等抗日队伍都加入此次会攻沈阳城的战斗中。曾在沈阳新开河一带驻军的伪军军官刘海泉反正后也加入这个行列。几支义勇军合兵沈阳，队伍人数数千人，而且赵亚洲、耿继周、刘海泉等将领本身就曾在沈阳做过军警，对沈阳地形比较熟悉，如果各部配合得当，是能给予日伪军重大杀伤的。为了进攻沈阳，赵亚洲做了一定物资准备及军事准备，并派员打入伪军内部进行策应。3 月 9 日夜，义勇军就陆续集中到沈阳城周边，由于大家听说当天溥仪在长春“就职”的消息，不愿做亡国奴的心情激励着义勇军将士们摩拳擦掌，发誓要血战沈阳城。

按照事先的计划，金山好、长江好各带所部分别从小北门、大北门进攻，先夺取工业区；赵亚洲亲自率部从大东门、小东门进攻，夺取兵工厂，然后汇合于浪速通大街（今中山路一带）围攻日本关东军司令部，并强调进入沈阳城后“不许乱杀、乱抢和奸淫妇女，行动听指挥，违者处死”。

就这样，1932 年 3 月 10 日凌晨 3 时许，金山好的先头部队化装成伪靖安军，窃取了敌军口令，由反正的梅翻译做向导，混进大北边门，乘机占领了伪警察第十一分局，击毙其正、副局长，缴获了该分局所有警队的枪械共计 150 余支。紧接着，他们攻入城内，一直攻到交通银行胡同。另一路义勇军打到太清宫时与日军警备队、伪警察队遭遇，遂展开巷战。然而，由于金山好未到约定时间提前率部攻城，同一方向的长江好、于德霖部义勇军没能跟进上来，使得金山好只能孤军奋战，战斗打得十分艰苦，最终由于子弹殆尽，金山好被迫率部向大东门外撤退。由于攻城时间提前，沈阳城内日伪军从睡梦中惊醒后立即调遣军警增强防御，特别是前两天刚从营口调来的王殿忠部伪军一个旅在城内也发挥了作用。而从塔湾赶到沈阳城下的耿继周部义勇军在此战中久攻小西边门不下，又转攻大北门，激战三小时不得进展，只得退回新民。南路的刘海泉部攻入市区后，就将头几天俘虏的两名日本兵“祭军旗”斩杀，然后攻至小河沿一带，因与其他队伍失去联络，情况不明之下无法贸然深入，遂不战而回。赵亚洲亲自率部从东北方向攻入沈阳城，进入小东门时已是天色大亮，当时还受到一些群众夹道欢迎，并在城门前挑起“欢迎救国义勇军”的横幅标语，气氛很是热烈，但在接近兵工厂时遭到日军强烈阻击，后面的队伍因在东站袭击日军列车，打得相当激烈，不能续进。即使在这种不利局面下，赵亚洲仍率部血战，恼羞成怒的日军甚至派出数架飞机轮番轰炸，在寡不敌众之下，义勇军被迫撤离沈阳城。此次进攻沈阳，因没有重武器和充足的弹药，加上相互配合不得力等原因，造成义勇军在伤亡60余人情况下攻城失败。据史料记载，此战毙、俘日军数十人，缴获机枪4架、载重汽车3辆、小汽车1辆，且此战的政治影响很大，国内各大报纸都报道了此次义勇军攻打沈阳城的消息，其中中央苏区的《红色中华》报于3月16日报道了“东北义勇军大举进攻沈阳”的消息。不久，日伪军出动一万余人对赵亚洲部第三十九路抗日义勇军进行疯狂讨伐，义勇军奋力迎战，但终因力量悬殊而失败。这支抗日队伍一部分退入黑龙江参加了马占山部抗日义勇军，一部分转入热河坚持斗争，一部分后来与杨靖宇取得联系并加入抗联队伍，继续开展抗日斗争。赵亚洲在遭到日军监禁后九死一生，以做小生意为生，幸运地看到抗战胜利，他的参谋长李士廉则参加革命队伍，曾任辽宁军区参谋长、沈阳市政协副主席，晚年还写回忆文章回忆抗日历史。

抵抗日本侵略的烈火是扑不灭的。随着日伪统治的加剧，作为民众武装的义勇军抗日行动愈演愈烈。到1932年秋义勇军最活跃时期，在沈阳城周边战斗的抗日义勇军多达二十几路，比较有影响的如项青山、张海天部抗日义勇军第二路军，潘冠儒部抗日义勇军第五路军，贾秉彝、刘翔阁部抗日义勇军第十五路军等，还有中共党员参与组织领导的苏景阳、李兆麟部抗日义勇军第二十四军，方鲁部抗日义勇军第五十路军等。义勇军的成员有农民、工人、士兵、学生、商贩、地主、绿林武装等，一些爱国之心未泯

武器简陋的东北抗日义勇军队伍

的伪军警也在正义力量感召下反正抗日。

1932 年 8 月 28 日，赵殿良率第二十一路抗日义勇军攻打沈阳，这是义勇军队伍第二次攻打沈阳城。据日伪档案记载，赵殿良原为张学良部东北军军官，1931 年冬出关抗日组建义勇军，所部发展到 3000 余人，大多是民团和绿林武装，有种不怕死的冲劲。此次攻打沈阳城，目的是在九一八事变一周年前夕发动一次攻势，狠狠打击日伪的嚣张气焰，掀起东北抗日新高潮。经过精心准备，决定利用 8 月下旬日军在沈阳一带兵力空虚之际围攻沈阳。但由于此事不慎泄密，日伪方面有所准备，赵殿良仍决定按原计划行事。此次义勇军兵分三路，南路由林子升率队攻占药王庙，打到大南门；东南路由张仲达率队攻入东关航空处，焚毁敌机仓库及敌机 7 架，还袭击了兵工厂和无线电台等处；北路义勇军攻入大北边门，攻占了北大营附近的洮昌路和沈海路一带，击伤了日本顾问和伪警察多人。虽然在 28 日夜间战斗中，伪警察第三分局全体警察在局长带领下，“不鸣一枪，协同进击大南城门，城内我军之便衣队，已将城门开放，引我军入内”，攻打大南门的义勇军林子升部还打坏了前来督战的伪奉天省警务厅厅长齐恩铭的汽车，击毙了该车司机，吓得齐恩铭赶紧跳车逃跑，一部分伪靖安军也临阵举义，但最终在日伪军的疯狂反扑下，义勇军不得不于 29 日凌晨四五点钟撤退。遗憾的是，此次义勇军攻城作战没能进入沈阳内城，在大南门一带战事打响后，日军出动坦克、装甲车、大炮进行反击，义勇军没有重武器只得后撤。

虽然攻城未克，这次行动也产生了很大影响，激励了辽沈各界的抗日斗志。此战后，8 月 31 日和 9 月 1 日，义勇军再次袭击沈阳城周边；10 月 2 日，义勇军 400 余人夜袭沈阳大东边门；10 月 27 日，义勇军一部再次攻打日伪奉天军用飞机场。一直到全民族抗战爆发后的 1937 年 10 月 8 日，还有某部义勇军袭击沈阳。日本方面管控的报纸报道，1938 年 4 月 16 日，“有打入奉天飞机场的东北义勇军便衣队，破坏敌机 20 余架”。这些飞机是日

|《义勇军进行曲》|

军从德国买进的战斗机，在沈阳大东航空处进行组装，就在飞机加好油准备起飞外运前，航空处的工人赵翔羽、刘志民等决定采取焚毁行动，不到半天的时间，整座厂房连同里面的飞机全部烧毁。

舍生忘死赴国难，前仆后继皆英雄。曾经在 1932 年 8 月配合攻打沈阳城的抗日义勇军第二十四路军将领李兆麟后来成为东北抗联主要领导人之一。东北抗联第一军三师的一些官兵曾参加过抗日义勇军斗争，1937 年 8 月，该师师长王仁斋率部分官兵到沈阳近郊东山嘴子一带开展斗争，在日伪统治的中心地带扩展抗日游击区。一个月后，抗联一军三师手枪队又深入到沈阳东郊袭击日伪军，并在东陵附近擒获了伪奉天省公署日籍高级官员村上博等人。

义勇军及抗联将士们奋勇杀敌、同仇敌忾，为沈阳这座英雄城市增添了抵御外来侵略的人文内涵，他们的斗争精神永垂史册。经过长达十四年的艰苦卓绝的抗日战争，1945 年 8 月 15 日，日本宣布无条件投降。中国人民取得了近代以来反抗外来侵略的第一次彻底胜利。取材于东北义勇军抗日斗争的《义勇军进行曲》后来被确定为中华人民共和国国歌。

抗战胜利后的曙光

就从“曾克林出关”写起吧。

1945 年 7 月 26 日，中美英三国政府联合发表《波茨坦公告》，敦促日本立即投降。8 月 8 日，根据《雅尔塔协定》，苏联正式对日宣战，中共领导的东北抗日联军配合苏军向日军进攻。8 月 15 日，日本宣布无条件投降，两天后，顽固的关东军司令官山田乙三下令停止抵抗。8 月 20 日，苏军空降部队在同一天分别进驻哈尔滨、长春和沈阳，伪满傀儡皇帝溥仪在准备从沈阳东塔机场逃跑时被俘。从此，沈阳结束了日伪长达十四年的残酷统治。

苏联对日宣战后，中共中央主席毛泽东发表了《对日寇的最后一战》的声明，号召中国人民的一切抗日力量举行全国规模的反攻，密切配合苏联及其同盟国对日作战。8 月 10 日和 11 日，八路军总部先后发出七道大反攻命令，在第二号命令中，特别要求八路军中的原东北军吕正操、张学思、万毅所部和李运昌率领的冀热辽部队迅速向东北挺进。曾克林任司令员的八路军冀热辽军区第十六军分区部队就是挺进东北的八路军部队先锋。

特殊的历史机缘，让曾克林因率部先期挺进东北成名，以至于当时全国的抗日武装力量都在注视着曾克林。曾克林所率部队，当时驻扎在临近

| 曾克林（持木条者）与苏联红军军官在一起 |

东北的河北省东部地区，在地理位置上可谓近水楼台。接到出关命令后，曾克林迅速和军分区副政委唐凯率领先遣纵队进军东北，打败拒不受降的山海关日伪军后，曾克林顺利出关，9月3日与锦州城内苏军会师。9月4日上午8时许，曾克林率部乘火车抵达沈阳。由于形势发展过于迅速，加上语言不通，苏军驻沈阳卫戍司令卡夫通少将对八路军缺乏足够了解，开始差点造成误会。情急之下，唐凯卷起袖子，将红军时期文在手臂上的镰刀锤头标志亮给苏军看，很快双方就冰雪消融。在苏军支持下，成立沈阳卫戍司令部，曾克林、唐凯分别任司令员、政委。曾克林随即命名部队兵分五路从沈阳向外延伸，一路开赴辽阳、鞍山、营口，一路开赴本溪、安东，一路开赴抚顺、清原、梅河口，一路开赴铁岭、开原、四平，一路开赴郑家屯地区。不到十天时间，八路军部队顺利完成了对上述地区的接管。

与此同时，坚持在东北抗战的东北抗日联军也返回东北参加对日反攻和城市接收，中共东北委员会将反攻东北的抗联将士组成57个工作组，任务是维护各地秩序，寻找中共地下工作者，与党中央取得联系，开展建军、建政、建党工作。中共东北委员会书记、东北抗联教导旅旅长周保中在动员讲话中说："我们返回东北首先要准备与国民党进行长期的斗争，要有第二次上山打游击的思想准备。"随即，东北抗日联军改称东北人民自卫军，周保中任总司令兼政委。原抗联第三路军政委冯仲云率队返回沈阳，开始承担建军、建党、收缴日伪军武器等使命，并积极与八路军进入东北的先头部队负责人曾克林联系。

“曾司令员，您好，我们终于见面了。”“冯同志，你们辛苦了！”冯仲云和曾克林，一位是经历了冰天雪地苦战的清华大学毕业生，一位是饱含泥土气息的江西兴国老红军，两双遒劲有力的革命之手紧紧地握在一起。两人会合后，中共东北委员会书记周保中满怀喜悦地同苏联远东红军总司令华西列夫斯基元帅接洽，请他派飞机载送八路军的同志去延安与中共中央联系，就接收东北相关事宜向中共中央当面汇报。9月14日上午，曾克林和苏军代表飞抵延安。此时，毛泽东正在重庆同国民党当局进行谈判，刘少奇主持中共中央政治局会议，在延安的朱德、彭德怀、陈云等中央领导同志参加，会议的一个重要议题就是听取曾克林关于东北情况的汇报。刘少奇激动地对曾克林说：“你来得正好，中央很想了解东北的情况，你随便谈，越详细越好。”

有关曾克林出关时所带的兵力，多年来一直有不同的说法。有称2000余人，有说4000余人，在曾克林到延安向中央报告东北情况的第二天，中共中央向各中央局发出的通报中提到：“我冀东军区十六军分区司令员曾克林奉命率1500人于日寇投降后向东北挺进，曾配合红军打下山海关、兴城、绥中、锦州、北镇等城市。进入沈阳城，并被红军委为沈阳卫戍司令。”这是沈阳这座英雄城市的名称在二战胜利后，第一次出现在中共中央给各中央局的电文中，而此前的沦陷时期，沈阳竟然被日军侵略者改称“奉天”长达十余年之久。

在我的史学生涯中，很有幸参加编写了《东北解放战争图志》，还被推选为东北解放战争史研究会副会长，综合各种亲历者回忆史料后我认为，曾克林率部出关时的兵力人数不会有4000人之众，中央这份通报中的数字比较接近真实，而更关键的是电文中下一段的叙述：“曾克林部队已发展到2万余人，全为新式武器，从山海关到沈阳各城均驻有曾部，曾率4个连到沈阳，一星期即发展成4000人，并改编保安队万余人。”光复了的东北人民，由于饱受日本侵略者长达十四年的殖民统治，纷纷自愿拿起武器保卫胜利果实，一时间出现了参军热情空前高涨的局面，还有很多无家可归的日伪劳工也成群结队参加八路军。连中央在这份通报中都乐观地写道："扩军极容易，每一号召即有数千人，并有大批伪组织武装均待改编。"

还有一个关键的信号，那就是代表苏军马林诺夫斯基元帅前往延安的苏军中校贝鲁罗索夫向朱德总司令转达了其口头通知："红军不久即将撤退，届时中国军队如何进入满洲应由中国自行解决，我们不干涉中国内政。"

这句话很重要。中共领导的武装力量已经抢在国民党军队之前挺进东北，但当时中共在东北并无统一的权威领导，因此，成立一个全权代表统领党在东北各项工作的权威机构，已迫在眉睫。经过致电在重庆的中共谈判代表团，征得毛泽东同意，在 14 日的中共中央政治局会议上，根据刘少奇的提议，决定成立中共中央东北局，以彭真、陈云、程子华、林枫、伍修权为委员，彭真为书记，"全权代表中央指导东北一切党的组织及党员的活动"。我的中学同学李波博士如今是中共辽宁省委党校党史教研部主任，他认为，中共中央东北局的成立揭开了东北解放战争的序幕，标志着解放战争东北篇的开端。

1945 年 9 月 18 日，彭真、陈云等东北局领导乘飞机经山海关、锦州抵达沈阳。东北局开始入驻张学良旧居西院办公。而这一天，恰好是九一八事变 14 周年。十四年的艰难求索，沈城迎来了民主的曙光。但，更复杂而艰巨的斗争在迎接着这些革命者。

新四军三师向东北挺进

此时，按照中央指示，八路军山东军区部分部队、新四军第三师大部、冀中军区和陕北八路军部队陆续踏上挺进东北的征程。曾克林后来回忆这段历史时说："在党中央的号令下，十万部队及两万干部克服重重困难，陆续开进东北。"用曾克林的话说："中央当时强调，向东北进兵和运送，迟延一天就有一天的损失。"作为东北中心城市的沈阳，短时间内汇聚了众多有胆有识、勇于担当重任的党政和军队干部。

当年张学良的副官、东北讲武堂第五期毕业生吕正操回来了，他卸下八路军晋绥军区的职务，带领当年的冀中骑兵团长马仁兴率一个团先行出发赶赴沈阳。回到青年时代成长地的吕正操百感交集，他来到曾工作过的东北军同泽俱乐部旧址抚今追昔。一年多以后，担任独立一师师长的马仁兴牺牲在四平血战中，他就是那部催人泪下的电影《我和我的父辈》中主人公马团长的原型。

张学思（1916—1970）

张学良胞弟张学思奉命回来了，一别故土十四年，他已经由军阀家庭的"四公子"成长为有坚定信仰的共产主义战士，尽管与旧家庭决裂的他从心底不愿再回沈阳，但"我是党的人，要听党的话"的信念让他毫不犹豫踏上返乡之路。10 月 12 日，张学思由冀中经长途跋涉回到沈阳，在向东北局报到时，彭真书记专门与他谈话，指示他以张学良四弟的身份开展工作，接收敌伪政权，并被指派担任辽宁省政府主席和辽宁军区司令员。

这几年，在京城举行的纪念一二·九运动活动中，总能看到一个白发苍苍的慈祥老大姐的身影。她就是老一辈无产阶级革命家林枫的女儿林耿耿，也是罗瑞卿大将的儿媳。"我出生时，父亲正奔忙于东北解放战争，他有意为我取名，激励我永远对党耿耿忠心。"每逢说起自己名字的由来，林耿耿都禁不住思念已故多年的父亲。林枫出生于黑龙江省望奎县的一个知识分子家庭，1924 年离开东北前往天津读书，1927 年 3 月经范文澜介绍加入中国共产党，1932 年和 1935 年两次担任中共北平市委书记，还曾任过刘少奇的秘书。这位资深革命者在抗战胜利前已经担任中共中央晋绥分局代书记、晋绥军区政委。日本投降后，党的一声召唤，林枫被任命为东北局委员并奉命立即回东北工作，成为当时中共中央东北局委员中唯一的东北籍干部。

在沈阳，林枫找张学思谈话，建议他可以回“家”居住，毕竟“你曾经是这里的主人”。张学思对此明确拒绝了。很多材料称张学思在沈阳的这段工作期间与旧居近在咫尺却始终没回去看一眼，以示彻底脱离旧家庭，其实这是个误解。据张学思夫人谢雪萍口述：“当时他回去看了，跟原来的印象不是一回事了，他跟我说过这个。”其实，当时的张学良旧居西院有党政机关办公，张学思身为党任命的辽宁省政府主席，因工作需要重回旧居是避免不了的，是张学思在回“家”居住这件事上态度坚决而给外界造成一定的误解，连一些涉及张学思经历的文章中都对这件事以讹传讹。

抗战胜利初期的沈城，社会治安存在很多隐患。一些日伪敌特分子酝酿进行暴动和破坏。曾参加抗日义勇军斗争并在入关后担任过中共东北特别工作委员会副书记的赵濯华，作为东北籍干部从晋察冀根据地被派回东北工作，出任中共沈阳市委委员、沈阳市公安局局长。11 月初的一天晚上，赵濯华得知中街附近有一伙反动分子正在开会密谋暴动，他立即组织武装人员搜捕，当场抓到 6 名首要分子，并搜到反动文件、手枪和弹药，破获了隐藏的企图暴动的地下指挥巢穴。赵濯华还指挥侦破由国民党特务分子纠集日伪残余和地痞流氓组成的“行动队”策划的所谓“皇姑屯暴动”。反动势力对赵濯华恨之入骨，多次试图采取暗杀、下毒等手段暗害他。为防备随时可能发生的危险，赵濯华常常和警卫员睡在地板上，守着机枪，以防敌人的袭击。

风云突变。重庆谈判结束后，蒋介石发布进攻解放区的“密令”。同时，国民党当局对苏军同意八路军接收东北地区的做法非常不满，多次对苏军进行指责，并寻求美国等西方国家向苏联政府施加外交压力。10月15日，国民党军队开始从秦皇岛登陆，并加紧从空中、海上运送四个军占领北平、天津、唐山、秦皇岛等地，还对营口、锦州进行了试探性登陆。东北的形势，牵动着党中央的心。11月16日，国民党军队占领山海关，接着沿北宁铁路北进。在美蒋的施压下，11月19日，苏军宣布，苏联政府与中国国民政府达成协议，中长路沿线的大城市交与国民政府接收，中共所属机关和军队限期撤出沈阳。至此，中共领导的武装力量在东北已处于非常不利的地位，“拒蒋军于东北大门之外”已不可能。在这种形势下，中共中央及时调整了在东北的战略方针，由原先的“独占东北”调整为“速从城市及铁路沿线退出，让开大路，占领两厢”。

在中央决策部署下，东北局机关和成立不久的东北人民自治军总部于11月25日撤出沈阳。对此，张闻天夫人刘英后来回忆：“当时力量对比是敌强我弱，我们又缺乏群众基础。所以我们的方针应当避开大城市，到农村去发动群众，建立根据地。”

于是，东北局各位委员以及大量的党政干部、部队指挥员各司其职，像一颗颗种子撒向东北各地。张学思随彭真转移到本溪坚持斗争，陈云、张闻天、李富春等同志去了北满地区哈尔滨一带，林枫领导组建起中共东满分局并担任书记，并一直兼任东北局组织部部长至1948年，吕正操去了西满根据地开展工作，曾克林率部前往南满地区。林彪、罗荣桓指挥部队打响了东北歼灭国民党军队的第一战——法库秀水河子之战。

乌云压城，硝烟再起；雪压青松，巍然屹立。告别繁华的城市，党领导下的革命力量开始了与国民党统治集团在东北博弈的棋局。经历了三年艰苦不懈的顽强斗争，最终迎来了东北解放战争的胜利。

为光明而战

1946 年 1 月 15 日，寒风吼叫中，国民党军第五十二军二十五师开进沈阳铁西工业区，这个师因行军速度快而号称“千里驹师”，是杜聿明的起家部队。之所以一进沈阳就直驱铁西，很明显，要迅即掌控东北的经济命脉。杜聿明做梦也不会想到，仅仅 9 个多月后，这个师就在宽甸、凤城交界的新开岭被东北民主联军痛歼，8000 余人被歼灭，师长李正谊被俘，《中国人民解放军战史》评价称“这次战役开创了东北民主联军在解放战争中一次作战歼敌一个师的先例”。

“与人民为敌，必遭人民抛弃。”毕业于黄埔军校四期、参加过多次抗日会战的少将李正谊在被俘后深有感慨。被宽大后，他返回故乡陕西乾县定居，晚年致力于祖国统一事业，当选为陕西省黄埔军校同学会顾问。据说在尝到败绩后，他终生不愿回首率部进入沈阳时的春风得意。

东北局和中共领导的武装力量虽然撤出了沈阳，但国共双方在东北的博弈才刚刚开始。沈阳，一座饱经沧桑的古城，在结束了日本侵略者的残酷统治后，仍在黎明前的黑暗中煎熬、挣扎。

彭真率中共中央东北局机关干部先是转移到本溪，后又移驻抚顺。中共辽宁省工委分为两路撤出沈阳，一路由副书记白坚带领转移至本溪，组建了中共辽宁省分委，辽宁省政府机关一同迁往；另一部由工委书记陶铸带领撤至法库，组建了中共辽西省委。

1945 年 11 月 25 日，中共沈阳市委分成两路分别转移到沈阳南郊和北郊，向农村转移，发动群众，开展武装斗争，建立农村革命根据地。一路由焦若愚率领向南转移到陈相屯，称为南市委，市民主政府也随同迁往该地；另一路由市委书记孔原率领向北转移至财落堡、蒲河一带，称为北市委。1945 年 12 月，经中共中央东北局批准，组建了中共沈阳市东南郊分委，隶属中共辽宁省分委领导，王一伦任书记，焦若愚任副书记。王一伦原籍沈阳，1935 年在北平东北大学读书时参加著名的一二·九运动，1936 年加入中国共产党，抗战时期在太行山区的革命根据地担任过县委书记、地委书记。与此同时，孔原带队的原中共沈阳市委部分人员组成中共沈阳市委（北部），隶属中共辽宁省分委领导，委员有孔原、张化东、李明哲、陈东平、曾志，孔原为书记。

孔原是江西萍乡人，早年参加工人运动，是 1925 年入党的“老革命”，参加过南昌起义。1928 年在莫斯科近郊召开的中共六大上，孔原当选为中央候补委员。抗日烽火中，孔原担任过中共中央社会部副部长、中共西南工委书记。这样一位资深的革命者被党组织委以重任，成为中共沈阳市委（北部）主要负责同志，体现出党中央、东北局对沈阳地方党的工作高度重视。

1945 年 11 月 25 日下午，孔原和时任沈阳卫戍司令部副司令员张化东带领部分机关工作人员和一个营的兵力，从沈阳市公安局出发，当晚到达沈阳北郊财落堡村。两天后，在财落堡小学召开了千人大会，孔原当众讲话并宣布了三项决定：一是在沈阳北郊组建蒲河、财落堡、平罗堡、马三家子四个总区；二是组建地方武装；三是根据上级命令，成立沈阳军分区。

时光荏苒，2021 年 6 月，在庆祝中国共产党成立 100 周年前夕，我有

| 中共沈阳市委旧址纪念馆 刘卓摄 |

幸随辽宁省政协调研组走进沈阳市沈北新区财落街道，找寻当年的红色记忆。昔日中共沈阳市委（北部）驻地财落堡村早已旧貌换新颜，一栋栋楼房拔地而起，群众生活日新月异。为更好地保护革命遗址，赓续红色血脉，当地在充分挖掘红色资源的基础上，将中共沈阳市委（北部）旧址开辟为纪念馆。旧址就是当年孔原书记作动员讲话的地点，原先属于一所小学的校舍，北市委在这里工作的时间虽然并不长，却播下了火种，种下了希望。几十年过去了，经历风风雨雨，信念不老，薪火相传。当年北市委办公用过的桌椅、板凳、纸箱、火炉等老物件见证着历史，将每一位参观者都重新带回到那个播撒火种的革命年代。

按照中共中央东北局的指示，中共沈阳地方组织撤至市郊农村后，立即将工作中心转向了领导农民群众开展反奸清算、减租减息斗争，并取得了一些成效，建立起基层农会组织。东北局机关报《东北日报》多次报道这一时期沈阳郊区农村开展清算、减租斗争的情况。1946 年 3 月，在沈阳南郊姚千户建立了中共沈阳县委和县政府。中共沈阳县委的主要任务是发展革命武装，开展对敌斗争，转送干部，建立农会，发展党的组织等。

中共党政组织和部队撤离沈阳时，留下部分未暴露身份的党员同志在市内坚持地下斗争。1945 年 12 月，中共沈阳市东南郊分委成立了以金人（张君悌）为书记的秘密市委，在市内开展秘密斗争。

1946 年 3 月 12 日，苏联军队全部撤离沈阳。随即，国民党军队全面占领沈阳，国民党在沈阳开始了两年多的黑暗统治。苏联军队全部撤出后，国民党军队向沈阳郊区的苏家屯、陈相屯等地发动了大规模进攻，根据东北局指示，中共沈阳市东南郊分委和沈阳市民主联合政府向本溪方向转移，中共沈阳县委向东转移并与抚顺县委合并成立中共沈抚县委，中共沈阳市委（北部）向北转移到铁岭县东部李千户屯，成立了中共辽吉一地委，孔原担任书记。虽然党政机关陆续撤离沈阳境内，但广大党员继续以各种方式坚持斗争，为沈阳的解放事业矢志奋斗。

在国民党的严密搜捕中，留在沈阳市内坚持斗争的中共地下工作组织多次遭到破坏，李伯岚、李铁铮、郭春雷等许多同志先后被捕入狱。在敌人的监牢里，郭春雷等中共党员秘密建立党支部，组织狱中同志学习革命理论，发动难友以绝食等形式与敌人进行斗争；李伯岚在狱中遭受严刑拷打坚贞不屈，每次都能机智应对，坚持不出卖同志，与敌人展开针锋相对的斗争，在狱中还发展狱友沙敏为中共党员，在被关押一年多的时间后被党组织营救出狱；李铁铮、刘明显大义凛然，视死如归，为革命献出了宝贵的生命。

国民党统治沈阳的两年多时间里，官场腐败、民怨沸腾，他们打着接收沈阳的旗号，对工厂、铁路、金融、房产等大肆进行“劫收”，促使大量的民族工商业纷纷倒闭，通货膨胀严重，币值暴跌不已。在国民党当局所谓接收的 357 家工厂中，实际上只有 5% 勉强开工，其他大多数工厂被国民党军队占用。大批的工人失业后生活无着落被迫流落街头。为满足打内战的需要，国民党军队占领沈阳后即开始频繁地征粮、征兵，将发动内战的沉重负担转嫁到刚刚从日本帝国主义铁蹄下挣扎出来的沈阳人民身上。据史料记载，到 1947 年，沈阳市的生活赤贫无靠者达到 49 万人，超过当时沈阳总人口的三分之一。由于滥发纸币，造成恶性的物价飞涨，甚至一麻袋“东北流通券”都买不回一小袋高粱米。当时沈阳老百姓中流传着一句歌谣：“想中央、盼中央，中央来了更遭殃，豆饼糠菜吃不饱，一袋纸币一袋粮。”

哪里有压迫，哪里就有反抗。在中国共产党领导下，地方党组织在极其困难的条件下坚持在敌人的腹地开展游击战，对于进一步发动群众和牵制敌人力量发挥出重要作用。1946 年春，为配合东北民主联军主力作战，党领导的沈铁抚联合县保安团在沈阳北郊的旧站一带英勇阻击试图北进的国民党军。4 月 29 日，保安团乘夜袭击了蒲河地区仲官屯一带的地主武装，接着又在蔡台子设伏，对前来进犯的国民党军队予以重创。国民党当局把沈铁抚联合县保安团的存在和发展视为心腹大患，先后对保安团活动的沈北蒲河地区和抚顺北部、铁岭东部地区进行扫荡。沈铁抚联合县保安团的干部战士同仇敌忾、奋勇杀敌，一次又一次地粉碎了国民党军队的疯狂“进剿”，并在 1946 年 9 月粉碎了国民党军队的三路进攻。他们还配合东北民主联军扒铁路、袭据点，伏击国民党军队运输团，颇有战绩。英雄的沈铁抚联合县保安团，成为解放战争时期沈阳这座英雄城市的重要英雄群体。

兵民是胜利之本。人民群众的大力支援和踊跃参与，动摇了国民党在沈阳的统治根基。改革开放之初，中共沈阳市委决定在辽中县（今沈阳市辽中区）修建谢荣策烈士陵园。一位牺牲时年仅 17 岁的小英雄，缘何垂范后世？前不久，我受邀执笔撰写一部红色题材书籍中的谢荣策传略，通过对谢荣策烈士生平事迹进行认真梳理和考证后，我深切感受到：以小英雄谢荣策为代表的翻身农民，他们饱受日伪和国民党统治的欺压，发自内心地拥护党，倍加珍惜胜利果实，他们自觉与反动势力开展斗争，保卫土改成果。

1947 年 10 月，在东北民主联军向国民党军队发起的秋季攻势中，主力部队由北向南挺进，开入新民、辽中两县的农村地区，当地党组织随即积极发动农民开展土地改革。中共辽吉一地委特意从法库、康平、昌图等先期开展土改的解放区抽调了一批土改积极分子进行集训，并将其中的 80 名骨干派往新民县开辟土改工作。短短一个月时间内，新民农村建立起了 294

个农会组织，广大贫苦农民以极大的革命热情积极投入到斗地主、分田地的斗争中来。由于新民、辽中农村处于敌我两军对垒的边缘地带，民主联军经常会与国民党军队发生战斗，很多翻身农民踊跃报名参军和以各种方式支援前线。1945 年底组建的辽中县保安团先后袭击国民党军或破坏铁路 20 余次，出色地完成了任务，1946 年并入东北民主联军辽南独立师。1948 年初，在新的斗争形势下，中共辽中县委建立起一支 300 余人的县大队，后扩编为辽中县独立团，多次与国民党军队武装下的当地地主“还乡团”战斗。1948 年夏，辽中县独立团参谋长张逸民带领两个连在保护麦收时遭遇国民党军新一军骑兵团的突然袭击。独立团战士们与装备精良、人数众多的国民党军展开激战，二连连长王培亢等 11 名官兵为掩护战友突出重围而壮烈牺牲。

解放战争时期，辽中县虽然地处距离国民党东北大本营很近的地方，但在党的领导下，革命斗争如火如荼，广大群众用鲜血和生命保卫胜利果实。辽中区党史部门向我提供的一份资料中记载：“解放战争时期，辽中县地方武装在游击战中共歼灭敌人 3000 余名。”由此也导致了国民党反动势力的疯狂报复，1948 年 3 月，东北野战军主力部队暂时撤离辽中、新民地区，国民党军队反扑后，有 2700 多名在土改斗争中表现积极的农民遭到毒打，其中有 100 余人被敌人活活打死。著名的辽中县茨榆坨村儿童团长谢荣策就是在这时惨遭反动军队杀害。

暗夜沉沉。党领导的沈阳市内地下斗争充满着艰险和曲折。很多经历过抗日斗争考验的党的地下工作者舍生忘死，将个人安危置之度外，在这个没有硝烟的特殊战场上为新中国而战。他们创办了《东北公报》《文化导报》《新生代》《北光杂志》等公开或秘密的刊物，宣传党的政策、主张，坚持民主的正义立场，揭露和鞭笞国民党反动统治的本质和罪恶行径，鼓舞着沈阳人民争取和平与民主的斗志。

著名的沈阳兵工厂当时隶属于国民政府兵工署，对外称第 90 兵工厂，是国民党发动内战的重要军火生产基地。即使在国民党统治如此严密的兵工厂中，中共地下组织也领导起工人运动。1947 年春，中共地下工作者艾顺、王连弟等人在倾向进步的兵工厂内培训部门负责人的支持下，办起了上千人参加的工人夜校，以帮助工人补习文化为掩护，积极发展革命力量，鼓动工人通过故意制造废品或消极怠工等方式拖延和破坏军工生产。还有一些兵工厂的工程技术人员和技术工人在接受进步思想后，毅然投奔解放区投身兵工生产事业。在中共地下组织的工作下，沈阳兵工厂厂长陈修和在思想上逐渐发生转变，沈阳解放前夕，他坚决反对国民党当局将兵工厂南迁和炸毁兵工厂的计划，支持中共地下组织领导的“护厂斗争”，使这座曾经的亚洲规模最大的兵工厂完整回到人民手中。解放后陈修和担任国务院参事。

通过中共沈阳地下组织的积极努力工作，一些民族资本家和开明士绅，甚至包括一些国民党军政官员，也积极投身到反内战反独裁的爱国民主运动中。他们利用自己的地位和声望，以各种形式力所能及地掩护和支援中共地下组织的斗争。国民党委任的沈阳市教育局局长陈彦之是民盟盟员，他支持学生运动，利用自己合法身份支持中小学教师要求改善教师生活待遇的罢教活动，还成功掩护中共地下工作者取道沈阳赴东北解放区哈尔滨。时任沈阳市商会会长卢广绩曾经是张学良麾下的少将政务处长，他声援学生抗暴斗争，积极为党开展的地下活动提供便利。为帮助党组织筹集经费，蒲河镇的开明士绅吴子余卖掉了自家的部分良田。

在中共地下组织的领导和推动下，东北大学、沈阳医学院、长白师范学院、东北中山中学、沈阳大北小学等许多学校举行请愿、罢课、罢教斗争，抗议国民党的反动统治，影响最大的就是 1948 年的“七五”抗暴斗争，当时，为反对国民党当局面临东北失败而计划将沈阳各大专院校和重点中学“迁校”，在中共沈阳地下组织发动“反迁校”斗争的推动下，集结在北平的5000余名沈阳各大专院校学生顶着烈日，高呼着口号涌向北平市参议会进行抗议，游行的学生们高唱：“我的家在东北沈水之阳，那里有我的同胞，还有那衰老的爹娘！”场面十分壮观且悲怆。沈阳当地的沈阳师专、商专、农专、省四中等12所学校的学生积极响应这场抗暴斗争，举行了有社会各界5万余人参加的大会，声讨国民党反动集团镇压学生运动的暴行。为支援学生的斗争，沈阳电车厂不仅向学生代表发放了免费乘车证，该厂的工人还专门装修出一台宣传车交由学生使用；第90兵工厂的工人举行大罢工声援学生的抗暴斗争。时隔七十余年后，我为追溯这段历史而采访了党史专家、中共辽宁省委党史研究室原副主任谭译研究员，谭老对我说：“当时有很多青年学生从亲身参加‘七五’抗暴斗争中看到了国民党政府的反动黑暗，并从此走上革命的道路，他们中的很多人后来加入了中国共产党，立志为共产主义事业奋斗终身。”

众志成城，为光明而战。1948年11月2日，沈阳，这座历经沧桑的古城，即将迎来黎明的晨曦。

| 东北野战军进入沈阳城门 |

辽沈决战 凯歌传（上）

1948 年 11 月 2 日，冬日的沈阳让人倍感暖意。这一天，沈阳解放，揭开全国解放战争战略决战序幕的辽沈战役胜利结束。

11 月 3 日，中共中央向东北人民解放军指战员和全东北人民发来贺电。贺电说："热烈祝贺你们解放沈阳，全歼守敌，并从而完成解放东北全境的伟大胜利……依靠我东北前后方全体军民团结一致，英勇战斗，并得到我关内各解放区的胜利配合，在三年的奋战中歼灭敌人 100 余万……"电文中特别提到东北是"中国工业特别是重工业最大的中心"，东北全境解放，奠定了"将中国逐步建设为工业

东北野战军部队进驻沈阳火车站

国家的巩固基础”。

经过两年多的苦战，到 1948 年秋，人民解放军与国民党军队展开战略决战的条件已经具备，东北战场上两方力量对比发生了根本性变化。中共中央和中央军委高瞻远瞩、审时度势，纵观全局、因势利导，决定在辽沈地区展开一场具有战略决战性质的大歼灭战，就地歼灭国民党军在东北的剩余力量。9 月 7 日，中央军委制定了《关于辽沈战役的作战方针》，并投入东北野战军（亦称东北人民解放军）主力 12 个纵队和 1 个炮兵纵队以及地方武装共 70 万人展开辽沈战役。

辽沈战役于 1948 年 9 月 12 日打响，人民军队从出击北宁铁路开始，势如破竹、乘胜追击，打得国民党军队节节败退，难以招架。10 月 1 日，北宁铁路被完全切断，义县解放，驻锦州的国民党军队彻底孤立。10 月 2 日，蒋介石由北平飞抵沈阳亲自主持军事会议，试图纠集兵力从东、西两个方向增援锦州。15 日，锦州解放，东北“剿总”副司令范汉杰所率 10 万余国民党军被全歼。同一天，蒋介石乘“美龄号”专机再次来沈阳督战，心情格外沮丧。然而仅仅两天后，被长期围困在长春并经积极争取的国民党军第六十军军长曾泽生率部起义，国民党军在长春的另一支部队新七军官兵纷纷投诚。为了挽救即将全部被歼灭的东北的国民党军余部，蒋介石于 10 月 18 日第三次飞抵沈阳，部署东北“剿总”司令卫立煌固守沈阳牵制东北野战军，并策划夺回锦州，以备沈阳一旦失守后掩护沈阳的国民党军队经北宁铁路撤回关内。可是，对这个决定，卫立煌、廖耀湘并没有信心，连蒋介石重新派到东北收拾残局的爱将杜聿明也表示，敌我力量悬殊，必须寻找一个合适的时机。就这样，蒋介石闷闷不乐地飞回北平。第二天，东北“剿总”副司令郑洞国率余部放下武器，长春宣告和平解放。

从 1946 年 5 月开始，蒋介石曾经九次来到沈阳，亲自制定战略部署、指挥战斗，1948 年 10 月 25 日是最后一次。当蒋介石得知廖耀湘所率“西进兵团”试图“克复”锦州却在辽西被困，再次赶到沈阳进行紧急部署，此时的东北已仅剩沈阳一座大城市仍在国民党军队手中。蒋介石或许预感到风险来临，为安全起见，他竟然没有进入市区，仅在降落于北陵机场的“美龄号”专机上召见卫立煌等东北“剿总”要员面授机宜，作垂死前的军事部署。此时的蒋介石，已经黯然神伤。

为加速解放东北全境的进程，东北野战军于10月27日发动辽西围歼战，在黑山、大虎山地区全歼由沈阳西进、妄图“夺回锦州”的廖耀湘所率“西进兵团”10万余人。国民党政权在东北的统治中心沈阳城仅剩东北“剿总”直属部队14万人，仍作困兽之斗。解放沈阳战斗至此拉开帷幕。

此时的辽沈战役已经接近尾声。编筐编篓，全在收口。当时的中央军委和东北野战军总部，对解放沈阳战斗没有一丝懈怠。许多年来，坊间流传着一种说法：辽沈战役最激烈战斗发生在锦州，沈阳作为中心城市并没怎么打，甚至还有说沈阳就没发生什么真正的战斗。甚至这些观念在一些参战人员的回忆录中也有所体现。其实，这完全是对历史的误解。实际上，虽然面对着国民党统治在东北地区大势已去，仍有一些顽固的将领试图作蒋家王朝的殉葬品，并妄图在沈阳与东北野战军部队顽抗到底。因此，对人民军队来说，解放沈阳，必须严阵以待，认真部署。

在辽西地区歼灭廖耀湘兵团后，东北野战军第一、二纵队立即挥戈东进，兵锋直指沈阳；包围长春的5个独立师于长春解放后奉命南下，也急速向沈阳逼近；东北野战军第十二纵队在长春解放后即绕过沈阳向海城一带挺进，以控制营口封锁国民党军从海上逃跑之路，然后又转向沈阳。一时间，各路解放大军士气旺盛，他们日夜兼程，从四面八方向沈阳地区合围。

10月28日，东北野战军第十二纵队一举解放铁岭，继而又在沈阳北郊歼灭国民党军东北第二守备总队的大部兵力。10月29日，东北野战军第一、二纵队顺利夺取新民；辽北军区独立第一师、独立第四师从沈阳东北郊和北郊，独立第十三师和独立三师从沈阳东陵一带向国民党守军发起进攻。

当辽西战场激烈拼杀、沈阳局势日益吃紧时，东北“剿总”司令卫立煌下令国民党军精锐部队第二〇七师从辽阳、抚顺一带撤至沈阳西线防守，以保沈阳安全。这个师是蒋介石嫡系部队，装备精良、战斗力较强，大部分官兵为国民党员和三青团员，军官皆受过正规军事教育，发誓誓死效忠蒋介石集团。该师虽名义上是一个师，实际相当于一个军的兵力，除第三旅随廖耀湘兵团西进被歼灭外，其余两个旅担任沈阳西郊至东南郊的防务，即从裕国车站起经于洪屯到揽军屯、浑河一线的防守。10 月 31 日，当东北野战军第一、二、十二等 3 个纵队从西北和西南方向逼近沈阳时，国民党军第二〇七师凭借其坚固的防守工事和密集的火力部署进行疯狂抵抗。

“必须拔下这颗硬钉子！”东北野战军第一纵队司令员李天佑是一员战将，由于此前打锦州期间该纵队作为预备队未能参加城市攻坚作战，全纵队将士憋足一股劲。10 月 31 日深夜，该纵队第三师向固守铁西工业区的国民党军第二〇七师第一旅防区发起进攻。国民党军的防区部署了两道坚固防线，暗堡密布，炮火凶猛，东野指战员在进攻时遭遇敌军炮火和坦克的拦阻。经过两个多小时的激烈战斗，攻城部队炸掉敌军的堡垒群，打退敌军反击，并一举攻占于洪机场，胜利突破敌人的第一道防线。然而，当攻击部队继续沿公路两侧向纵深展开进攻时，由于敌军炮火和坦克的猛烈拦击而遭受较大损失。纵队司令员见主攻方向受阻，迅速调集炮兵部队前来支援，并冒着枪林弹雨亲临第一线指挥部队作战。就

东北野战军骑兵部队向沈阳附近挺进

这样，在强大攻势下，国民党守军在沈阳西部构建的试图用来负隅顽抗的防线彻底崩溃。

与此同时，东北野战军第二纵队调动五个团的兵力向杨士屯、张士屯、红旗台一带的国民党守军展开攻击。次日拂晓前，东野二纵部队顺利突破国民党军第二〇七师防线，开始从铁西区由西北向东南快速进击。

如今的沈阳丁香湖畔早已楼群密布，人们生活在宁静祥和的都市氛围中。1948 年那个冬日的拂晓，东北野战军第二纵队第四师师长胡继成率部在这一带连续攻克多处国民党军布设的据点，歼灭国民党军第二〇七师大量兵力及装甲兵团。东野二纵六师从西南方向发起攻击，激战铁西工业区后直接指向沈阳市区。东野十二纵和 3 个独立师也从沈阳城南杀出一条血路，逼近沈阳市中心区域。

东北野战军第十二纵队是一支组建较晚但能打硬仗的部队。纵队司令员就是号称虎将的钟伟。在钟伟的指挥下，该纵队第三十四师作为右翼首先攻占沈阳南部的制高点莫子山和白塔堡，再向浑河以北出击，并以炮火压制浑河机场；第三十五师作为中路首先攻占沈阳南部最大的火车站苏家屯站，然后沿铁路向浑河铁桥北进；第三十六师则作为左翼，在浑河北岸向沈阳西南杨士屯以南地区突进，策应攻城主力北渡浑河。

10 月底的浑河，虽还没有封冻，但在当年的气候条件下，河水已经寒冷刺骨。攻打沈阳城的东野部队，涉水过河，向着胜利冲锋。流淌的浑河水，见证了勇士们向着胜利冲锋的英雄气概。

在沈阳城东部，辽北军区独立第三师在东陵地区与国民党军第二〇七师一个团发生激战。国民党军的这个团驻扎在天柱山的制高点上，筑有永久性工事，明碉暗堡和地雷场等构成立体工事群，可以组成交叉火力和纵深火力网。由于国民党军拼命顽抗，使担负东路攻城任务的东野部队造成较大伤亡。为迅速歼灭这股顽敌，独立三师集中火力向国民党军阵地发动猛烈炮击。经过近一天的激烈战斗，终于迫使这股敌人投降。蒋介石亲自选定的“天子门生”、二〇七师师长戴朴曾发誓与沈阳城共存亡，此时此刻他也顾不得尊严，狼狈化装逃跑。

驻守在沈阳市区北部的国民党军第五十三军一三〇师是老东北军部队，少将师长王理寰毕业于东北讲武堂第七期，在抗日战场上六次负伤、痛失左目。面对国民党军队兵败如山倒，“独目将军”王理寰不愿再与人民为敌。经过中共地下组织的耐心劝解，王理寰决定弃暗投明，在惠工广场附近的师部里，他对前来商洽的中共地下党员刘光亚等人表示：“宁愿解甲归田，也绝不做千古罪人。”率部主动向东北野战军部队投诚并为入城部队让出通道。国民党军新一军暂编第五十三师奉命防守沈阳东北部地区的东陵、东山嘴子、毛君屯一带，这个师有近8000兵力和美式装备，少将师长许庚扬亦是东北军出身的将领，毕业于东北讲武堂第六期，担任团长时参加过台儿庄战役，和王理寰同为东北人的许师长内心不愿再打内战，先前几个月就酝酿起义事宜但始终时机不成熟。10月30日，许庚扬派出该师作战科长与辽北军区部队接洽起义事宜，亦给东北野战军部队让开进入沈阳的通道。解放后，王理寰曾任辽宁省政协常委，许庚扬被任命为国务院参事，两位将领都高寿93岁而终。

由于国民党军第一三〇师、暂编第五十三师主动让出通道，在沈阳城北部、东北部方向没有发生大的战斗，减少了人员损伤。在各路解放大军逼近沈阳市区时，城内国民党守军的防御体系完全崩溃，基本失去抵抗能力。进入市区的攻城部队开始了扫清残敌的战斗。

辽沈决战凯歌传（下）

眼见局势不可逆转，在蒋介石的督促下，国民党军东北“剿总”司令卫立煌于10月30日即飞离沈阳前往葫芦岛，将沈阳防务交给了第八兵团司令周福成。周福成是辽阳人，毕业于保定军校第九期，是一位资深的东北军将领，抗战中参加过武汉会战、长沙会战、滇西会战，是当时张学良旧部中唯一担任兵团主官的将领。考虑到周福成的特殊经历，中共中央东北局社会部派遣地工人员携带张学良旧部、时任解放区东北行政委员会副主席高崇民的信件来到沈阳，联络张学良在沈阳的旧部胡圣一、王化一、卢广绩等人，通过他们做周福成的工作，以争取周福成起义，实现和平解放沈阳，保护这座历史名城和东北最大工业城市免遭战争破坏。

解放战争时期担任东北“剿总”军粮采购委员会少将副主任，投身党的秘密战线工作十几年。胡志宁回忆，父亲解放后担任辽宁省政府参事，没能说服周福成起义投诚成为他一生的憾事，但他成功说服了王理寰师长在沈阳率部放下武器。

然而周福成态度顽固，拒绝回到人民一边。他的长女周常秀此时已是中共地下工作者，10月27日，周常秀受党组织委派，从北平飞抵沈阳，劝谏父亲能够迷途知返。为了更好地规劝父亲，周常秀表示自己早已加入中国共产党，如果父亲能及时和中共方面接洽，那么后期组织一定会对他宽大处理。没想到，周福成瞬间暴怒，甚至掏出枪指着自己的女儿，扬言要枪毙了她。面对周福成的冥顽不化，五十三军副军长赵镇藩也就是那位在九一八事变当夜于北大营组织撤退的将领，此时也主动派员联络东北野战军部队，并于10月31日下达停止抵抗的命令。

10月31日傍晚，东北野战军第二纵队六师十六团从铁西突入，沿两洞桥、中山路、马路湾挺进，直插故宫一带，进入沈阳老城。11月1日上午，十六团的战士们在大西门里故宫附近继续展开搜索。该团尖刀连连长黄达宣发现，在世合公银行前有一些国民党士兵巡逻的神态异常，黄连长敏感地意识到这所银行内很可能有国民党“大官”，于是将该建筑包围并喊话：“你们赶快放下武器投降，缴枪不杀，不然就要炸楼啦！”就这样“逼”着小楼内的周福成乖乖走出。有意思的是，周福成在被俘后竟然口口声声说自己准备起义。黄达宣神情严肃地说，如果你想起义，还用换成商人打扮吗？这分明是想逃跑。后来，挺身俘敌的黄达宣成为四野著名战斗英雄，逐步成长为解放军第三十九军副军长。

位于太原街北端的东北“剿总”是东北地区国民党军队的最高指挥机关。随着卫立煌的离开，“剿总”机关大楼已经处于瘫痪状态。当东野十二纵三十六师一〇六团指战员前往接收时，国民党官兵站立在两侧无任何抵抗。同样的一幕发生在怀远门内的国民党军第八兵团司令部。位于南京街

东北野战军攻克国民党军东北“剿总”大楼

的国民党军沈阳警备司令部剩余的100多名军官在楼内走廊列队，并将枪支弹药等武器装备整齐地摆放在桌子上面，等待解放军清点。国民党军沈阳第二守备总队8000余人在同泽街一带自动上缴武器。

11月1日、2日，沈阳市区的国民党军队望风而降，街上到处是成帮结队的溃兵，或打着白旗，或脖子上缠着红布带，主动打听解放军的位置要求投降。一些军官则开着吉普车满城乱转寻找解放军去他们兵营受降。

在解放沈阳过程中，中共地下组织进行了大量的策反、争取工作。通过多种工作途经，成功策动沈阳警察总队总队长兼沈阳市警察局代局长华明武反正，使得解放军进城过程中基本未遭遇警察反抗。一些国民党部队放下武器的背后也凝结着党的地下工作者和爱国民主人士付出的诸多努力。由东北局社会部派遣的地工组织"方涛小组"成员李英泽、高振海奉命打入东北"剿总"司令部，机智勇敢地战斗在敌人的心脏，监视敌人的一举一动，获取了一份份重要军事情报。打入国民党军第二〇七师当报务员的中共地下党员田春和，将国民党军使用的电台密码交给中共地下组织，使攻城部队可以随时掌握第二〇七师的军事动向。由于党的地下工作者的努力，国民党军企图炸毁沈阳电报大楼的计划被粉碎，一些工厂被完好保存下来。这些隐蔽战线的共产党员们虽没能在战场上冲杀，但他们同样是解放沈阳的英雄。

据解放战争史研究专家、《国共争战大东北》一书作者唐洪森教授考证，在周福成被俘后，11月2日上午，沈阳市区外围仍有零星战斗，东野二纵六师十七团在浑河堡与国民党军第二〇七师余部接触，迫使该部7000余人缴械投降。国民党军第二〇七师二旅四团仍负隅顽抗，2日晨，东野十二纵三十四师一〇三团和二纵五师十三团协同作战，激战一小时全歼该敌。在解放沈阳战斗中，人民军队接受起义、投诚和歼灭的国民党军队有东北"剿总"司令部、1个兵团部、2个军部、7个师（旅）、3个骑兵旅及地方保安部队共13.4万人，其中俘虏、投诚的将级军官就达106人。

至 11 月 2 日 17 时，沈阳的国民党守军全部被解除武装，沈阳宣告解放，辽沈战役胜利结束。辽沈战役的胜利，标志着国共双方力量对比发生了根本性转变，使中国人民革命的军事形势达到一个新的转折点，从而加速了中国革命战争胜利的进程。

辽沈战役无论规模还是成果和影响，都是中国战争史上空前的，也是人民革命的伟大胜利。辽沈战役胜利后不久的 11 月 14 日，新华社发表了毛泽东起草的评论《中国军事形势的重大变化》，指出："中国的军事形势现已进入一个新的转折点，即战争双方力量对比已经发生了根本的变化。人民解放军不但在质量上早已占有优势，而且在数量上现在也已经占有优势。这是中国革命的成功和中国和平的实现已经迫近的标志。""这样，就使我们原来预计的战争进程，大为缩短。原来预计，从 1946 年 7 月起，大约需要五年左右时间，便可能从根本上打倒国民党反动政府。现在看来，只需从现时起，再有一年左右的时间，就可能将国民党反动政府从根本上打倒了。"可见，辽沈战役意义重大，影响深远，是当之无愧的解放战争转折之战。

沈阳，这座当时拥有 100 余万人口的东北最大城市真正回到人民手中。

| 沈阳街头庆祝东北解放的游行队伍 |

11月2日黄昏，中央人民广播电台向全国发布新华社快讯：“人民解放军于1948年11月2日解放沈阳。”沈阳解放了，沈城的大街小巷到处是欢腾的人流。然而，在欢庆胜利的热烈场面背后，将要接收和管理这座城市的中国共产党人，却正在面临着一场比解放城市更为复杂的斗争和更加严峻的考验。

沈阳是东北地区的中心城市，也是最早解放的大工业城市之一，人口在当时所有解放城市堪称最多。作为曾经的国民党统治东北的政治、军事、经济中心，这里聚集着大批敌伪残余和反动分子。沈阳解放后，如何进行城市的接管和改造是一个十分艰苦的任务。为此，中共中央和东北局对沈阳解放后的城市接收工作极其重视，事先对此进行了充分而周密的筹划和部署。锦州解放后，中共中央电告东北局准备接收沈阳，并由中央政治局委员、东北局副书记、东北军区副政委陈云担任沈阳特别市军事管制委员会主任。10月31日，军管会在开原县召开会议，对进入沈阳后的驻地条件、通信保障、安全警戒、交通恢复、粮食供应、金融物价以及宣传工作中的一些细节问题再作周密安排。陈云在会上特别强调，沈阳是东北最大的城市和工业中心，把接管沈阳的工作做好，使城市不受破坏，迅速恢复生产，可以有力地支援全国解放战争。辽沈战役的胜利，预示着平津不久将解放，接管沈阳可以为接管关内大城市提供经验。

| 接管沈阳城的部队在大街上休息 |

11月2日下午3时，陈云和军管会的领导同志、工作人员分乘17辆大小汽车向沈阳城内进发。他们经由二台子、大北关进入市区，穿过中街一直开向中山广场西

侧的沈阳铁路宾馆（今辽宁宾馆），陈云等领导同志的住处以及军管会机关就临时设在这里，并从这里统筹指挥接管沈阳。在陈云的领导下，接管沈阳的工作很快全面展开。从11月3日开始，市军管会的各接管部门按照“各按系统，自上而下，原封不动，先接后分”的办法，迅速接管了国民党在沈阳的军、警、政、财、经、后勤、铁路等系统。11月4日，东北野战军攻城部队撤出市区，全市各机关开始恢复办公。新华社当时曾作这样报道：“沈市于（11月）5日夜首次落雪，翌日放晴，全市焕然一新。晨光中迎来装满煤、粮的列车，汽笛声响震长空。中央大街有成批青年唱歌而过。墙上红绿标语与白雪相映。6日，各系统接收已告竣事；电车已开始有两路行使；新华广播电台开始播音；市场于战后初次营业，尤以太原街小市场人山人海。近午，街上行人、车马拥挤；报贩手扬《沈阳时报》，被群众包围抢购，东北书店内为千人塞拥。当晚，雪已融化，中山广场公安局门首红灯明亮。此东北人民首府已伴初冬来临而开始新生繁荣。”

沈阳解放后市民在东北书店（马路湾新华书店前身）购书

沈阳解放后，沈阳人民在迅速医治战争创伤的同时，坚强地承担起支援全国解放战争的艰巨任务。沈阳兵工厂、冶炼厂、第一机器厂等8家工厂被确定为战略性工厂。皇姑屯铁路工厂的干部职工夜以继日地艰苦奋战，

| 沈阳作为后方基地，支援全国解放战争 |

加班抢修车辆，仅用一个多月时间就修复 8 台机车和 40 辆货车，有力支援了解放军入关作战。1948 年 11 月，著名女作家草明亲自到该厂深入体验生活，创作了长篇小说《火车头》。沈阳郊县农村土地改革后，成千上万的翻身农民掀起了报名参军的热潮。当时的中共沈阳市委机关报《工人报》刊登的一首诗，体现出沈阳人民支援全国解放战争的激情与豪迈："汽笛嘹亮，机轮转动，把粮食、子弹、枪炮、坦克来输送。输送给解放军好兄弟，解放汉口，打下上海，直到广东。毛泽东光辉旗帜下，我们要英勇大步向前进，努力生产支援战争，为新中国而共同奋斗！"

沈阳解放一个多月后，12 月 6 日，从香港乘船北上东北解放区筹备新政协的马叙伦、郭沫若、陈其尤等民主人士由安东登陆后抵达沈阳。陈云带头将入住的沈阳铁路宾馆让给民主人士们居住。感受到解放区的新气象，郭沫若满怀豪情地吟诗："才欣克辽沈，又听下徐淮。指顾中原定，绸缪新政开……我今真解放，仿佛又童年。"

1949 年 9 月 25 日至 10 月 1 日，沈阳市第一届第一次各界人民代表会议胜利召开，来自各条战线的 428 名人民代表怀着当家作主的高度政治责任感，齐聚在市人民政府礼堂，共议全市社会发展大事。得知新中国即将成立的消息，沈阳市工商界人士连夜根据广播中收听到的国旗样式缝制了一面鲜艳的五星红旗。10月1日，中华人民共和国开国大典在首都北京隆重举行。此时，沈阳市第一届第一次各界人民代表会议正在进行着最后的议程，与会的全体代表向毛泽东主席发出致敬电，以表达沈阳人民对新中国的热烈祝贺和美好祝福。10月2日，沈阳的数十万军民齐集中山广场以及由广场向四周辐射的6条街路上，隆重举行庆祝中华人民共和国成立大会，现辽宁宾馆的宽敞月台被布置成大会主席台。取材于包括沈阳在内的东北大地、诞生于抗日烽火中的《义勇军进行曲》在广场上空回荡，人山人海的会场不断沸腾。

| 东北解放纪念碑　张庆东摄 |

从刀耕火种的远古文明走出，沿着筚路蓝缕的求索之路不断向前，战胜苦难，迎接光明，有着两千余年建城史的历史文化名城沈阳，又站在了新的历史起点上。在中国共产党的领导下，沈阳人民以前所未有的坚定步伐踏上新征程！

后记

我曾经有过很多写作方面的梦想，也给自己制订过一些创作计划，但从没有畅想过用散文的手法来书写沈阳的历史。或许人生就是这般奇妙，你长久酝酿、精心构筑的目标有时无法实现，不经意间的奇妙缘分却能让你成就某件事情。可以说，写作这本书，纯粹是源于偶然。

沈阳是我的第二故乡，我对沈阳饱含着深厚的感情，特别是这里的历史底蕴和文化魅力深深吸引了我。遥想当年，读大学的我第一次走出家门到一个陌生的城市栖居，命运就让我选择了沈阳。青春做伴，梦里依稀，沈阳，留下了我太多的风华记忆，承载着我数不清的纯真无邪。那时的我曾套用苏东坡的诗句自嘲：“日食鸡架六七枚，不辞长作沈阳人。”

大学毕业后，我回到故乡葫芦岛工作，一路打拼，备尝艰辛，一直企盼能重回沈阳定居，其间虽曾于辽宁大学在职读研两年多，但自觉还远未能感受沈城的风雨变迁。直到 2020 年，经过长达十八年的求索，我如愿以偿调到省直机关工作，从此成为名副其实的“新沈阳人”，那情境真让我不由想起学生时代深入骨髓的流行歌曲《九九女儿红》中那句“穿过了青石巷，点起了红灯笼，你十八年的等待，是纯真的笑容”。

沈阳，是我的学术生涯启航的地方，我对这座城市充满感恩。我真正从事历史研究的道路是从沈阳开启的。每每在我遇到挫折和难处时，想起沈阳的一众师友的鼓励和认可，浑身就充满力量和勇气。离开沈阳工作的那些年，我每年都要好几次赶回沈阳参加各种学术会议、讲座，自觉融入沈阳的学术氛围中，因为这里有我的情、我的魂、我的梦。

正是有着如此浓烈的沈阳情怀，才使我对这座城市从心底油然而生敬畏，也由此催动着我愿意为这片土地贡献智慧。作为一名文史研究者，能在这个伟大的时代，充分发挥自身潜力，为自己钟爱的这座城市去找寻历史，追本溯源，梳理既往，留存记忆，让更多的人能透过自己的文字来深度触摸这座城市的底蕴和内涵，该是一件多么充实而幸运的事。人生又能有几回这样美好的机遇？

于是乎，在辽沈文史耆宿初国卿先生的举荐下，我接到了沈阳市政协关于撰写“沈阳文化丛书”（以下简称“丛书”）历史卷的邀请，我不假彷徨，毫不犹豫，立即爽快地应允承揽这个富有挑战性的创作项目，并按时拟出了写作提纲。我清楚，用文化散文的手法来书写沈阳这座古城从古至今的历史，的确是一种创新尝试；我也知晓，运用散文的笔触展现沈阳七千年来的历史并非易事，更何况我有生以来累计居住在沈阳这座城市的时光还不足十年，对沈阳的人文地理还有待深入了解和熟悉，但我愿意去努力，愿意去奋斗，愿意为此竭尽心力。人生就是这样，当你用心用情去拼搏后，也就问心无愧、落子无悔。

本书的写作历时一年有余，并非有意拖沓，而是沈阳厚重的历史令我不得不经常停下笔歇脚驻足，去查找、对照各种相关史料，请教术业专攻的师友，生怕笔下疏忽而辜负了历史。在落笔过程中，自己的神经无数次被沈阳的历史文化魅力而撞击，由衷钦佩感叹脚下这座城市沉淀着如此绚烂多彩的往事，并发自心底地为沈阳这座富有精神和风骨的中心城市之未来发展鼓劲加油！号角已吹响，成绩靠实干，我相信，美丽而奋进的国际化城市沈阳，在悠悠历史长河中书写过无数辉煌的历史，在新时代新征程上也必将创造出更加灿烂的未来！

最后想借本文一隅来表达自己的一段感受：这套丛书的策划和编撰团队，从沈阳市政协领导到沈阳出版社的每一位相关工作人员，以及丛书的主编及各位作者，在这一年多的时间里，都是用心来打磨每一篇作品，甚至对每一句话、每一幅图片都是仔细斟酌，我能够深切体验到这个团队的求真务实和严谨敬业作风，并为自己能成为此团队的一员而荣幸骄傲。我深深感悟到，这已经不是一种单纯的写作和编书活动，而是真真切切的一次与沈阳这座城市奔涌向前同频共振的文化体验，为沈阳崛起腾飞积聚力量的文化集结。有道是：俱往矣，看今日沈城，再谱新篇！